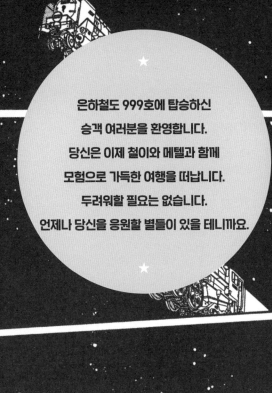

은하철도 999호에 탑승하신
승객 여러분을 환영합니다.
당신은 이제 철이와 메텔과 함께
모험으로 가득한 여행을 떠납니다.
두려워할 필요는 없습니다.
언제나 당신을 응원할 별들이 있을 테니까요.

- 『은하철도 999, 너의 별에 데려다줄게』 만화 이미지는 松本零士, 『銀河鉄道999 1~10』(小学館)의 이미지를 사용하였습니다.
- 이 책에서 은하철도 999의 표기법은 다음과 같습니다. '은하철도 999'는 열차 자체, 『은하철도 999』는 만화책, 「은하철도 999」는 잡지에 연재할 당시의 제목, 〈은하철도 999〉는 애니메이션입니다.
- 이 책은 박사, 이명석 두 작가의 글이 한 부에 이명석, 박사 순으로 실려 있습니다(P는 박사, M은 이명석을 뜻합니다).

은하철도 999, 너의 ★별에 데려다줄게

초판 1쇄 인쇄 2019년 1월 28일
초판 1쇄 발행 2019년 1월 31일

지은이 박사 · 이명석
펴낸이 정해종

책임편집 강지혜	**편집** 김지용
마케팅 고순화	**경영지원** 이은경
디자인 빅웨이브, 윤미정	**온라인 홍보** 메이커스&파트너스
저작권 김미형	**제작** 정민인쇄

펴낸곳 ㈜파람북
출판등록 2018년 4월 30일 제2018-000126호
주소 서울특별시 마포구 마포대로 109, 롯데캐슬프레지던트 101동 1501호
전자우편 info@parambook.co.kr **인스타그램** @param.book
페이스북 www.facebook.com/parambook/ **네이버 포스트** m.post.naver.com/parambook
대표전화 (편집) 02-2038-2633 (마케팅) 070-4353-0561

ISBN 979-11-964388-7-6 03810
책값은 뒤표지에 있습니다.

은하철도 999,

너의 ★ 별에 데려다줄게

박사, 이명석 에세이

저마다의 은하철도 여행을 위한 안내문

혹시 『은하철도 999』를 아시나요? "당연히 알죠." 검은 코트의 금발 미녀 메텔, 못생겼지만 용감한 소년 철이, 온몸을 제복으로 가리고 눈만 반짝이는 차장 그리고 하얀 연기를 내뿜으며 우주 공간을 달리는 '은하철도 999'…… 삼십대 이상이면 이런 정도는 금세 떠올리더군요. 이십대의 상당수 그리고 때론 십대들도 메텔과 철이를 알고 있더라고요. TV 예능 프로그램에서 자주 패러디되고 코스프레 테마로도 즐겨 등장하기 때문인 것 같아요. 얼마 전 MBC 〈복면가왕〉에 레드벨벳의 조이가 '우주 미녀 메텔'로 분장하고 나오더군요.

그러면 『은하철도 999』가 어떤 이야기인지 기억나세요? 여기에서 대부분 고개를 갸웃합니다. "철이가 기차를 타고 우주를 여행하는 건 기억나요. 매번 제때 못 탈까봐 발을 동동 구르곤 했어요."

이 정도면 기억력이 아주 뛰어난 분입니다.

"철이가 엄마를 찾아 은하철도를 여행하는 이야기 아닌가요? 〈엄마 찾아 삼만리〉 같은 분위기였는데?"

죄송하지만 철이 엄마는 1화에 등장하자마자 죽습니다.

"메텔은 기계 인간 맞죠? 아니면 철이 엄마의 영혼을 주입한 단백질 클론이었던가?"

그런 종류의 풍문이 떠돌긴 했습니다만.

『은하철도 999』는 우리 속에 굳건히 자리 잡은 신화입니다. 그런데 이상합니다. 신들의 이름과 얼굴은 또렷하지만, 그 행적은 몽롱한 안개 속에 덮여 있습니다. P와 M은 그 불가사의한 힘이 궁금했습니다. 그래서 『은하철도 999』를 한 편 한 편 새롭게 보면서 기억을 떠올려봤습니다. (이런 갖가지 소문의 이유를) 조금은 알게 되었습니다. '은하철도 999'는 새로운 별을 만날 때마다 부정형의 시를 한 편씩 토해냅니다. 여행자들은 제각각 모양이 다른 마음의 틀로 그것을 담아갑니다. 그리고 모든 신화가 그렇듯, 그 이야기는 여행자들의 감정과 경험과 얽혀 계속 새로운 모양으로 바뀝니다.

"맞아, 저 별 기억 나. 그런데 저런 이상한 곳이었어?"

"저때는 무슨 말인가 했는데, 이제는 조금 알 것도 같네."

철이와 메텔의 여행은 세상이 어두워지면 찾아오는 꿈과 같습니다. 매일 밤 그것은 또렷한 현실이 되지만, 해가 뜨면 마음 깊은 곳으로 숨어버립니다. 마음속에 숨어버린 이야기는, 여행자가 다시 꿈을 꿀 준비가 되었을 때에만 나타납니다. P와 M은 20년 이상 지구 곳곳을 함께 돌아다녔습니다. 그리고 이번엔 이 상상의 우주여행을 함께 해보기로 했습니다. 그러곤 똑같은 별을 보면서 서로 전혀 다른 종류의 감정과 기억을 끄집어낸다는 사실에 놀랐습니다.

저마다의 은하철도 여행. 이제 우리가 떠났던 이 신기한 여행에 여러분을 초대합니다. 그전에 '은하철도 999'가 거쳐간 경로를 간략히 소개해볼까 합니다. 하나는 작품 속에서 철이와 메텔이 거쳐간 이야기의 경로입니다. 다른 하나는 『은하철도 999』라는 작품이 태어나 우리를 만나온 시간의 경로입니다. '은하철도 999'가 지나간 선로와 여러분의 삶이 교차한 지점이 어디였는지 확인해보세요.

『은하철도 999』는 일본의 만화가 마쓰모토 레이지가 1977년 잡지 『소년 킹』에 연재를 시작하며 우리 앞에 처음 나타났습니다. 원작만화는 곧바로 큰 인기를 모았고, 그해 바로 쇼가쿠칸만화상小学館漫画賞을 수상했습니다.

미래의 지구에 살고 있는 소년 철이가 기계 백작에게 엄마를 잃은 직후 메텔이라는 여인이 그에게 찾아옵니다. 메텔은 철이에게 '은하철도 999'의 승차권을 주고, 철이는 고심 끝에 영원한 생명을 보장하는 기계 몸을 공짜로 준다는 별을 찾아가기로 합니다. '은하철도

999'는 증기기관차 모양이지만 우주 최고의 기술이 집약된 기차로, 지구를 출발해 우리 은하의 여러 별을 지난 뒤 안드로메다 은하의 종착역까지 갑니다. 은하철도가 정차하는 곳마다 놀라운 상상의 별들이 등장하고, 철이는 다양한 존재들과 만나 모험을 겪고 성장해갑니다. 메텔은 철이가 여러 어려움을 이겨나갈 수 있도록 도와주지만, 항상 무언가를 숨기고 있는 신비로운 존재입니다. '과연 철이는 여행을 무사히 끝낼 수 있을까? 마지막에는 기계로 몸을 바꿀까? 메텔의 정체는 과연 무엇일까?' 이 세 가지 미스터리를 안고, 지구에서 종착역까지 가는 이 여행을 '안드로메다' 편이라고 합니다. 한국어판 단행본으로는 1~14권까지가 이에 해당합니다.

한국 팬들은 대부분 원작 만화보다 TV 애니메이션으로 〈은하철도 999〉를 먼저 만났을 겁니다. TV판은 일본의 후지 TV가 제작하여 현지에서는 1978~1981년에 방영했습니다. 원작만화에서 많은 에피소드를 가져왔지만, 내용을 바꾸거나 새로운 이야기를 추가하기도 했습니다. 국내에서는 문화방송(MBC)을 통해 1982년 1월부터 정규 편성되어 일요일 아침의 아이들을 깨웠습니다. TV판의 인기에 힘입어 극장판 애니메이션이 세 편(1979, 1981, 1998년) 제작되었고, 국내에서는 투니버스를 통해 1996년에 1기, 2기가 방영되었습니다.
　이들 애니메이션은 아이들은 물론 그들 뒤에서 훔쳐보던 어른들의 마음에도 큰 잔영을 남겼습니다. 단순한 만화영화가 아니라 철학적,

문학적 메시지를 전하는 작품으로 인식되었고, 한일 양국에서 애니메이션 붐을 본격화시킨 주인공이 되었습니다.

처음 〈은하철도 999〉가 국내에 소개될 때에는 일본 애니메이션이 공식적으로 들어올 수 없었습니다. 원작자의 이름은 물론 일본 작품이라는 사실도 알리지 않았죠. 그러다 1990년내 중후반에 일본문화가 해금되기 시작합니다. 그 바람을 탔는지 MBC가 1996~1997년에 TV판을 재방영했고, 1997년에는 원작만화의 정식 한국어판도 발간되어 팬들은 애니메이션과 비교하며 볼 수 있게 되었습니다. 이어 2003년에는 MTV, 2008년에는 EBS를 통해 TV판이 재방영되었습니다. 돌아보면 〈은하철도 999〉는 1980년대 초반부터 10년 주기로 꾸준히 새로운 세대들과 만나왔습니다.

〈은하철도 999〉의 내용을 거의 기억하지 못하는 이들도 "기차가 어둠을 헤치고 은하수를 건너면"으로 시작하는 주제가는 쉽게 따라 부릅니다. 이 곡은 1982년 MBC 방영 당시에 일본 TV판의 주제가를 번안, 편곡하여 가수 김국환(훗날 〈타타타〉로 유명해진)이 불렀습니다. 원작과는 다른 분위기로 재해석해 오늘날까지 전설의 명곡으로 남아 있습니다. 원래 MBC는 방영 초기에 당시 방송국 악단장이던 마상원이 작곡한 한국어판 주제가(〈눈물 실은 은하철도〉)를 따로 만들기도 했습니다. 그런데 "외로운 기적소리에 눈물마저 메마르고"로 시작해, "말 좀 해다오 은하철도야, 은하철도야"로 끝나는 가사가 너무 어둡다는 이유로 노래를 바꾸었다고 합니다. 이 국내판 주제가를 기억하는 분들도 꽤 있습니다.

마쓰모토 레이지는 1996년부터 잡지 『빅골드』에 '이터널' 편이라고 불리는 『은하철도 999』 속편을 연재하기 시작합니다. 지구의 감옥에 갇혀 있는 철이를 메텔이 구해주고, 둘이서 새로운 은하로 여행을 떠나는 내용입니다. 마쓰모토는 이후 인터넷 등에 부정기적으로 만화판의 외전을 발표해오고 있습니다. 메텔을 중심으로 한 OVA 〈메텔 레전드〉, TV판 외전 〈우주교향시 메텔〉 등의 스핀오프 애니메이션도 이어져 왔습니다. 마쓰모토는 〈은하철도 999〉 외에도 〈우주해적 캡틴 하록〉 〈천년여왕〉 등의 작품으로도 많은 인기를 모았습니다. 이들 작품 사이에는 서로 세계관과 인물이 교차하기도 하는데, 그 전체를 아울러 '레이지버스(마쓰모토 레이지+유니버스)'라고 합니다. 〈은하철도 999〉 이야기 속에도 캡틴 하록과 천년 여왕이 등장합니다. 그들의 얼키고 설킨 관계의 수수께끼를 풀어내는 것도 또 다른 즐거움이죠.

P와 M은 만화, TV판, 극장판 애니메이션을 돌아보면서, 우리 여행의 기준점으로 삼을 '오리지널'이 무엇일까 고민했습니다. P와 M이 처음 만난 은하철도, 원형의 기억은 분명 TV판입니다. 하지만 다시 돌아보니 원작만화, 그중에서도 처음 연재했던 '안드로메다' 편이 진짜 중의 진짜라는 생각이 들었습니다. 여기에 마쓰모토 레이지가 만들어낸 세계의 진수가 들어 있더군요. TV판은 여러 에피소드를 홍

미롭게 각색했고, 여러 외전들은 숨겨진 비밀들을 찾게 도와줍니다. 하지만 원작만화가 가진 꼼꼼한 작화와 부정형의 칸을 능수능란하게 활용해서 만들어낸 신비한 뉘앙스를 재현하지는 못했습니다. 그래서 우리는 '안드로메다' 편의 원작만화를 여러분과 공유할 여행지도로 삼았습니다.

이제 P와 M이 털어놓을 이야기는 〈은하철도 999〉의 해설이 아닙니다. 각자가 유년, 청춘, 성인의 여러 시기를 거치며 겪었던 특별한 감정들을 은하철도의 힘을 빌려 돌아보고자 합니다.

"그때 내 진심은 그게 아니었는데."

"그래, 그 작은 말이 나를 계속 살아가게 만들었어."

"죽고 싶을 정도로 창피했던 그 실수, 지금은 너무나 소중한 보석이 되었네."

별이 아니면 누구도 내 말을 들어줄 이가 없을 때가 있습니다. 철이와 함께 은하철도를 따라 여행하다보면, 신기하게도 그 언젠가 내가 별에게 전했던 말들이 되살아납니다. 아마 여러분도 자신만의 은하철도 티켓을 얻고 싶을 겁니다. **M**

철이

먼 미래의 지구, 기계 인간이 지배하는 메갈로폴리스의 가난한 오두막에 살던 소년. 엄마가 기계 백작에게 살해당한 직후, 정체를 알 수 없는 여인 메텔을 만나 '은하철도 999'의 승차권을 얻는다. 엄마의 소원대로 기계 몸을 얻기 위해 안드로메다 행 기차에 탑승한다.

메텔

수수께끼 여인. 철이에게 '은하철도 999' 승차권을 주고, 안드로메다를 향해 가는 여행의 안내자를 자처한다. 은하철도 운행 구간의 모두가 두려워하는 마녀 같은 존재. 철이 이전에도 여러 소년들과 여행한 적이 있다.

차장

'은하철도 999'의 직원. 착용한 제복 외에 보이는 것이라곤 반짝이는 눈밖에 없다. 승차권이 없는 부정한 승객을 색출하고, 정시에 기차를 출발시키는 것이 중요한 사명이다. 다만 메텔과 철이에게는 예외적인 조치를 취해주기도 한다.

은하철도

겉보기엔 20세기 증기기관차이지만, 은하 최고의 기술력이 집약된 초고속 우주 횡단 열차. 정차역마다 전용 호텔을 운영하며, 승객들에게 여비를 지급한다. 인공지능인 메인 컴퓨터는 은하철도 본사와 교신하며 차량 운행 전반을 통제하는데, 때론 차장과 마찰을 빚는다.

프로메슘

기계 제국의 여왕. 종착역이자 기계 제국의 모성인 행성 대안드로메다에 살고 있다. 모든 인류를 영원한 생명을 보장하는 기계 인간으로 바꾸는 이상 사회를 계획했으나, 인간적인 감정을 상실한 뒤에 공포의 존재가 된다. 메텔이 들고 있는 가방을 통해 교신하며 철이의 일거수일투족을 파악한다.

그들 여행의 추적자

이명석

열 살 무렵부터 기차를 즐겨 타며 생각의 부피와 여행의 꿈을 키워온 자. 온갖 주제와 형식을 다루는 저술업자가 본업이지만, 인문학 강연가, 보드게임 해설가, 파티 플래너, 공연단장, DJ 등으로도 활동하는 21세기 지구인. (M)

박사

매번 흥미를 느끼는 주제를 발견할 때마다 그것에 대해 쓸 수 있는 기회를 만나는 행운의 수혜자. 읽는 것, 읽어주는 것, 읽은 것에 대해 이야기하는 작업을 통해 함께 사는 삶을 실감한다. 책을 쓰고 신문연재와 방송 출연으로 지구인들과 접점을 넓히고 있다. (P)

CONTENTS

PART 3

걱정하지 마,
지금 날 사랑하면 돼

PART 4

기차가 출발하기 전에
돌아와야 해

PART 1

그때 내 진심은
그게 아니었는데

★★★

은하철도는 바로 내 앞에 놓인 수직 선로 위의 이야기였다. 이 선로를 힘차게 밟아가면 점점 가속이 붙고, 언젠가 저 하늘 위로 슈웅 하고 날아오를 수 있을 거야. 은하철도가 달리는 우주는 언젠가 내가 직접 찾아갈 미래였다.

★★★

일요일 아침의
어떤 기적

"

어느 여름 저녁이었다. 낮 동안 도시 곳곳에 뚝뚝 떨어진 불덩이는 습한 저녁 바람을 타고 혀를 날름거리며 남은 생존자들을 찾아다녔다. 나는 후덥지근한 선풍기 바람을 맞으며 리모컨을 만지작거리고 있었다. 그날따라 예능도 드라마도 오디션 프로그램도 시시하기만 했다. 다른 손에 들고 있던 스마트폰으로 눈을 옮겼다. 프로야구는 연장전에 들어갔지만, 졸전을 거듭하며 경기를 끝내지 못했다. 그러다가 뚝 하고, TV도 스마트폰 중계도 먹통이 되었다. 악독한 불덩이가 케이블과 인터넷이 함께 들어오는 선을 먹어치운 것 같았다.

나는 축축해진 몸을 이끌고 나와 동네를 어슬렁거렸다. 근처 카페는 에어컨과 와이파이를 찾아 몰려든 가족들의 피난처가 되어 있었다. 뇌 속까지 익은 좀비처럼 발을 옮기다 경의선 숲길 공원의 끄트

머리까지 왔다. 거기 녹슨 철로가 있었다. 운행 선로를 지하로 옮긴
뒤, 옛 철길을 기억하기 위해 약간의 흔적을 남겨둔 모양이었다. 그
위로 꼬마 하나가 평균대를 타듯 걷고 있었다. 꼬마는 철로가 끝나는
곳까지 가더니 하늘을 보며 말했다.

"가지 마, 일요일아. 가지 마."

　일요일은 기적이 일어나는 날이다. 그날은 누구나 늦잠을 자도 좋
다. 모두 게으름뱅이가 되어도 좋다. 일요일은 지친 이들을 겨우겨우
살아가게 하는 위대한 날이다. 그 일요일이 내게 좀더 큰 기적이었던
때가 있다.

　열 살을 조금 넘겼을 무렵이다. 나는 평일에는 도시의 학교를 다니
고 주말은 고향집에서 보냈다. 토요일 저녁에 기차를 타고 집에 온
뒤, 일요일 아침을 맞이하는 꼬마를 상상해보라. 엄마가 밥을 차려놓
았다고 소리 질러도 눈꺼풀이 무거워 일어날 수가 없었다. 일요일의
어린이는 이불 속에서 꿈나라의 끝자락을 붙잡고 있는 게 당연했다.
그런데도 그 어느 날부터 번쩍 눈을 떴다.

　내가 아주 어렸을 때는 미닫이문이 달린 흑백 TV가 있었다. 채널
을 돌리는 손잡이는 진작에 사라졌고, 대신 TV 앞에 작은 '뺀찌'가
놓여 있었다. 채널을 돌리려면 고도의 집중력과 악력이 필요했다. 하
긴 그런 노력을 들일 만한 채널도 몇 개 없었다. 게다가 아이들이 볼
만한 프로그램은 저녁 무렵 하는 몇 편뿐이었다. 지금도 가족들이

나를 보기만 하면 꺼내는 이야기가 있다. 내가 〈꿀벌 해치의 모험〉 마지막 회를 보고, "해치야! 해치야!" 하며 목 놓아 울었다는 거다. 나는 슬픈 아이였다. 태어나서 처음 본 애니메이션이 그 같은 비극이었다니. 여름의 〈전설의 고향〉도 생각난다. 무서운 장면이 나올 것 같으면 이불 속에 쏙 들어가서 물었다. "끝났어? 끝났어?" 누군가 "끝났다"고 해서 고개를 내밀었다. 하지만 바로 그 순간 TV 속에 나타난 다리 없는 귀신은 그해 납량특집의 최고 시청률을 찍고 있었다. 나는 슬픈 데다 의심 많은 아이가 되었다.

그러다 빨간색의 산뜻한 TV가 찾아왔다. 거기엔 손잡이도 제대로 달려 있었다. 하지만 여전히 손으로 채널을 돌리는 일은 별로 없었다. 리모컨을 썼냐고? 그런 물건은 〈도라에몽〉 같은 SF 만화에나 나오던 시대였다. 나는 방바닥에 누워 빈둥대기 일쑤인 와식臥式 생활자였고, TV 채널을 돌릴 때는 발가락을 사용했다. 어릴 때 나는 키가 작고 몸은 여렸다. 심지어 조기 입학으로 한 살 많은 애들과 학교에 다녔으니 힘 겨루기는 애당초 포기했다. 하지만 발가락 힘만큼은 누구한테도 뒤지지 않았다. 대학교 하숙집에서는 발가락으로 룸메이트를 꼬집어 부려먹었다. 〈미래소년 코난〉에 나오는 포비 정도가 되어야 나와 맞설 수 있었다. 그게 다 어릴 때의 게으름 덕분에 얻은 초능력이다.

그렇게 게으른 내가 어떻게 일요일 아침에 벌떡 일어나게 되었을까? 햇살이 눈꺼풀을 간지럽히고 가족들이 부스럭거리면, 나는 이

철이는 진흙 속 방에 갇혀 지루한 시간을 보낸다. 만약 TV에서 〈은하철도 999〉 같은 애니메이션
이 나오면 눈이 번쩍 뜨이겠지?

불 속에서 몸을 굴려 TV 앞으로 갔다. 여전히 눈은 뜨지 못한 채, 짧은 다리를 들어 올렸다. 발가락으로 더듬더듬 전원 버튼을 찾아, 또깍 하고 눌렀다. 원하는 소리가 나오지 않았다. 다시 발가락을 더듬어 올라갔다. 채널 손잡이를 잡았다. 그러곤 정교하게 똑똑 돌렸다. 마치 은행강도가 금고에 청진기를 대고 돌리듯이. 그때, 뚜우뚜 고동 소리가 울려왔다. 바로 여기다. 이어 노래가 흘러나왔다. "기차가 어둠을 헤치고 은하수를 건너면……" 이것이 일요일의 나를 깨운 기적汽笛의 정체다.

나는 벌떡 일어나 TV 앞으로 가 앉았다(그럴 거면 진작 일어나 손으로 TV를 켤 것이지). 브라운관 안에서는 철이라는 작고 못생긴 꼬마가 주인공 노릇을 했다. 금발의 늘씬한 미녀와 함께 새까만 기차를 타고 우주를 날아다녔다. 매번 신기한 상상의 별에 내렸고, 그때마다 기상천외한 모험을 벌였다. 철이는 어떨 때는 서부의 사나이가 되어 '전사의 총'을 쏘아댔고, 때론 수십 명의 해적들과 맞서 싸워 기차를 지켜내기도 했다. 무슨 뜻인지 정확히 알 수 없었지만, 눈물을 자아내는 마음의 모험도 적지 않았다.

〈은하철도 999〉는 내가 전혀 만나보지 못했던 세계였다. 〈오즈의 마법사〉나 〈이상한 나라의 앨리스〉와 닮았지만 그런 이국적인 마법 세계와는 또 달랐다. 다른 판타지들은 수평선 위의 이야기, 지금 이 세상 어디선가 벌어지고 있는 이야기였다. 은하철도는 바로 내 앞에 놓인 수직 선로 위의 이야기였다. 이 선로를 힘차게 밟아가면 점점 가속이 붙고, 언젠가 저 하늘 위로 슈웅 하고 날아오를 수 있을 거야. 은하철도가 달리는 우주는 언젠가 내가 직접 찾아갈 미래였다.

일요일 저녁이 되어 도시로 돌아가면, 어스름 속에 동네 아이들이 놀고 있었다. 나는 누나가 떠준 갈색 망토를 입고 조심조심 다가갔다. 어두운 벽 뒤에 아이들이 숨어 있다가, 갑자기 튀어나와 빵야빵야, 내게 총을 쏘아댔다. 나는 번개같이 몸을 피해 망토 속에서 총을 꺼내 쏘았다. 그렇게 놀다보면 밤이 왔다. 철이처럼 씻기 귀찮아하며, 불을 끄고 이불 속으로 들어갔다. 일요일 밤의 이불 속에서 생각했다. 은하철도가 정말 마음에 드는 점은 그거였다. 그 우주에선 누구도 꼬마를 무시하지 않는다. 철이는 학교에 가지 않고 매일 모험을 벌인다. 그런데도 어떤 어른보다 훌륭하게 살아간다.

버려진 경의선 선로에서 일요일과 힘들게 작별한 아이가 집으로 돌아갔다. 나는 벤치에 몸을 뉘었다. 이제 내 몸은 너무 길어져 버렸고, 몸의 마디마디가 죄다 녹슬어버렸다. 눈을 감고 모기에 들키지 않으려고 호흡을 줄여갔다. 그때 덜컹덜컹 기차가 움직이는 소리가 들렸다. 잠시 놀랐다가 피식 웃었다. 지하화된 선로에서 전차가 달리는 소리였다. 다시 눈을 감았다. 조금, 아주 조금만 자자. 깊이 잠들면 안 돼. 모기밥이 될 거야. 적당한 때에 또 다른 기차가 달려와 나를 깨워주길 바랐다.

그러다 혹시나, 하는 생각이 들었다. 어쩌면 여기 이 철길이 '은하철도 999'의 전용 선로가 아닐까? 기차는 모두가 잠든 밤에 허락된 몇 사람만을 태우고 우주로 날아가는 건 아닐까? 내가 그 기차를 탈 수 있다면 불지옥처럼 타들어가는 지구를 벗어나, 망가진 육신을 깔끔한 기계 몸으로 바꿔줄 별로 날아갈 텐데.

윌리엄 트레버는 소설 「폐기 미한의 죽음」에서 이런 욕망을 전한다. "내가 바라는 일만 생기고 지루함이란 존재할 수 없으며, 내가 그 안에서 신이자 왕인 세계." 일요일의 〈은하철도 999〉가 바로 그런 세상이었다.

두 주일 동안의 도서관 열차여행

중학교 2학년 국어 시간에 글짓기를 했다. 원고지에 또박또박 썼던 첫 문장이 지금도 생각난다.

"나는 조금 늦게 역에 도착했다."

별생각 없이 그렇게 썼는데, 그 표현이 마음에 들었다. 뭔가 두근두근, 나만 두고 떠날지 모른다는 불안감이 나를 흥분시켰다. 그런데 왜 기차를 탔을까? 그래, '가을'을 만나는 거다. 가을이라는 이름의 아이가 아니라, 진짜 계절을 찾아가는 거야. 지금 생각하니 이상하다. 글을 쓸 때는 여름방학 전이었는데, 왜 가을을 만나러 갔을까? 아, 기차를 타고 갔지. 그러니 가만히 있으면 만날 수 없는 누군가를 만나러 간 거였어! 나는 가을을 만나 단풍이 물든 산에서 감과 밤을 따 먹으며 즐겁게 놀았다. 그렇게 터무니없는 이야기를 한참 동안 썼다.

여름방학을 며칠 앞두고 국어 선생님이 나를 불렀다. 선생님은 학교의 유일한 여자 선생님이었는데, 내가 쓴 글을 칭찬하더니 이렇게 말했다.

"너, 시립 중앙도서관에서 하는 '청소년 독서교실'에 가보지 않을래?"

그게 뭐지, 싶었다.

"누구누구 가는데요?"

"너 혼자야. 학교 대표로 한 명씩 가는 거야."

덜컥 겁이 났다. 나는 시골에서 전학 온, 작고 수줍고 촌스러운 아이였다. 왜 나를 시험에 들게 하시는 거죠?

"철아, '은하철도 999'에 탑승하겠니? 한번 타면 돌아올 수는 없어. 잘 생각해봐. 누구에게나 이런 기회가 주어지는 건 아니야."

집으로 돌아가는 길, 플라타너스 가로수를 하나씩 만지며 고민했다. 그때 나는 대학생인 누나와 자취를 했는데, 방학 때는 둘 다 고향에 내려가야 했다. 독서교실은 두 주일에 걸쳐 열리는데, 그것 때문에 누나 보고 남아달라고 말하기가 어려웠다. 애초에 우리 집 가풍이 누구에게 부탁이나 아쉬운 소리를 못 한다. 뭔가 가지고 싶은 거나 하고 싶은 일을 이야기하면, 부모에 앞서 형제들이 먼저 타박을 하는 편이었다. 결국 저녁을 먹으며 투덜대는 척 말했다.

"선생님이 귀찮게 그런 걸 시키네."

누나가 시큰둥하게 답을 주었다.

"기차 타고 다녀."

고향집은 시골이었지만 기차역에 가까웠다. 대구역까지는 기차로 30분 정도? 그리고 중앙도서관은 역에서 걸어서 갈 만한 거리였다. 그래서 나는 두 주일 동안 나만의 도서관 열차를 타기로 했다.

> "'은하철도 999'에는 도서관 차량이 있어요. 다음 역까지 시간이 너무 걸리거나 차량이 고장 나 하염없이 기다려야 할 때, 메텔은 그곳에서 책을 빌려오죠. 때론 차장이 수레에 싣고 가져다주기도 해요. 하지만 철이는 책을 즐겨보진 않아요. 책들을 일렬로 세웠다가 쓰러뜨리며 도미노 놀이를 하죠."

운명의 첫날, 통근 열차를 타고 대구역에 내렸다. 도서관을 향해 짧은 다리를 움직여 집합 5분 전에 겨우 도착했다. 그런데 이게 뭐야, 도서관 입구에 엄청나게 긴 줄이 보였다. 방학이라 손에 손에 참고서를 든 형과 누나들이 줄지어 서 있었다. 저 뒤에 서서 표를 받으려면 얼마나 시간이 걸릴까? 으악, 첫날부터 지각이라니. 학교에 알려지면 엄청 야단맞을 텐데. 그 순간 오줌까지 마려웠다. 괜히 무리해서 참가한다 그랬나? 선생님은 왜 나한테 이런 어려운 일을 맡긴 거야? 열네 살의 두뇌와 방광이 동시에 타올랐다. 나는 혼신의 기력을 짜내 형과 누나들을 밀쳤다. 사색이 된 내 얼굴을 보고선 먼저 몸을 피해주기도 했다. 나는 육중한 철문 옆의 작은 틈으로 몸을 들이밀며 경비원에게 말했다.

"도, 도, 독서교실."

그로부터 두 주일의 모험이 시작되었다. 추천도서 서가엔 『파브르 곤충기』 『플루타크 영웅전』 『크리스마스 캐롤』 같은 책들이 꽂혀 있었다. 그 책을 일곱 권 이상 읽고 독후감을 써야 한다는 규정이 있었던 것 같다. 하지만 그때 어떤 책을 읽었는지, 어떤 글을 썼는지는 전혀 생각나지 않는다. 대신 다른 학교 아이들과 어울려 놀았던 기억만 또렷하다. 독서교실엔 크게 두 그룹의 아이들이 있었다. 한쪽은 모범생처럼 책만 붙들고 있는 그룹, 다른 쪽은 책은 뒷전이고 도서관을 돌아다니며 노는 그룹이었다. 나는 어째서인지 노는 그룹에 들어가 있었다. 왜일까? 키 작고 촌스럽고 말수도 적은 아이였을 텐데. 어쩌면 '첫날 유일하게 지각한 녀석'이어서였을지도 모르겠다.

> "은하철도의 기차역은 승차권이 없는 사람은 들어가면 안 돼요. 혹시라도 가짜 승차권을 가지고 있으면 곧바로 사형이죠."

다음 날부터 도서관에 들어가는 게 너무 즐거웠다. 형과 누나들은 여전히 긴 줄을 서 있었지만, 나는 유유히 그 옆을 지나 철문을 '프리패스'했다. 정확히 기억나지 않지만 '참가증' 같은 게 있어 경비원에게 보여주었던 것 같다. 마치 은하철도 승차권을 가지고 기차역과 전용 호텔을 마음껏 돌아다니는 기분이었다. 당시 도서관은 개가식이 일반적이지 않아 보통 때는 닫혀 있는 문이 많았다. 하지만 우리는 그 문들을 통과해 마음껏 서가를 돌아다니며 책들을 들춰보곤 했다.

쉬는 시간에는 밖으로 나가 누군가 가져온 과자를 느티나무 아래에서 까먹으며 수다를 떨었다. 매미들이 맴맴 울고 다람쥐들이 오손도손 몰려들었다. 일과가 끝나면 인근 동성로 거리(당시 대구의 번화가)를 돌아다니며 놀았다. 그때는 남녀공학이 없어서 여학생들과 어울린다는 것 자체가 큰 사건이었다. 분식집에서 비빔만두를 먹고, 오락실에서 뿅뿅거리고…… 친구들은 버스를 타고, 나는 기차를 타고 집으로 돌아왔다.

헤어지는 날 아쉬움에 훌쩍거렸다. 스마트폰, 이메일, SNS 같은 건 없던 때였다. 인기 있는 여학생들과 전화번호를 주고받는 남학생들도 있었지만, 내게 그럴 배짱은 없었다. 아니, 자취생이라 집에 전화 자체가 없었구나. 친구 하나가 말했다.

"길에서 금방 또 볼 거다. 대구가 넓으면 얼마나 넓겠노?"

안타깝게도 그런 일은 없었다. 우리는 각자의 우주를 향해하는 기차를 타고 가다가 어느 분기점에서 우연히 만났을 뿐이다. 그것은 천문학적인 사건이었다.

철이는 '혜성 도서관' 편에서 자기 마음에 쏙 드는 서가를 만난다. 그곳에는 「은하철도 999」를 연재한 만화 잡지가 가득했다.

"이번 정차역은 도서관 행성. 정차 시간은 두 주일, 지구 시간으로 336시간입니다."

지금도 여름이면 전국 곳곳에서 청소년 독서캠프가 열린다. 나는 작가라는 명찰을 달고 강릉 바닷가, 전북의 들판, 지리산 기슭에 초대되어 간다. 거기에는 옛날 나 같은 아이들이 있다. 누가 말을 걸까 봐 책 속에 얼굴을 콕 박고 있는 아이. 그러다 누가 부르면 볼이 빨개져서 반갑게 대답하는 아이. 어딜 가든 단짝과 손을 꼭 잡고 다니는 아이…… 가끔은 나까지 친구 취급해주는 아이도 있다. 내가 어릴 적에 해적 이야기를 좋아했다고 하자, 자기가 그린 『원피스』의 루피를 보여준다. 내가 춤추는 걸 좋아한다고 하자, 『명탐정 코난』의 주제곡인 〈사랑은 스릴, 쇼크, 서스펜스〉에 맞춰 춤추는 나를 만화로 그려준다.

아이들과 떠들다가 기차를 타고 서울로 돌아온다. 바싹 마른 목을 생수로 적시다가 몰려오는 피로에 잠이 든다. 그러다 밤의 그늘이 창에 드리우면 갑자기 눈이 말똥말똥해진다. 창가에 고개를 기대어 어둠 속의 작은 불빛들을 보면, 마치 별들 사이를 여행하는 기분이 든다.

나는 그때 기차를 타고 시간을 앞질러 가을에게 갔다. 그렇다면 이 기차로 시간을 거슬러 돌아갈 수는 없을까? 기차에겐 어쩐지 그런 힘이 있을 것 같다. 다니구치 지로의 『열네 살』이라는 만화에서도 그랬다. 사십대인 중년 남자가 출장길에 기차를 타고 고향 마을에 갔다가 열네 살의 시간으로 돌아간다.

문득 내가 탄 기차의 모양이 바뀌는 것 같다. 좌석은 허름해지고 퀴퀴한 오징어 냄새가 풍긴다. 봇짐을 든 할머니가 비틀거리며 통로로 걸어오면, 나는 자리를 양보하고 바깥으로 나간다. 객차와 객차 사이 통로에 서면, 발아래의 틈으로 선로가 빠르게 지나간다. 바퀴가 불꽃을 튀기며 별처럼 반짝인다. 나는 출입문 옆 계단에 걸터앉는다. 그 옛날의 통근 열차처럼 문과 계단 사이엔 큰 틈이 있다. 그 바깥으로 수많은 별들이 날아가는 게 보인다.

나는 깨닫는다. '그때의 독서교실이 아니었다면, 지금 나는 이 자리에 있지 않을 거야.' 내가 쓴 글로 칭찬을 듣고, 그 덕분에 책을 읽으며 멋진 친구들을 사귀었다. 그 즐거움이 나를 작가로 만든 거다.

그해의 여름은, 대구의 여름이지만 하나도 덥지 않았던 것 같다. 긴 해가 더 길었으면 좋겠다고 여겼다. 다시 말한다. 그해의 여름은, 대구의 여름이지만 하나도 덥지 않았다.

우리 은하계에서
가장 못생긴 아이

나는 학창시절의 짝을 거의 기억하지 못한다. 얼굴도 이름도 전혀 떠오르지 않는다. 그런데 태어나서 처음 학교에 가서 만난, 1학년 첫 짝의 모습만은 너무 선명하다. 기억은 감정과 엮일 때 가장 잘 살아남는다고 한다. 짝의 얼굴은 나의 죄책감과 얽혀 있다. 그 애는 반에서 공인된 '가장 못생긴 애'였다.

누가 그렇게 정했을까? 투표를 한 건 아닐 테고. 반에서 실권을 가진 애들끼리 뽑았나? 머릿속에 떠오르는 그 얼굴은 분명히 예쁘다고는 할 수 없었다. 하지만 특별히 이상한 얼굴도 아니었다. 어디에나 있는, 사실 눈에 안 띄는 게 더 어울리는 외모였다. 굳이 특이한 점을 찾으라면, 나이가 들어 보였다. 그리고 보니 나는 학교를 한 살 일찍 들어갔다. 심지어 생일도 아주 늦었다. 당시 학급에선 아이들을 성별과 나이 순으로 앉혔다. 여학생을 어린 순부터 짝을 지어 차례로, 이어 남학생을 같은 순서로. 내 짝은 여자아이들 중 가장 뒷번호였고 나는 남자아이들 중 가장 앞번호였다. 그러니 나는 학급에서 유일하게 여학생과 짝을 이뤄 앉았던 거다. 혹시 반에서 유일하게 남녀 짝꿍이 된 우리를 시기해서 그런 말을 퍼뜨렸던 걸까?

어쩌면 그 애가 반에서 가장 나이 많은 여자아이였다는 사실이 힌트가 될지 모르겠다. 보통은 한 살이라도 많으면 더 잘 꾸미지만, 그곳의 사정은 좀 달랐다. 읍에 있는 학교여서 가난한 농촌 아이들이 많았다. 집안 사정 때문에 한두 해 늦게 입학한 애들도 있었다. 그 아이들은 농사일을 돕느라 얼굴도 몸도 까맸고, 갈아입을 옷이 없으니 더러워 보이기도 했다. 동생들을 돌보느라 항상 지쳐 있기도 했다.

혹은 이런 가설도 떠오른다. 그 아이의 외모는 당시에 소위 '못생겼다'고 정해진 어떤 카테고리에 가장 부합했던 게 아닐까? 까무잡잡한 얼굴, 작은 눈, 납작한 코, 어중간한 단발머리, 깡마른 몸에 헐렁한 옷…… 그때 우리가 순정만화나 책받침 요정들을 통해 얻은 아름다움의 기준 ─ 하얀 얼굴, 큰 눈, 오똑한 코, 넘실거리는 금발, 알록달록한 원피스의 대칭점이었다.

이유가 무엇이었든지 간에 돌이켜 생각할수록 무섭다. 시골 학교의 가장 어린아이들이 누군가에게 그런 낙인을 찍고 놀렸다니.

『은하철도 999』의 철이는 일본 만화사에서 가장 못생긴 주인공이다. 조연이나 단역 중에는 맞설 만한 존재들이 꽤 있지만, 주연급에서는 타의 추종을 불허한다. 작품 속에서는 은하 전역에서도 못생긴 아이로 손꼽힌다. 단춧구멍 같은 눈, 납작한 코, 더벅머리, 작은 키에 휘어진 안짱다리…… 그의 활동 무대가 큰 눈, 오똑한 코, 늘씬한 몸매의 꽃미남 꽃미녀들이 득시글거리는 만화 세계이니 더욱 충격적이다. 게다가 그와 항상 함께하는 메텔은 은하계 최고의 미녀다. 그러니 그 '못생김'은 철이와 떼려야 뗄 수 없는 아이덴티티다. 심지어 어느 별에서는 이런 취급까지 당한다.

"꺄악! 이상한 동물이…… 아니 괴물이 있어요."

"무슨 소리야, 젠장. 됐네, 됐어. 난 어차피 안짱다리 원숭이야. 죽여도 죽지 않는 원숭이라구. 때투성이 원숭이란 말야."

우주는 넓으니까 다양한 미적 기준이 존재할 수 있다. '어둠의 별'은 빛을 모두 흡수해 암흑 속에서 살아가는 별인데, 이곳 사람들은 꽃이나 지구의 미인을 괴물로 본다. 아름다움의 가치 기준이 정반대다. 아이러니하게도 그들은 지구 기준으로는 대단한 미남미녀. 그런데 인공태양을 발명해 스스로의 모습을 보게 되자, 그 흉측함에 좌절해 인구의 99.9퍼센트가 자살하고 만다. 별을 떠나며 철이가 묻는다.

"그 별에선 어떤 사람을 아름답다고 생각할까요?"

메텔이 말한다.

"너의 얼굴을 보고선 총을 쏘지 못했잖아. 어쩌면 네가 아름다운 얼굴에 해당할지도 몰라."

언뜻 우리 같은 못난이들에게 희망을 주는 말로 들린다. 우주 어딘가에 내가 최고 미남미녀로 여겨지는 행성이 있을 수도 있다고. 하지만 메텔의 저 말은, 일반적인 우주의 미적 기준으로는 철이의 외모가 최악이라는 고도의 돌려까기에 다름 아니다.

태어날 때 우리에게 주어지는 이 외모는 평생의 굴레가 되기도 한다. '반딧불 거리'에 사는 사람들은 몸에서 뿜어내는 반딧불 같은 광채에 따라 미모가 결정되고 사회적 신분이 정해진다.

"빛나는 부분에 따라 아름다운지 보기 흉한지 평가받고 평생의 운명이 결정되는 거죠."

온몸에서 빛을 뿜어내는 미인들은 사회의 지배층으로 살아가고, 얼룩덜룩 빛을 내는 이는 미천한 신분으로 살아간다. 철이는 그들의 마음을 이해한다고 말한다.

"생긴 걸 따지자면 나도."

그러나 핀잔을 들을 뿐이다.

"됐으니까 돌아가 주세요."

못생긴 사람들은 연대하기도 어렵다.

다행히 철이는 자신의 못생김에 큰 콤플렉스가 없다. 외모 때문에 기죽지 않는다. 현실을 인정하고 자학 개그의 포인트로 삼을 정도다. 남자들은 정의롭게 행동하고 능력을 발휘하면 추한 외모 정도는 쉽

'반딧불 거리' 사람들은 몸에서 나오는 광채에 따라 미모와 계급이 결정된다. 얼룩덜룩한 빛은 미천한 신분이다.

게 눈감아준다는 걸 알고 있기 때문이다. 그러니 독자의 상당수가 될 못생긴 남자아이들은 철이를 롤모델로 삼을 수 있다.

내 짝궁은 어땠을까? 철이처럼 희망을 건네줄 주인공을 만날 수 있었을까?

곱슬거리는 빨간 머리의 앤? 주근깨 투성이의 울보 소녀 캔디? 그녀들은 충분히 못생기지 않았다. 철이 급으로 못생겼으면서도 주제넘게 명랑한 남자 주인공은 제법 만날 수 있다. 그러나 그만큼 못생겼는데 밝고 쾌활하기까지 한 여자 주인공은 찾기 어렵다. 기껏해야 주인공의 친구 역인 개그 캐릭터다.

전 은하의 사람들을 외모로 분류한다면, 나도 철이와 같은 칸에 타고 있을 가능성이 높다. 어렸을 때는 더 닮았다. 키 작고 눈 작고 비실비실한 남자아이. 어쩌면 '반에서 가장 못생긴 아이' 선정회의 때 내가 먼저 후보로 올랐던 게 아닐까? 그런데 내 짝궁이 어른스럽게 '아니야. 내가 더 못생겼어'라며 타이틀을 가져가준 건 아닐까? 하지만 왜 그랬니? 그런 타이틀은 남자아이가 갖는 편이 나아. 세상을 봐. 남자들 중엔 "나는 못생겼지만 ○○은 잘해요"라며 유명인이 된 사람들이 허다해. 자신의 외모 콤플렉스를 극복했다며 더 큰 박수를 쳐주잖아. 하지만 이런 대접을 받는 여자는 거의 없어.

혹시라도 당시 아이들이 동창회에서 다시 만난다면 서로의 모습을 보고 뭐라고 할까? "너도 많이 예뻐졌네"라며 과거의 잘못을 무마하기 위한 덕담들을 건넬까? 그러기엔 너무 늦어버렸다. 계속해서 모양을 바꾸는 '부정형 행성 누르바'의 주민이 한 말이 더 어울릴 거다.

"형태가 있는 생물은 언젠가 늙어서 흉칙한 모습으로 변해서 죽어가지."

하지만 이런 말을 함부로 내뱉었다간, 한 줌인 친구도 사라져버리겠지. 그러니 서로의 외모에 대해서는 아무 말도 하지 않는 게 좋다. 볼 만한 형체가 없어도 눈을 맞추고 대화를 나눌 수 있어야 친구다.

시간 장난꾼과
비둘기 날벼락

살다보면 자신의 잘못이 아닌데도 무언가를 책임져야 할 때가 있다.
편의점 알바생은 술꾼이 가게 앞에 엎어놓은 컵라면 쓰레기를 치워
야 한다. 똑똑한 후임은 능력은 없는데 부지런하기만 한 선임이 저지
른 일을 수습해야 한다. 모범생으로 직진만 해온 누나는 엉뚱한 길만
골라 가는 망나니 남동생을 챙겨야 한다. 은하철도의 세계에도 어쩌
다보니 남들의 뒷수습만 해주게 된 사람들이 있다. 하지만 내가 당한
일처럼 억울한 경우를 찾아보기도 쉽지 않을 것이다.

　작가 생활을 한 지 얼마 지나지 않았을 때다. 정체불명의 메일 하
나를 받았다.

　"너 혹시 대구 ○○학교에서 비둘기 키우던 애 아냐?"

　난데없는 이야기였다. 보낸 사람의 이름을 봐도 누군지 알 수 없었

다. 저 말 외에는 별다른 용건도 없었다. 그런데 잠시 후 까맣게 잊어버렸던 기억이 뭉게뭉게 피어올랐다. 마술사가 상자 속에서 손을 꼼지락댔고, 그 안에서 수십 마리의 비둘기들이 튀어나왔다. 그래, 나는 비둘기를 키우던 소년이었다. 절대 내가 원했던 건 아니다.

'바닥을 알 수 없는 도시'에서 철이는 타지 말라는 엘리베이터를 또 제멋대로 타버린다. 엘리베이터는 위로 아래로 옆으로 비스듬히…… 제멋대로 움직이며 철이를 이상한 세계로 데려간다. 책방과 음식점이 가득한 거리, 시냇물이 흐르고 토끼가 뛰어노는 들판, 빛나는 미래 도시 메갈로폴리스 그리고 무법의 황야…… 그 뒤를 추적해간 메텔은 깨닫는다. 그 세계는 철이의 마음속이었다. 제멋대로 튀어나온 기억들이 펼쳐낸 이상한 나라였다. 나 역시 수상한 이메일에 끌려들어가, 오랫동안 잊고 있었던 기억을 찾아가게 되었다.

6학년 교실은 수십 년 묵은 건물의 꼭대기 층이었다. 그날 나는 등교 시간에 맞춰 계단을 올라 마루로 된 복도를 걸어갔다. 그런데 심상찮은 기운이 감돌았다. 아이들이 교실에 들어가지 않은 채 웅성거리고 있었고, 주변에는 퀴퀴한 냄새와 먼지들이 떠돌고 있었다. "무슨 일이야?" 물어봐도 아이들은 그 상황을 설명하지 못했다. 반쯤 열린 앞문으로 교실 안을 들여다보았다. 난장판이었다. 책상과 걸상 위로 비둘기 똥, 깃털, 나무조각 들이 폭탄처럼 터져 있었다. 위를 보니 이유를 알 수 있었다. 교실 지붕 밑에 비둘기들이 수십 년 동안 집을 짓고 살았는데, 그 안에서 똥을 싸고 알을 낳고 똥을 뭉개고 새끼를 까고 하다가 드디어 오물의 무게를 견디지 못해 천장이 무너져 내렸던 거다.

담임 선생님의 지시로 교실을 치우고 각자 자리에 앉았다. 그런데 교실 한가운데엔 아직 우리가 해결하지 못한 문젯거리가 남아 있었다. 빽빽대며 울고 있는 새끼 비둘기 세 마리였다. 어른 비둘기들은 창문이 열리자 곧바로 날아갔는데, 아직 날지 못하는 애들이라 똥더미 속에 그대로 남아 있어야만 했던 거다.

선생님은 (무책임하게도!) 학급회의로 해결하라고 했다. 회의를 열었지만 뾰족한 수가 있을 리 없었다. 그러다 한 녀석이 손을 번쩍 들었다.

"제 생각엔, 명석이가 시골에서 왔으니 비둘기도 잘 키울 거라고 생각합니다."

이 무슨 비둘기 똥꼬 털 뽑는 소리인가? 내 고향집은 읍에 있는 가게다. 나는 비둘기는커녕 닭도 키워본 적이 없다. 옆집이 닭집이라 목 따고 털 뽑고 튀기는 건 많이 봤지만 말이다. 하지만 아이들은 깔깔대며 박수를 쳤다. 그러자 선생님이 (무책임하게도!) 투표로 결정하라고 했다.

안건   새끼 비둘기는 이명석이 데려가서 책임지고 키운다.

결과   만장일치에 한 표 반대.

나는 빽빽대는 비둘기 새끼 세 마리를 종이 상자에 담아 집으로 들고 갔다. 발은 천근만근, 머리는 지끈지끈이었다. 민주주의란 게, 다수결이란 게 이런 거였어? 이렇게 한 사람을 희생양으로 삼아 골탕 먹이는 제도였던 거야? 도대체 나더러 어쩌라고? 그때 나는 친척집의 방 한 칸을 빌려 누나, 형과 살고 있었다. 우리 집도 아닌데 이 비둘기를 어떻게 키워? 하지만 눈도 제대로 못 뜬 애들을 버릴 수는 없었다.

집에 오자 조카뻘인 주인집 꼬마가 아주 좋아했다. 그러자 친척 아저씨도 흔쾌히 거둬주었다. 아저씨는 합판을 잘라 비둘기 집을 지었고, 장독대가 있던 옥상에 올려놓았다. 나와 조카는 아침저녁으로 모이와 물을 주며 들여다보았다. 셋 중 한 마리는 얼마 지나지 않아 죽었다. 나와 조카는 슬퍼하며 마당에 묻어주려 했는데, 조카의 할머니가 재수 없다고 야단을 쳤다. 상심한 우리는 근처 두류산 기슭에 새끼를 묻고 돌을 올려주었다. 나머지 둘은 아마도 암컷, 수컷이었나 보다. 건강하게 자라 몇 주 뒤에는 알을 낳았다. 그리고 그 새끼들이 자라 금세 알을 낳았다. 그리고 그 새끼들이 금세 자라……

요즘 도시의 비둘기를 두고 하늘을 나는 쥐라고 천시한다. 내가 키운 비둘기들은 쥐처럼 더럽진 않았지만, 쥐 못지않은 번식력을 가지고 있었다. 6개월 뒤, 비둘기 대가족은 우리 집 주변의 지붕들을 완전히 점령했다. 세력을 넓혀가더니 도보 10분 정도 거리에 있는 학교의 친척들과 합류했다. 나의 등하굣길엔 수십 마리 비둘기들이 하늘을 덮었고, 우리 집 마당에는 비둘기 똥이 비처럼 쏟아졌다.

그쯤 되자 이런 생각도 떠올랐다. 이 정도 상황이면, 내게 비둘기들을 부리는 능력 정도는 주어져야 하지 않아? 가령 비둘기들을 길들여 친구들에게 비밀 편지를 보낼 수 있으면 얼마나 좋을까? 아니면 못된 상급생들에게 둘러싸여 얻어맞을 위험에 처했을 때, 휘파람을 불면 비둘기들이 우루루 날아와 물리쳐주는 것이다. 피존 보이! 나는 그런 꿈을 꾸며 혼자 휘파람 연습을 해본 적도 있다. 하지만 내 입에선 헛바람 소리만 나오고, 비둘기들은 콧방귀를 뀔 뿐이었다.

나는 위기에 빠진 비둘기 종족의 아담과 이브를 구해, 새로운 우주에서 살아가게 만들었다. 나는 비둘기의 신이다. 하지만 창조했으나 개입할 수는 없다. 그런데도 비둘기들은 안 좋은 일이 생기면 나를 탓하는 것 같았다. 비가 오는 날에는 비둘기들이 지붕 위에 모여 하염없이 비를 맞았다. 처마 밑의 나를 쳐다보고 구구구구 울어대기도 했다. "구구구구. 인간놈아. 어떻게 좀 해봐. 비가 와서 깃털이 다 젖잖아." 왜 어딘가 날아가서 피해볼 생각을 안 할까? "구구구구. 애초에 우리를 여기 데려오지 않았다면 이런 일은 없을 거 아냐." "구구구구. 애초에 비라는 게 안 오면 좋았을 텐데."

이제 다 지난 일이고, 구태여 떠올려야 할 이유는 없다. 그런데 내게 메일을 보내 그 기억을 되살린 사람은 도대체 누구일까?

'바닥을 알 수 없는 도시'에서 철이를 이상한 세계에 꼬여 들인 것은 '키자루나'라는 남자였다. 그는 사람들을 꿈속에 끌어들여 농락하는 것이 취미였다. 혹시 내게 메일을 보낸 이도 키자루나 같은 사람이 아니었을까? 그렇다면 지금 비둘기 똥과 털이 범벅된 기억 속에서 당혹해하고 있는 나를 보고 낄낄대고 있겠지? 아니, 이런 생각도 든다. 혹시 그 녀석이었나? 학급회의에서 내가 비둘기를 잘 키울 것 같다고 한 그 녀석이 메일을 보낸 장본인이 아닐까? 그러니까 나조차 잊어버린 기억을 그렇게 쉽게 소환해냈던 거다. 어쩌면 양쪽의 가설을 모을 수도 있을 것 같다. 시간과 공간을 뛰어넘어 사람들의 마음속을 여행하는 키자루나가 있다. 그는 어린 시절 나에게 장난을 쳤고, 어른이 된 나를 다시 찾아와 그 장난을 되살려서 놀리고 있다.

당신도 혹시 모르니 조심하라. 어느 날 수상쩍은 메일을 통해 키자루나가 찾아올 수 있다. 당신에게 일어났던 가장 불가사의한 과거를 되살려놓을지 모른다.

철이는 뒤엉킨 우주의 시간 속에 떨어져, 어머니가 죽기 바로 전날로 돌아간다. 영화 〈인터스텔라〉를 떠올리게 한다.

銀河鐵道!

바다라면 표면장력이
아주 강한 이상한
바다일 거예요, 여긴!

은하철도의 세계에선 평범한 바다를 찾는 것이 오히려 어려울지도 모른다.

★★★

P

절대로 자기를 버리지 않을 사람과 함께하는
기나긴 여행, 그런 여행을 하고 싶었다. 버려
질 것 같으면 지레 먼저 버려버리는 그런 여
행 말고, 영원히 마주 보고 앉아 있어도 하나
도 이상하지 않을 것 같은 그런 여행.

★★★

고향은 누가 뭐래도 고향

어디서 태어났는지 누군가 물을 때 '서울'이라고 대답하면 늘 돌아오는 말이 있다.

"넌 고향이 없구나."

고향이 없는 사람이 어디 있겠나. 태어나고 자라나는 시절이 있다면, 당연히 태어난 곳과 자라난 곳이 있다. 그렇지만 서울 출신들은 '고향이 없다'는 말에 익숙하다. 고향이 가진 '이미지'는 막강하니까. 논과 밭이 있고, 들과 산이 있고, 개울과 숲이 있고, 동구 밖과 마당이 있고…… 그 모든 것이 없는 서울은 '고향'의 이미지에 부합하지 않는다. 그러니 서울은 누구의 고향도 될 수 없는 공백의 공간 취급을 받곤 하는 것이다. 그와 함께 서울에서 태어난 이들도 우루루 실향민 아닌 실향민이 된다.

어쩔 수 없이 고향이 없다는 말에 수긍하는 이유는 서울이 격변의 도시기 때문이다. 서울의 변화는 눈부셔서, 돌아서면 변해 있고 돌아서면 사라져 있고 돌아서면 생겨나 있다. 길 자체가 밀려 나가서 어디가 어딘지 알 수 없게 되는 일도 비일비재하다. 고향집 따위는 아파트라는 으리으리한 비석 밑에서 찾는 게 빠르다. 집도 길도 나무도, 어떤 이정표도 남지 않은 땅을 '고향'이라고 부를 수는 없으니 '고향이 없구나'라는 말에 반박하기는 쉽지 않다.

잘 변하지 않는 동네에서 유년시절을 보냈다는 것은 그래서 복이다. 다행히 내가 태어나고 자란 동네는 많이 변하지 않았다. 광화문에 이웃한 서울 중심지인데도 그랬다. 신기하게도. 초등학교 4학년즈음에 떠난 뒤 다시 돌아와 둘러볼 기회는 많지 않았지만 올 때마다 현기증이 날 정도로 똑같았다. 가게가 좀 바뀌고 건물 몇 개가 새로 생겨나고 그뿐. 내가 태어났던 건물, 내가 아기 때 살았던 집, 초등학교 다니기 전부터 드나들었던 엄마의 미술학원, 내가 놀았던 공원, 내가 다녔던 도서관. 다 그 자리에 있다.

그냥 그대로 작아졌을 뿐이다. 예전 집에서 배화여고까지의 길은 깜짝 놀랄만큼 짧았고, 도서관은 생각보다 금방 닿았고, 공원은 신기할 정도로 좁아져 있었다. 엄마의 미술학원이 있던 경복궁역 옆 건물 2층의 치킨집에 앉아 공간이 이토록 작았었나, 신기해하며 둘러본다. 동네에서 세종문화회관에 가는 건 어마어마한 용기를 필요로 하는 모험이었고, 학교와 집 사이에 자리 잡은 금천교시장 옆길로 새는 것만 해도 작정하고 저지르는 일탈이었는데, 지금은 그저 성큼성큼 갈 만한 산책길일 뿐이다.

물론 변한 것도 많다. 고향을 물을 때마다 대답하곤 했던 '배화여고 정문 바라보고 왼쪽 길로 꺾어져 두번째 골목 끝 집'은 사라졌다. 찾아보려 했지만 길도 어리바리 뭉개져, 그저 보폭으로 짐작만 할 뿐이다. 어렸을 때 살았던 마당 깊은 집은 게스트하우스가 되었다. 누렁개가 한 마리 살던 마당은 다른 오래된 한옥들처럼 천장을 막아서 실내로 쓰고 있겠지. 어렸을 때 참깨를 한 주먹 얻거나 오뎅을 한 장 얻어먹곤 했던 오래된 가게로 가득 차 있던 금천교시장은 이제 술집으로 가득 찼다. 변화는 어쩔 수 없는 일이다. 오래된 페이지에 새 사진을 붙이는 정도의 변화야 어느 누구의 고향인들 안 그렇겠는가. 사람이 사는 곳인데.

내 고향 서촌이 '핫한 동네'로 뜨면서, 어쩌다 서촌 주민들과 원탁에 둘러앉아 이야기를 나눈 적이 있다. 그때 한 분이 서촌의 급격한 변화를 개탄했다. 나는 눈을 동그랗게 뜨고 "아닌데요?"라고 반박했다. 세탁소가 나가고 카페가 들어오는 일 정도는 대세에 지장을 주지 않는다. 길이 남아 있고 오래된 담장이 남아 있고 나무가 남아 있으면, 나머지 변화는 그저 부수적인 현상일 뿐이다. 나는 그래서 아직 고향을 갖고 있다.

오히려 변한 건 나다. 머리 끝부터 발끝까지, 몇 번이나 철저하게 세포가 바뀌었다. 성장만 한 것이 아니다. 신진대사를 통해 당시 서

지구를 떠나는 철이, 그는 과연 이 고통스러웠던 땅을 고향이라며 찾아올 날이 있을까?

촌에 살던 시절의 내 세포는 거의 모두 비워냈다. 기억은 휘발성이 강해서, 고향과 나를 묶어주는 것은 연약하기 그지없는 연상작용뿐이다. 매번 볼 때마다 새로워져 있다. 고향이? 아니 내가. 그렇게 생각하면 고향이란 게 무슨 의미인가. 서촌보다 지금 내 세포를 이루고 있는 중국산 김치의 원산지가 오히려 고향에 가깝지 않을까.

철이가 지구를 버리고 떠나려 할 때, 메텔은 말한다.

"여길 잘 봐두도록 해. 이곳에 다시 돌아올 때면 너는…… 기계 눈으로 변해 있을 테니까."

기계가 된 철이가 본 풍경이 얼마나 달라졌을지도 궁금하지만, 기계가 된 철이가 과연 지구를 고향이랍시고 찾아올 마음이 들까도 궁금하다. 몸이 마음을 좌우하는 일도 많으니까. 그렇지만 기억이 남아 있다면, 마음이 남아 있다면 무엇을 통해 보더라도 그곳은 고향이다. 거리감각은 변했을지 모르지만, 마음과 풍경이 부딪쳐 만들어내는 흔들림의 파장은 다르지 않으리라. 몸이 기계로 바뀌었다고? 나사 하나 그 땅과 관련이 없더라도 대세에는 지장이 없다. 고향은 고향이니까. 누가 뭐래도 고향이니까.

"

라면,
뜨끈한 추억

라다크에 살고 있는 아이 앙뚜는 어렸을 때부터 왠지 빛나는 눈과 점 잖은 태도가 남다르더라니, 티베트 캄의 고승이 죽어 다시 태어난 환생, 살아 있는 부처 '린포체Rinpoche'로 인정받는다. 앙뚜를 어린 제자로 받아들였던 스승 우르간은 이 특별한 아이를 보살피고 키우는 역할을 맡는다. 그런데 앙뚜의 환생 전, 사원의 제자들이 그를 모셔가려고 오지 않는다. 중국에 의해 국경이 막혀버린 터라 왕래가 힘들어진 탓이다. 결국 앙뚜는 가짜 린포체라며 사원에서 쫓겨나고, 우르간은 늙고 마른 몸으로 아직 아이인 앙뚜를 씻기고 입히고 먹이고 학교에 보내는 일을 도맡는다. 늙은 선생과 어린 소년은 혹독한 날씨를 겨우 가려주는 오두막에서 가난하고 쉽지 않은 삶을 이어가다 결국 인도로 떠나게 된다.

그때 내 진심은 그게 아니었는데

문창용 감독의 다큐멘터리 영화 〈다시 태어나도 우리〉에 찍힌 풍경은 무척 낯설다. 기후도 풍광도 문화도 언어도 다른 나라의 이야기니까 당연하겠지. 그러나 먼 풍경을 감상하듯 보던 마음이 확 끌려들어가는 장면을 만나게 되었다. 요리에 서툰 늙은 스승은 종종 앙뚜에게 라면을 끓여준다. 그러다 돈을 벌기 위해 일주일간 집을 비우는데, 그사이에 아홉 살 앙뚜는 라면으로 끼니를 연명한다. 난로에 불을 지피고, 짧고 통통한 손가락으로 냄비에 물을 붓고 끓으면 라면을 넣는다. 서툰 젓가락질로 바닥의 면발을 닥닥 긁어 먹는다. 라면의 훈훈하고 짭짤한 냄새가 여기까지 나는 것 같다.

가난한 노동자들의 가사노동과 식비에 대한 부담을 덜고 그들을 더 혹독하게 착취하려고 만든 음식이 라면이라던데, 그러한 라면의 활약은 다른 분야에서도 눈부셨다. 바쁜 부모를 둔 아이들에게 라면은 말 그대로 일용할 양식이다. 내 어린 시절도 마찬가지였다. 그 장면에서 비로소 앙뚜의 어린아이다운 작은 손이 볼에 닿은 듯 눈물이 흘러나왔다.

어린 손에 뭔가를 야무지게 쥘 수 있게 되고 서툴게나마 불을 다룰 수 있게 되면 라면을 끓여 먹을 준비가 되었다는 뜻이다. 영화를 같이 보았던 나와 내 친구는 각각 서울과 지방에서 자라나 사는 환경은 무척 달랐지만, 라면에 대한 추억은 공통적이다. 겨울에는 연탄난로에 양은냄비를 올려놓으면 되지만 여름에는 석유곤로를 피워야 한다. 팔각성냥갑에서 성냥을 꺼내 불을 피운 뒤 심지에 불을 붙이고

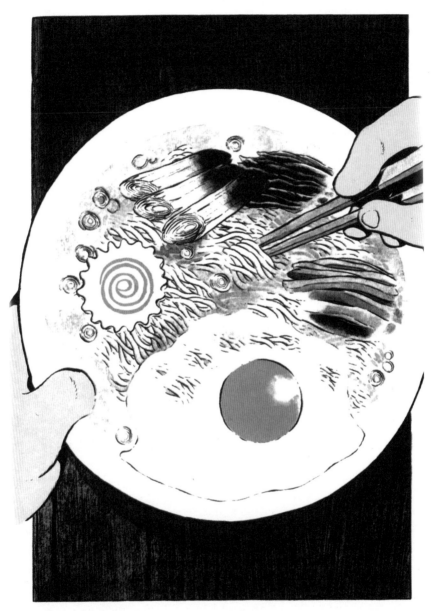

라멘에 대한 철이의 애정은 각별하다. 우주를 여행하면서도 진짜 라멘을 먹을 기회를 놓치지 않는다. 철이의 머릿속에서는 라멘이 세상에서 제일 맛있는 음식인 듯하다.

레버를 살살 돌려 불꽃을 북돋운다. 그러다 때론 앞머리도 태워 먹고 코끝도 까매지지만, 라면을 호호 불어 먹는 동안 감쪽같이 없어질 상흔이다.

아파트로 이사간 뒤에도 엄마가 외출한 날은 당연하게 라면을 끓여 끼니를 때웠다. 매일 저녁 외출하셨으니 매일 저녁 끓여 먹었다. 하루는 라면이 떨어져, 누가 사러 갔다오느냐로 언니와 심하게 다투었다. 큰 소리가 나고 내가 와앙 울음을 터뜨리자 옆방에 세 들어 살던 언니가 깜짝 놀라 얼굴을 디밀었다. 상황을 안 옆방 언니는 우리를 살살 달랬고, 결국 내 손을 잡고 근처 가게로 향했다. 그때 내가 눈물 콧물 얼룩진 채 했던 말에 옆방 언니는 심란한 표정을 지었는데, 그 표정은 생각나지만 내가 했던 말은 끝끝내 기억이 나지 않는다.

라면에 대한, 그리고 어린 우리를 내버려두고 다니는 부모에 대한 복합적인 애증이 섞인 말이었겠지. 라면의 간편함 덕분에 우리 삶은 좀더 자유로워졌지만 그만큼 삶의 질에 소홀해졌다. 지금도 나는 라면을 좋아하지만, 편한 마음으로만 먹을 수는 없다.

하지만 라면이란 얼마나 맛있는 음식인가. 요즘은 정말 매일 새로 쏟아져 나오는 라면을 맛보기에 바쁘다. 딱히 배가 고프지 않아도 생각나는 야식이고, 바쁠 때는 요긴한 한 끼인 데다, 스트레스 해소용 간식이기도 하고, 어떨 땐 추억의 음식이기도 하다. 매번 새로 나온 색다른 라면을 조금씩 사 먹다가 얼마 전에 기본라면 한 박스를 사서 쟁여두었다. 베이직한 라면을 오랜만에 먹으니 말 그대로 옛날 라면 맛이 났다. 밀가루 냄새와 조미료 냄새, 매운내가 한꺼번에 기억 속에서 불려나왔다. '맛있다'는 형용사가 두둥실 떠오르는 맛.

철이가 가진 라면에 대한 애정을 내 입장에서 이해하기는 어렵다. '일본라멘'은 '라면'이 아니기 때문이다. 일종의 라면이라는 이야기만 듣고 일본라멘을 처음 먹었을 때의 충격을 잊지 못한다. 적당히 쫄깃한 생면에, 진한 고기냄새가 나는 국물, 그 위에 잘 구워 올린 차슈까지. 일본라멘은 내가 아는 라면과는 전혀 다른 '요리'였다. 막 일본라멘이 국내에 들어오기 시작했을 때는 심지어 비싼 요리였다. 기계 인간이 지배하는 지구에서 가난한 철이와 철이의 엄마가 감히 먹을 수 없는 음식이다. 그러니 왜 철이가 라멘을 저토록 좋아하는지 알 도리가 없다. 철이에게 라멘은 먹어본 적 없는 환상의 음식이니까. 그러면서 어떻게 추억의 음식일 수 있을까? 어렸을 때 먹어보지 않았던 음식이 추억의 음식이 될 수 있을까?

사람들은 철이가 그토록 라멘을 좋아한 이유를 『은하철도 999』의 작가인 마쓰모토 레이지에게서 찾기도 한다. 그가 일본 굴지의 라멘 기업의 대주주여서, 일종의 간접광고가 라멘에 대한 애정으로 표현되었다는 것이다. 그렇지만 짐작이나 소문과 상관없이 라멘을 보고 기뻐하는 철이의 마음은 한 톨 위화감도 없이 독자들에게 전해진다. 생각해보면 그렇다. 어떻게 라멘을 좋아하지 않을 수 있단 말인가.

고깃국물이 주는 뜨끈한 느낌은 너무나 원초적이어서, 먹어본 적 없는 음식인 라멘에서도 '그립다'는 정서를 떠올리게 할 만하다.

〈다시 태어나도 우리〉를 같이 본 친구는 영화가 끝난 뒤 한참 울어 퉁퉁 부은 내 얼굴을 시큰둥하게 쳐다보았다. 그렇지만 나중에 그 영화에 라면 먹는 장면이 나왔다는 이야기를 듣자 울컥하는 표정이 되었다. 하필이면 그때 졸았다며, 그 장면을 보지 못한 것을 아쉬워했다. 그때, 성장기를 라면으로 채웠던 우리는, 라면을 박스째 사서 쟁여둘 때마다 연탄을 쟁여두거나 김장을 마친 것처럼 뿌듯한 기분을 느꼈던 우리는 어린아이가 라면을 서툴게 집어 올리는 장면에서 마음이 움직이지 않을 도리가 없다. 그래서인가, 철이가 라멘을 먹을 때마다 마음이 짠하게 둥실둥실 움직인다. 라면과 라멘이 다르다는 것을 알면서도 그렇다.

버림받고
싶지 않아서

부모가 이혼하고 난 뒤 우리 자매는 집과 가구들, 고양이와 함께 엄마에게 남았다. 이혼 이전에도 아빠는 거의 집에 들어오지 않았기 때문에 생활은 크게 변하지 않았다. 몇 개의 가방에 꾸린 짐을 갖고 나가던 날, 한참 나를 물끄러미 바라보던 아빠는 웃장 속에 올려놓고 가끔씩만 꺼내주던 레고블럭을 가지고 놀라고 허락했다. 그런 날은 흔치 않았기에 아빠가 내 삶에서 나가던 날은 어쩌다보니 내게 기쁨의 날이 되었다.

아빠와 이혼한 뒤 엄마는 집을 정리하고 우리를 데리고 미술학원에 딸린 작은 방으로 들어가 버렸다. 우리는 솜이불을 깔면 꽉 차는 그 작은 방에서 한동안 알콩달콩하게 살았다. 부엌이 없어서 밥은 밖에서 사 먹어야 했지만, 늘 사람이 복작거리는 미술학원은 어린 내게

천국 같은 곳이었다. 고양이가 있었고, 그림책이 잔뜩 있었고, 미술 도구들도 도처에 널려 있었고, 엄마의 제자들이 내 어리광을 다 받아 주었다. 밥 먹고 오라고 주는 돈을 받으면 대신 떡볶이를 먹으며 희희낙락했다.

하지만 그 기간은 길지 않았다. 엄마는 미술학원도 처분하고 고양이도 다른 집으로 보내고 다시 우리를 데리고 신사동 설악아파트로 이사했다. 그리고, 결국 우리도 그 아파트에서 아빠에게 보내졌다. 엄마에게는 가구들만 남았다. 아빠는 이미 단단한 새 가정도 꾸리고 아들도 하나 낳아 키우고 있었지만 할 수 없이 우리를 위해 틈을 벌렸다.

언니는 그때 중학생이었다. 아빠와 새엄마는 사춘기가 시작된 언니의 눈치를 보았다. 낯선 집에서 낯선 엄마와 더 낯선 아빠와 낯선 동생을 만난 나는 언니에게 꼭 붙어 있고 싶어 했지만 언니는 나조차 내쳤다. 유일한 혈육같이 느껴지는 언니와 자꾸 멀어지는 느낌이었지만 어린 나는 어떻게 해야 할지 몰랐다. 같은 재단의 학교였기에, 그저 묵묵히 언니와 같은 버스를 타고 학교에 갔다가 혼자 돌아오곤 했다.

그러던 어느 날 등굣길에, 버스 앞자리에 말 없이 앉은 언니의 뒷모습이 평소와 또 달랐다. 대각선 뒤쪽에 앉은 나는 언니의 뒷모습을 하염없이 쳐다보는 것밖에는 할 수 있는 게 없었다. 사람들이 몰려 탔고, 언니는 더 이상 보이지 않았다. 내려야 할 정류장은 이미 지났다. 버스차장은 당황해서 눈알만 뒤룩거리고 있는 내가 수상했는지 어디서 내릴 건지 물었고, 대답을 제대로 못하자 강제로 버스에서 밀어냈다. 울면서 집으로 돌아가는 것밖엔 방법이 없었다. 그날 이후 언니는 돌아오지 않았다.

그 뒤에 벌어진 일은 오랜 시간이 지난 뒤에 들었을 뿐이다. 며칠간 어수선했던 집은 언니가 엄마에게 간 게 확인되면서 다시 조용해졌다. 독서실에서 먹고 자며 버티던 언니는 배고프고 더러워진 채 엄마에게 돌아갔다. 언니 말로는 내키지 않았지만 다른 방법이 없었다고 했다. 차가운 사람인 엄마가 날 받아줄까, 날 다시 아빠에게 돌려보내지 않을까, 걱정하며 엄마의 집 문 손잡이를 돌린 순간, 언니는 고슴도치처럼 곤두섰던 마음이 무너졌다고 했다. 엄마의 집 문은 잠겨 있지 않았다. 언니가 돌아오기를 기다리면서 엄마는 가장 외로운 모습으로 앉아 있었다고 했다.

그날 이후, 나는 공중에 떠 있는 것 같았다. 새엄마는 "너네 엄마가 너만 떼어놓고 싶었는데 그게 여의치 않으니까 둘을 보냈다가 네 언니와 작당하고 언니만 데려간 것이다"라며 투덜댔고, 엄마는 "네 아빠가 너까지 데려가라고 수를 쓴다"며 화를 냈다. 모두들 나만 없으면 지금보다는 행복할 것 같았다. 그러잖아도 작은 나는 더 이상 작아질 데도 없는데. 어디에도 갈 데가 없는데 어디든 가지 않을 수 없어서 불행했다. 언젠가 어디선가 버려질지도 모른다는 생각에 늘 약

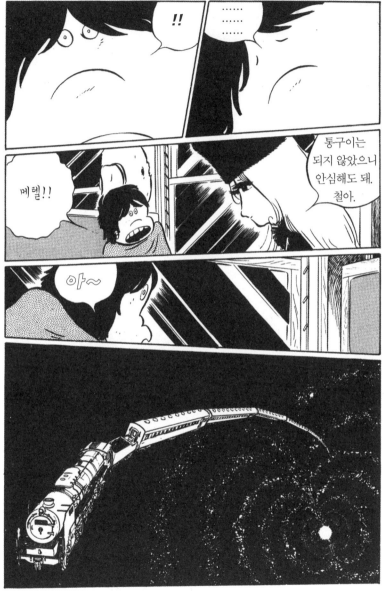

철이가 눈을 뜨면, 언제나 그곳에 메텔이 있다. 잠시 자리를 비우더라도 곧 돌아올 거라는 것을 철이
도, 독자들도 안다.

간씩 전전긍긍했다.

초등학교를 졸업하면서 또 한바탕 난리가 났다. 내 주민등록등본의 거취가 사라진 것이다. 엄마는 엄마가 살던 동네 동사무소에서 보냈다고 하고, 아빠가 살던 동네 동사무소는 못 받았다고 했다. 동사무소의 업무가 자동화되기 이전이라 누렇고 두꺼운 종이 서류는 한동안 구천을 헤맸다. 단순한 행정실수였겠지만 양쪽은 서로 애를 맡으려 하지 않는다고 비난했다. 거짓말을 한다고 소리질렀다. 내가 바로 그 '애'였는데, 아무도 내게는 신경 쓰지 않았다. 고등학교에 다닐 때까지도 옷장이 따로 없었던 나는 늘 트렁크 하나에 내 옷을 모두 담아두고 있었다. 엄마가 아빠에게 보낼 때 싸서 보냈던 가방이었다. 그게 전부였다.

지금도 그 흔적이 남아 있겠지만, 나는 내가 버림받을지도 모른다는 막연한 공포를 오랫동안 안고 살았다. 아무도 나를 버릴 수 없을 때조차 그랬다. 내가 할 수 있는 일이라고는 사람들한테서 나를 버릴 수 있는 자격을 조금씩 거둬들이는 것뿐이었다. 아무 관계도 아니게 되어버리는 것뿐이었다.

아빠가 돌아가시기 직전, 혼수상태인 아빠 옆에 붙어서 속삭속삭 수다를 떨었다. 나쁜 이야기는 하나도 하지 않고 좋은 이야기만 했다. 그날 있었던 일 이야기, 아빠 참 잘생겼다는 이야기, 좋았던 시절의 이야기만 조잘조잘 떠들었다. 아빠는 아무 반응 없이 죽은 듯한 얼굴을 하고 있을 뿐이었지만 그냥 그러고 싶었다. 평소 살가운 부녀 관계가 아니었음에도 그랬다. 그러다가 문득 말했다.

"아빠, 내가 아주 나쁜 딸은 아니었지요?"

대답도 할 수 없는 사람에게, 그러니까 묻고 싶은 말이었다.

그때 마침 동생이 나를 불러냈다. "나중에 올게요" 하면서 일어서려는데 혼수상태인 아빠가 갑자기 괴성을 질렀다. 가지 말라고 하는 절박함이 순간 느껴졌지만 나와 동생은 서로 얼굴을 한 번 본 뒤에 미련 없이 일어섰다. 내가 아빠를 버린 최초이자 최후의 순간이었다.

아빠가 돌아가시고 나서도 전과 달라진 것은 없었다. 평소와 똑같이 원고를 쓰고 고양이와 놀고 사람들을 만나 수다를 떨고, 밤산책을 했다. 그러던 어느 날 밤. 아무도 없는 산길을 걷다가 나는 엉엉 울기 시작했다. 아빠 생각이 나서 울었다. 아빠가 한 번도 나를 버린 적이 없다는 게 생각이 나서 울었다. 대학을 졸업할 때까지 어떻게든, 대학을 졸업하고 나서도 내가 나가겠다고 할 때까지 한동안, 아빠와 새엄마는 나름대로 최선을 다해 내게 곁을 만들어주었다. 그 곁이 이제 없다는 게 실감 나서 울었다. 한 번도 버림받은 적이 없었는데도 그곳에 혼자 서 있다는 게 실감 나서 울었다.

같이 여행을 하기로 결심한 뒤 메텔은 한 번도 철이를 떠나지 않았다. 철이와 같이 가지 않는 것은 의미가 없다고, 철이가 자기를 데리고 여행을 다니는 것이라고 말하곤 했다. 어느 별에서건 철이가 정기권을 잃어버려 '은하철도 999'를 탈 수 없게 되면 미련 없이 가방을 들고 따라 내렸다. 그런 철이를 오랫동안 부러워했다. 절대로 자기를 버리지 않을 사람과 함께하는 기나긴 여행, 그런 여행을 하고 싶었다. 버려질 것 같으면 지레 먼저 버려버리는 그런 여행 말고, 영원히 마주 보고 앉아 있어도 하나도 이상하지 않을 것 같은 그런 여행.

그렇지만 그런 여행이 가능할 것인가. 메텔과 철이의 여행도 언젠가 끝이 난다. 그러면 누가 누구를 버리고 말 것도 없이 자연스럽게 헤어질 것이다. 생각해보면 나 또한 그렇게 여기까지 왔다. 닿았다 머물다 떠나면서. '은하철도 999'가 자신의 정류장에 머물듯 그렇게. 그곳은 그런 세계였다. 누군가는 떠나고 누군가는 남지만 아무도 버려지지 않는 세계, 그리고 이제 와서야 인정하지만, 내가 오래 발붙이고 살아온, 그리고 살아갈 여기도 그렇다.

인생이 " 만들어지는 시간

    지금 생각해보면 이해가 안 가는 것은 아니다. 어쨌든 당시로서는 제일 교육환경이 괜찮다는 사립학교였다. 학교도 이사하고 집도 이사하면서 그사이 거리가 한껏 멀어졌지만, 집 근처 학교로 전학을 시킨다고 내가 잘 적응하리라는 법은 없었다. 아니, 잘 적응하지 못할 가능성이 높았다. 교육열이 높은 부모는 아니었지만 최소의 관심으로 최대의 효과를 얻고 싶었을 그 마음을 모르지는 않겠다. 그렇지만 지금 생각해도 내게는 너무 가혹한 일이었다. 편도 한 시간 반, 총 세 시간의 등하교 시간이라니. 초등학생이 매일 서울의 끝에서 끝으로 여행해야 하다니.

    처음에는 시간을 계산해서 혼자 일어나 등교하곤 했다. 달그락거리며 준비해서 집을 나서면, 겨울에는 해도 뜨지 않은 시간이었다.

너무 이른 시간에 움직여야 하는 것도 괴로웠지만 출퇴근 인파에 휘말리면 대책이 없었다. 키도 남의 가슴께밖에 닿지 않는 초등학생이 사람들 사이에 끼어서 발도 못 딛고 숨도 못 쉰 채로 동동 떠서 가다 보면 어떤 날은 보온밥통이 부서졌고 어떤 날은 가방끈이 끊어졌다. 울면서 집으로 다시 돌아가기도 했지만 타박을 받고 도로 학교로 가다보면 시들시들, 모든 의욕이 사라지곤 했다. 학교까지 가는 데 온 에너지를 다 쓴 나머지 막상 학교에서 배운 건 기억도 나지 않는다. 남들은 초등학생 때 평생 써먹을 것들을 배운다는데, 나는 도무지 뭘 배웠는지 모르겠다.

어느 순간에 줄을 탁, 놔버린 건 아니었다. 하다보니 그렇게 됐다. 제 시간에 학교에 못 갈 것 같으면 옆으로 새는 일이 몇 번 이어지더니, 드디어 제 시간에 학교에 가지 못할 게 뻔한 시간에 집을 나서게 됐다. 반절쯤은 학교에 갈 생각으로 움직였지만 이내 의욕을 상실하고 걸음은 느려졌다. 대부분 중간 지점인 을지로나 명동 즈음에서 '학교에 가지 말자' 마음먹었다. 그리고 그곳에 롯데백화점이 있었다. 하루종일 롯데백화점의 에스컬레이터를 오르내리며 놀다가, "지금은 우리가 헤어져야 할 시간~"이라는 노래가 나오면 쫓기듯 터덜터덜 나오는 매일. 어쩌다보니 나는 롯데백화점으로 등하교를 하고 있었다.

그렇지만 그 시절을 잃기만 한 것은 아니다. 나는 지루한 덜컹거림의 유용함을 알게 되었다. 멍하니 창밖을 보는 것 말고는 아무것도 할 수 없는 순간의 유용함. 버스의 규칙적인 흔들림에 따라 생각은 자유롭게 헤엄치고, 저 혼자 뭉쳤다가 저 혼자 흩어졌다 다시 뭉치며 형체를 만든다. 그때의 백일몽이 지금의 나를 만들었다고 해도 과언이 아니다. 중학교와 고등학교를 거쳐 대학교에 들어갔을 때, 다시 '지루한 덜컹거림'은 시작되었다. 버스를 타고 한 시간쯤 걸리는 곳에 학교가 있었다.

당시 좋아하던 시인 블라디미르 마야콥스키는 시를 쓰는 과정을 설명하면서, 시의 리듬을 위해서는 버스를 타고 돌아다녀 보아야 한다고 말했다. 그는 "감미로운 사랑에 관해 쓰기 위해서는 7번 버스를 타고 루반스카야 광장에서 노긴 광장까지 가보는 것이 좋다. 버스의 덜컹거림은 다른 종류의 삶이 간직하고 있는 매력을 대조적으로 감각하는 데 필요한 최선의 방법이다. 덜컹거림은 비교를 위해서 필수적이다"라며 온갖 탈것들이 만들어내는 리듬으로 북적거리는 도시의 효용성을 강조했다.

'감미로운 사랑'에 별 관심이 없고 '다른 종류의 삶'은 논외였지만, 대학 시절의 덜컹거리는 버스는 어설픈 시인지망생의 시를 다듬어주는 공방이 되었다. 나는 머릿속에 떠올린 몇 개의 단어를 이렇게 저렇게 이어보면서 그 시간들을 보냈다. 제법 그럴듯한 문장이 만들어지곤 했다. 결국 나는 시인이 되겠다며 학교를 졸업한 뒤 문인지

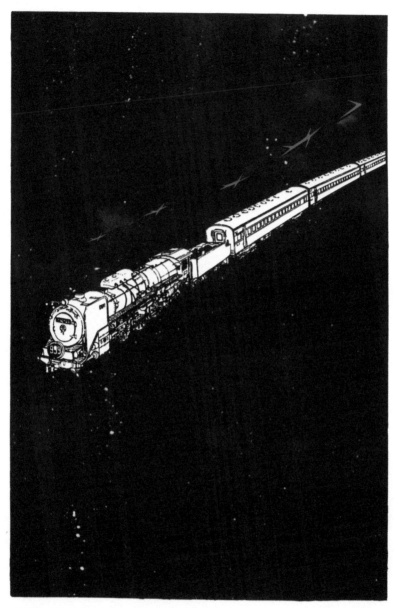

아무것도 하지 않는 시간, 그 시간이 인생을 만든다.

망생을 위한 또다른 학교에 들어갔고, 또 덜컹거리며 두 시간씩 길에서 시간을 보냈다. 그 시간들이 없었다면 내 인생은 어떻게 되었을까. 머릿속의 잡념이 자갈처럼 달그락거리며 서로의 요철을 맞춰보던 시간이 없었다면, 나는 지금 어떤 인간이 되었을까.

『은하철도 999』를 떠올리면 가장 먼저 만나는 풍경은 막막한 우주공간을 달려가는 바느질자국 같은 기차다. 그 어느 칸엔가, 메텔과 철이가 밖을 보고 앉아 있다. 너무나 광활한 공간이라 달려도 달리는 것 같지 않은 그 우주를, 메텔과 철이는 다른 짓도 하지 않고 그저 내다보고만 있다. 그들의 목적지가 그토록 먼 것은 까닭이 있지 않을까 싶을 정도로. 할 일 없이 창밖의 풍경만 내다보는 그 시간이 사실은 가장 중요한 게 아닐까 싶을 정도로.

우연찮은 기회에 『은하철도 999』를 가상현실로 체험해볼 수 있었다. 용산 나진상가에서 2018년에 열렸던 전시회의 한 켠, 기계가 마련된 방에서였다. 두꺼운 고글 같은 기계를 쓰니 몸도 없이 눈과 손만 있는 내가 어느덧 은하철도의 딱딱한 의자에 앉아 있었다. 철이와 메텔이 내게 와 인사를 하고 곧이어 괴한들이 들이닥치고 열차가 불타오르고…… 그 와중에도 나는 은하철도 창밖의 풍경에 정신이 팔려 있었다. 얼굴을 돌리면 창문 밖에 우주가 있다니. 머리를 내밀고 저 끝도 없는 바닥을 바라본다. 위도 아래도 없는 우주를 달리는 기차…… 문득, 하염없이 달리던 초등학교 시절의 버스가 생각났다. 의미 있는 풍경은 아무것도 없는 길 위를 규칙적으로 흔들리며 달리는 버스가. 사실 우리 인생은 대부분 그런 순간에 만들어지는 것인지도 모른다.

고통도 행복도
통째로 안고

어린 시절의 겨울은 유독 추웠다. 양손을 꼭 주먹 쥐어 넣어봐도 골덴 바지의 주머니는 원체 얇아서 시린 손을 감싸주지 못했다. 눈이 통 녹지 않던 골목길들. 어쩌다 신발이라도 눈에 젖으면 발가락이 떨어져 나갈 것 같았다. 내복을 겹겹이 입고 그 위에 스웨터를 겹쳐 입어도 그 시절의 겨울은 왜 그토록 추웠을까. 그렇지 않아도 울음이 많았던 나는 겨울이 되면 춥다며 울었다. 겨울은 좋았던 기억보다 괴로웠던 기억이 더 많다. 어렸을 때 부딪힌 첫 번째 '피할 수 없는 삶의 조건'이었다.

초등학교 시절, 학교와 집 사이는 무척 멀었다. 무척무척 멀었다. 가장 힘든 건 겨울이었다. 어느 해 겨울인가, 폭설이 왔다. 버스정류장에서 한 시간이 넘게 발을 동동 굴렀지만 버스는 올 기미가 없었다. 버스 안내시스템도 없던 시절, 사람들은 정류장에서 그 폭설을 고스란히 맞으며 견뎠다. 가장 어렸던 나는 차도로 인도로 동동 뛰어다니다가 급기야 큰 소리로 울음을 터뜨렸다. 손과 발은 이미 곱아 감각이 없었고, 해는 지는데 집은 너무 멀었다. 그런 나를 눈여겨보던 젊은 여자가 나를 데리고 근처 분식점에 가서 따뜻한 오뎅과 떡볶이를 사주고 택시를 태워주었다. 나는 그만 온 마음으로 그분께 철퍼덕 엎어져버리고 말았다. 상냥한 목소리, 난감함을 감추지 못하는 다정한 미소. 내게 메텔 같은 사람이었다.

철이의 겨울 풍경은 그보다 백만 배는 가혹하다. 눈보라 치는 겨울 들판, 바람을 막아주지 못하는 허름한 오두막. 심지어 철이의 엄마는 그 혹독한 눈밭에서 기계 백작에게 살해당한다. 철이는 메텔이 내준 무기를 들고 기계 백작의 집에 쳐들어갔다가 박제가 되어 벽에 걸린 엄마의 시체를 목격한다. 응징했다고는 해도, 그 끔찍한 사건은 돌이킬 수 없다. 철이가 '은하철도 999'를 타고 떠날 때 등진 것은 물리적인 땅만은 아니다. 기억 전체다. 그랬어야 했다.

그렇지만 『은하철도 999』를 관통하는 정서는 노스탤지어의 감성이다. 기차의 외양 자체가 그렇다. 은하 사이를 오갈 수 있는 대단한 기술의 결정체이지만, 외관은 오래된 증기기관차를 채택했다. 기차의 내부도 마찬가지다. 안락함과 쾌적함을 위해 고안된 모든 기술을 거부하고, 딱딱한 등받이 의자에 구식 잠금쇠가 달린 차창을 고집한다. 과거는 은하철도의 외관을 통해 재현된다. 쓸모와는 상관없는 중기기관차, 석탄을 실은 탄수차, 무개화차는 오직 향수를 자극하기 위해 만들어져 그 먼 길을 함께 달린다.

라멘도 그렇다. 철이는 라멘 맛을 지상 최고로 여기는데, 철이가 사는 시대 지구에서는 사라진 맛이라 그렇다. 이제 지구에서 맛볼 수 없는 멸종된 음식이라 그렇다. 하지만 우주여행을 하면서는 종종 먹을 기회가 생긴다. 그렇게 과거는 자꾸만 재현된다. 노천 온천, 낡은 목조 주택, 시골길, 고풍스러운 역사, 벽장, 솜이불…… 문득문득 미래라는 것을 잊게 만드는 장치를 집어넣음으로써, 『은하철도 999』는 풍성한 시간의 층을 갖는다. 『은하철도 999』의 시간은 절대적인 방식으로 작동하지 않는다.

그렇지만 즐거웠던 기억보다 고통스러운 기억이 더 많은 고향을 떠올리는 것이 '노스탤지어'와 어떤 관계가 있는 것일까. 「눈 도시의 두 모녀」 편에서, 눈으로 가득 찬 별에 내리는 철이의 마음은 영 편하지 않다. 춥고, 무너질 것 같고, 끔찍한 일이 일어날 것 같다. 어머니를 잃었던 고통스러운 기억은 다른 별에서도 몇 번이나 트라우마로 작동한다. 지울 수 있는 기억이라면 지웠을까? 그렇지만 작가는 철이를 몇 번이나 비슷한 상황으로 밀어 넣는다. 가만히 두지 않는다.

고향이 행복할 수만은 없다. 우리는 그곳에서 인생의 첫 번째 행복과 첫 번째 불행을 모두 만난다. 그리고 그렇기 때문에, 고향은 다른 곳과는 다른 특별한 의미를 띤다.

눈보라 치는 풍경은 어김없이 철이의 트라우마를 자극해 고통스럽게 만든다.

"태어나서 자란 곳을 사람들은 고향이라고 부른다. 슬프고 고통스러운 기억만 남아 있다고 해도 그곳을 고향이라고 부른다. 눈 내리는 추운 곳에 가면 철이는 그 고향을 떠올리게 된다."

철이는 '은하철도 999'를 타고 여행을 하면서, 그의 짧고 격렬한 삶을 자꾸 반복하고 복기한다. 죽기 직전 사람의 눈앞으로 주마등처럼 지나간다는 일생처럼, 그렇게 차창 밖으로 일생이 지나간다. 행복의 끝에 따뜻한 라멘 한 그릇이 있고, 불행의 끝에 엄마가 죽던 날 내리던 눈보라가 있다.

우리는 일생에서 행복했던 순간만 추려낼 수 없고 마찬가지로 불행했던 순간만 추출해낼 수도 없다. 그냥 온전한 통째로 고향은 거기, 누워 있다. 물리적 공간으로서의 고향이 아무리 먼 곳에 있더라도 과거의 재현은 고향을 자꾸 이곳에 불러온다.

추워서 울었던 기억은 따뜻한 구들목에서 뒹굴던 안온함을 덮지 못하고, 화창한 여름날의 행복감은 이어진 겨울의 우울함을 상쇄하지 못한다. 그런다 한들 어떠랴. 구식 기관차 외양 안에 최첨단 기계를 감춘 열차처럼, 우리는 과거를 안고 미래로 간다. 요즘 겨울은 나 어렸을 때처럼 춥지는 않네, 예전의 여름은 에어컨이 없었는데 지금처럼 혹독하지는 않았던 것 같아, 하면서 미래로 간다. 과거의 불행은 다시 겪을 일이 없다는 점에서, 과거의 행복은 지금 내가 느끼는 행복의 배경이 되어준다는 점에서 의미가 있으니까.

PART 2

정말 저 별에
가야만 했을까

"젊은이가 일생에서 단 한 번 맞이하는 여행을 시작할 거야. 실패따위는 생각하지 않아도 돼. 이제 잊을 수 없는 여행을 할 거야. 너의 여행은 이렇게 시작되었어."
메텔이 말하는 그 여행은 내게 언제였을까?

나는 이 별에
잘못 태어났어

철이는 「내일의 별」 편에서 지구와 똑 닮은 행성에 내린다. 정확히 말하면 철이의 시점에서는 아주 과거인, 20세기의 지구 같은 곳이다. 철이는 낡고 좁은 목조 가옥에서 어느 하숙생과 며칠을 보내야 한다. 그는 너무 가난해서 러닝셔츠와 사각팬티 차림으로 살며, 이불 대신 빨지 않은 속옷더미를 덮고 잔다. 하루하루 막막하기만 한 삶을 살아가는 그는 하숙집 창밖으로 '은하철도 999'가 날아가는 모습을 본다. 그것은 환영일까, 아니면 진짜일까? 이 별의 사람들은 은하철도가 실재한다는 사실을 모른다. 그저 도시의 전설처럼 이야기할 뿐이다.

"요즘 그런 소문이 돌고 있어. 한밤중에 '은하철도 999'라는 신비한 열차가 하늘에서 내려와, 어디서 왔는지 모를 사람들을 내려준

지구와 닮은 별의 청년은 '은하철도 999'에 대한 소문을 작은 희망으로 삼는다.

뒤, 날이 밝으면 다시 태워 어딘가로 데려간다네."

'여긴 내가 있을 곳이 아니야. 나는 이 별에 잘못 태어났어. 이 세상 어딘가엔 나를 알아주고 사랑해줄 또 다른 별이 있을 거야.' 철이는 여행 중에 이런 갈망을 안고 사는 사람들을 정말 많이 만난다. 은하철도는 그들에겐 유일한 탈출구, 구원의 빛이다.

어릴 때 형들은 동생들을 놀리며 이런 노래를 불렀다.

"○○ 똥다리 밑의 호박, 누구 닮았나? XX 닮았지."

어른들은 또 이런 이야기도 즐겨 했다.

"내년 봄에 네 진짜 부모가 올 거다. 그러면 얼른 따라가거라."

아이들에게 친자식이 아니라고, 다리 밑에서 주워왔다고, 그러니 말 안 들으면 언제든 쫓아낼 거라고 협박하였다.

어린 나는 입을 삐죽이며 대꾸하지 않았다. 하지만, 이제 와서 하는 말인데, 나는 전혀 겁을 먹지 않았다. 미안하지만 이런 생각도 했다. 정말 그게 사실이라면 어떨까? 나랑 같이 사는 이들이 친부모도 아니고 친형제도 아니라면 말이야. 그러면 내게 이래라저래라 잔소리를 하고 명령을 내릴 이유가 없잖아. 억울한 일을 당했을 때, 설움이 북받칠 때, 가족 중 누구도 내 말에 귀 기울여주지 않을 때, 그런 생각은 더 커졌다.

어느 해 추석인가, 사촌 형들이 우리 집으로 모여들었다. 모두 자전거를 타고 할머니가 있는 시골집에 간다는 거였다. 나도 괜스레 신

이 났다. 당연히 나도 함께 갈 거라 생각했으니. 하지만 내가 탈 자전

거는 없었다.

"너 자전거 못 타잖아."

"나도 탈 수 있어!"

"니가 어떻게 타? 다리도 땅에 안 닿는데."

나는 죽어가는 모기 같은 소리로 말했다.

"뒤……잇 자리에."

그 소리가 공기 중으로 사라지기도 전에 모두 떠나버렸다. 햇살이

지독히 화창한 날이었다. 형들의 모습을 상상하니 견딜 수가 없었다.

지금쯤 아까시나무 그늘이 드리운 아스팔트 위를 신나게 달리고 있

겠지? 등에 땀이 차오르면 못에 뛰어들어 자맥질을 하겠지? (나는 수

영을 못하니, 옷을 지켜줄 수 있는데……) 그러곤 소나무 밭에 드러누워

콜라를 나눠 마시겠지? 아무도 내 생각은 안 하고 있겠지?

너무 서러워 옥상으로 올라갔다. 한참이고 씩씩대다가, 그냥 콱 죽

어버리자고 마음먹었다. 내가 없어지면 자기들이 얼마나 나쁜 짓을

했는지 알겠지? 나는 옥상에 걸려 있던 빨간 빨랫줄에 목을 걸쳤다.

그러고는 다리의 힘을 뺐다. 목이 막히는 느낌이 전혀 없었다. 하지

만 오래 있으면 죽겠지 싶었다. 꼭 감은 눈 사이로 햇빛이 삐져 들어

와 눈꺼풀을 바르르 떨었다.

5분 정도 지났을까? 누나가 옥상으로 올라왔다. 평소에는 올라올

일이 없는 시간이었다. 혹시 이상한 낌새를 느껴 올라왔을까? 아니

면 엄마가 '얘가 어디 갔나 찾아보라'고 했을까? 나는 누나와 눈이 마주쳤다. 그런데 이 상황을 어떻게 설명해야 할지 알 수 없었다. 내가 지금 죽을 정도로 서럽다고 알리고 싶으면서도, 내가 죽으려고 했다는 걸 들켜 야단맞을까 겁이 났다. 나는 얼른 줄에서 몸을 빼내 계단 아래로 달려 내려갔다. 달아나고 싶었다. 아무도 나를 알지 못하는 어딘가로 가고 싶었다.

"왜 우린 그 많은 별들 중에서 하필이면 마카로니 그라탕에서 태어난 거지? 우주는 넓어. 우리 별은 따분하고 시시하고 이 세상에서 제일 비참한 곳이었어."

철이는 수많은 은하의 별을 여행하며 필사적으로 자신의 별을 떠나고자 하는 사람들을 만난다. 은하철도를 타고 기계 몸을 얻어 새 인생을 살려는 사람도 있지만, 목적지도 없이 무조건 떠나려는 이들도 있다. 단지 자신의 별, 자신의 현재가 싫어서.

'라이플 그레네이드' 행성의 전사는 끝없이 전쟁을 거듭하는 삶을 비관하며, 하늘에서 내려오는 은하철도를 보며 말한다.

"아아, 저걸 한번 타보고 싶었어."

'17억 6,500만 명이 사는 부랑자들의 별'에서 몰래 은하철도에 올라탄 누더기 옷의 소년은 말한다.

"남에게 의지하면서 어리석게 사는 일이 지긋지긋해졌어."

'폭풍의 언덕' 행성의 주민은 무시무시한 바람에 평생 시달리는 삶이 싫어서 떠나려 한다. 메텔은 그들을 보며 말한다.

"누구라도 이런 곳에서 평생 살아야 한다면 도망치고 싶을 때도 있을 거야. 절망하게 되면 누구든 그럴 수 있어."

열다섯에서 스물다섯까지, 내 삶의 가장 큰 목표는 다른 별로 떠나는 거였다. 짧게 말하면 '독립'이다. 혼자만의 방을 얻고, 스스로 생계를 꾸리고, 누구의 눈치도 보지 않고 살아가는 인생을 얻기 위해 애썼다. 처음에는 모성母星에서 벗어나기가 쉽지 않았다. 경제적인 문제 때문에, 사회적인 관계 때문에, 윤리적인 고민 때문에…… 하지만 나를 끌어당기려는 인력이 클수록 나는 더 열심히 달아났다. 고향, 가족, 지역, 학연, 성별, 직장, 국가…… 그 모든 것으로부터 달아나려 했다. 결국 완전한 외계로 사라지지는 못했지만, 이제는 혜성처럼 살아간다. 아주 큰 주기를 가지고 멀리 돌아다닌다.

누군가는 이렇게 말한다. "결혼해서 새로운 가족을 만들면 자기만의 별을 이룰 수 있어." 새빨간 거짓말이다. 결혼을 하면 처가라는 가족이 생기고, 내가 소홀히 하던 친가도 그만큼의 무게를 주장할 것이다. 그런 가짜 별은 일찌감치 포기했다. 대신 나는 고양이 두 마리와 작은 보금자리에서 살아가기로 했다. 이 별이 유의미한 독립성을 가진 별이라는 걸 납득시키는 데 꽤 긴 시간이 걸렸다. 그러나 이제는 나와 비슷한 이들이 아주 많아졌다.

또 이렇게 말할지 모르겠다. "직업을 얻으면 그 관계를 통해 어떤

계系, 서로 끈끈히 연결된 별들의 세계에 속할 수도 있지." 어느 정도 타당한 말이다. 하지만 나는 그런 계에도 들어가지 못했다. 단순히 직장이 없는 프리랜서여서만은 아니다. 나는 세상이라는 은하에서 출판계, 잡지계, 문학계, 만화계, 방송계, 영화계, 사회운동계 등을 조금씩 경험했다. 하나의 계는 구성원들 사이에 일만 공유하는 게 아니다. 연말모임, 시상식, 경조사 등으로 서로 엮이고 '우리 사람'이라는 공감대를 나눈다. 그러나 나는 어떤 계와도 그런 관계를 나누지 않는다.

'나는 계가 싫다'보다는 이쪽이 정확할 것 같다. '나에겐 계 속에서 살아갈 능력이 결핍되어 있다.' 나는 호기심이 많아 어떤 별에든 쉽게 들어가 기웃거리긴 했다. 진입 초기엔 그곳 구성원들 사이의 따뜻한 관계를 부러워하기도 했다. 이 살벌한 세상에서 기쁜 일, 힘든 일을 나눌 수 있는 우리편이란 얼마나 소중한가? 하지만 좀더 오래 머무르면 그곳의 강한 인력이 부담스러워지기 시작했다. 그 계에서 살아가기 위해서는 권력을 가진 자를 섬기고, 내부의 문제를 뭉개고, 공통의 파이Pie를 다투어야 했다. 나는 슬그머니 인력권 밖으로 달아났다. 우주 공간에 있는 게 훨씬 편했다. 은하철도는 수많은 별을 거쳐가며, 하나의 별에선 제한된 시간만 머문다. 그런 면에서 나는 은하철도와 생리가 잘 맞는 것 같다.

어떤 별에 묶여 살면서, 끝없이 자신의 운명을 불평하는 사람들이 있다. 예전의 나는 그들에게 "빨리 떠나라. 무조건 떠나라"라고 외쳤다. 그 가족은 너에게 어울리지 않아. 그 연애는 너를 갉아먹고 있어. 그 직장은 너의 팔다리를 자르고 있잖아. 그 세계는 너 같은 젊은이의 꿈을 빨아먹고 사는 괴물이야. 하지만 이제 누구에게나 쉽게 "왜 안 떠나는 거야?"라고 소리치지는 못한다. 떠나고 싶어도 떠나지 못하는 이유들이 있다는 걸 안다. '저마다의 사정'—그것이 정말 무거운 무엇이라는 걸 깨닫고 있다. 단체 채팅방 안에서 모두가 자신을 따돌리고 있다는 걸 알면서도 나가지 못하는 이유, 방을 떠나는 동시에 우주 미아가 될 거라는 공포를 조금은 이해한다.

자신의 별을 떠나는 일은 마음처럼 쉬운 게 아니다. '공룡 제국'의 꼬마 티라노사우루스는 덩치가 너무 커서 '은하철도 999'에 올라탈 수 없다. '거울 행성'의 쌍둥이 형제는 죽도록 일해 겨우 승차권을 얻지만, 그 표는 사기꾼이 만들어낸 가짜였다. 「안개 도시의 카스미」편에는 우주에서 가장 아름답다고 여겨지는 사람들의 행성이 나온다. 젊은 한 쌍이 그 별을 탈출해 기계 몸을 얻고 우주의 개척자로 살아가고자 한다. 그러나 선천적으로 너무 허약하게 태어났기에, 기차가 출발할 때의 충격으로 죽고 만다. 메텔은 말한다.

"정신력과 용기, 내일을 향한 꿈과 희망이 가득 차 있어도 아무 소용 없는 사람들이 있어. 감옥처럼 좁은 땅에서 모든 걸 제한받으며 일생을 마쳐야 하는 사람들도."

그럼에도 나는 그들에게 가끔은, 아주 짧은 시간이라도 그 계를 떠나보기를 권한다. 여행은 가장 좋은 방법이다. 혹은 취미라는 작은 별을 키우며, 두 별 살림을 하는 것도 좋다. 은하철도처럼 거대한 노선을 타지 않아도 좋다. 변방을 찾아가는 작은 노선이라도 올라탄 뒤, 자신이 사는 별을 바라보며 생각해보자. 정말 저 별은 내게 어울리는 곳일까? 저 별에 사는 것이 내게 최선일까?

" 내 마음대로 기차를 타고
잔소리 없는 별로

4학년 여름방학의 마지막 날, 엄마가 말했다.

"너 내일부터 대구에 있는 학교 다닌다."

예상 못 한 바는 아니었다. 큰 누나와 형은 이미 대구에서 학교를 다니고 있었고, 나도 언젠가 그리로 갈 거라는 정도는 눈치챘다. 그런데 왜 그런 걸 하루 전날 말해주는 거지? 학교에는 이미 다 이야기했다면서, 왜 나한테는 한마디 상의도 하지 않은 거야? 친구들에게 작별인사할 시간은 줬어야지. 그리고 말이야. 이렇게 될 줄 알았으면, 방학 숙제를 할 필요가 없었잖아! 어젯밤까지 눈이 빨개진 채로 밀린 일기를 썼는데.

2학기 첫날, 새벽같이 일어났다. 아침을 먹는 둥 마는 둥 하고 가방을 들었다. 나의 이삿짐이라고 해봐야 교과서와 실내화…… 기차를 타고 대구로 가서 시내버스로 갈아타고 자취방으로 갔다. 집주인 할

머니에게 인사하고 학교로 향했다. 엄마는 그제서야 점심 도시락을
싸지 못했다는 걸 알았다. 그러고는 근처 중국집으로 가더니 군만두
를 포장해달라고 했다. 얇은 나무 도시락에 군만두 열 개가 담겼다.
평소에는 먹기 어려운 별식이었다. 아마도 반 애들과 나눠먹고 친해
지라고 그런 것 같다. 그런데 나는 그 만두들이 무서웠다. 내 가방 속
만두 열 개. 모락모락 냄새나는 만두 열 개.

　새 담임 선생님이 나를 옆에 세우고 소개하는데, 애들은 모두 딴전
이었다. 그러자 선생님이 말했다.

　"야구부가 유명한 학교에서 전학 왔단다."

　우와! 아이들이 소리를 질렀다. 고교 야구가 마지막 전성기를 누리
던 때였다. 쉬는 시간이 되자마자 까까머리 남자애들 몇 명이 달려왔
다. 대장인 듯한 애가 책상을 주먹으로 치며 말했다.

　"야, 너 야구부냐? 야구 잘 해?"

　"할 줄은 아는데. 야구부는 아니야."

　아이들은 실망하며 자리로 돌아갔다. 점심시간이 되었지만, 가방
안의 만두를 꺼낼 용기가 나지 않았다. 같이 도시락을 먹자는 아이도
없었다. 슬그머니 운동장에 나가 숨을 곳을 찾다가 돌아왔다. 첫날의
길고 긴 수업이 끝나고, 자취방으로 돌아와 만두를 꺼냈다. 내 가방
속 만두 열 개. 모락모락 냄새나는 만두 열 개. 나무 도시락에 기름과
습기가 촉촉히 배어 있었다. 내 옷도 땀에 젖어 있었다. 나는 김빠진
만두처럼 기진맥진했다.

주변에서 어리다고 깔봐도 철이는 자신의 판단대로 행동한다.

『은하철도 999』는 다르다. 누구도 철이를 그런 식으로 취급하지 않는다. 만약 엄마가 철이에게 다짜고짜 이렇게 말했다고 해보자.

"철아, 이리 와서 앉아봐. 내일부터 넌 은하철도를 타야 한다. 안드로메다까지 가면 공짜로 기계 몸을 얻을 수 있다잖니. 그러니 메텔 아줌마 말씀 잘 듣고, 엉뚱한 짓 하지 말고…… 아이고, 얘가 키도 작고 못생겨서 어디 가서 놀림 당하고 그러지는 않을런지."

철이가 여행을 그렇게 시작했다면, 철부지 어린애 신세를 벗어나는 데 시간이 꽤나 필요했을 거다. 메텔은 처음 만날 때부터 철이에게 선택권을 준다. 은하철도를 탈 건지 말 건지, 철이 스스로 결정하라고 한다. 메텔은 새로운 별에 도착할 때마다 철이에게 주의를 주었다. "밤에는 호텔 밖으로 나가지 마." "엘리베이터는 이용하지 마." 철이는 대체로 어기고, 그래서 위기에 처한다. 하지만 다시 기차에 타기만 하면 그 일로 추궁당하지 않는다. 만약 일일이 야단맞았다면 철이는 기죽은 아이가 되었거나, 태양계를 벗어나기도 전에 기차에서 도망갔을지도 모른다.

나는 어릴 때부터 스스로 '자립심이 강한 아이'라고 생각했다. 부모, 선생, 선배에게 상의하기보다는 혼자 결정하는 일이 많았다. 돌이켜보면 똑똑해서 그런 게 아니었다. 나는 누군가에게 나의 선택에 대해 물어보는 것을 두려워했다. 어른들은 분명히 내가 하고 싶은 일을 제지하고, 야단치고, 잔소리할 거라고 생각했다. 그거 돈 들 텐데,

그거 위험할 텐데, 그거 쓸데없을 텐데…… 고등학교 1학년 때 철학과를 가기로 마음먹자 집안의 큰 반대에 부딪혔다.

"그런 건 인간말종이나 하는 거다."

대학교 2학년 여름방학 때 농활 간 걸 들켜, 하숙집에 있는 짐을 다 싸서 끌려 내려갔다. 그때 결심했다. 이제부터 가족에게 어떤 의견도 묻지 않고 허락도 받지 않을 거라고. 아직도 그때의 꽁한 마음이 남아 있다.

요즘 아이들은 내가 자랄 때보다 훨씬 다양한 기회를 누린다. 나는 학교에서 강연할 때마다 물어본다.

"여러분은 수학여행 어디로 가요?"

"제주도요." "후쿠오카요."

참 부럽다. 방과 후 활동도 많고, 학원도 다양하고, 영화관도 쉽게 가고, 해외여행도 제법 떠난다. 안전하게 자신만의 모험을 즐길 기회들이 늘어난 것도 같다. 하지만 그 모든 과정에서 부모의 과도한 관심을 받기도 한다. 모든 과정 하나하나에 진학과 미래를 위한 점수 산정표를 들이대는, 불안에 가득한 기계 인간이 부모 안에 자리 잡고 있는 거다. 어른들은 아이들에게 기회를 많이 주는 것 같으면서도, 그 과정에서 스스로 결정할 권한을 주지 않는다. 그래서 아이들은 게임 속으로 탈출한다. 적어도 그 안에서는 내가 캐릭터, 아이템, 경로를 결정하고 이기든지 지든지 그 결과를 받아들일 수 있으니까.

메텔은 어떻게 보면 이상적인 훈육자다. 철이에게 놀랍도록 다양한 세계를 보여주고, 그 안에서 스스로 판단하고 마음껏 행동하도록 하고,

아주 위험한 때에만 개입해서 해결해준다. 물론 너무 이상적이어서 현실에는 존재하기 어렵다. 부모는 아이가 그런 위험에 처하도록 놔둘 수가 없다. 메텔처럼 초우주적인 능력으로 문제를 해결해줄 수 없기 때문이다. 그렇다면 방법이 없을까? 나는 이렇게 생각한다. 잠시나마 메텔의 역할을 할 수 있는 이모나 삼촌을 찾으면 어떨까? 메텔 같은 절대적인 미모나 파워를 갖긴 힘들겠지만, 위험을 줄여 아이에게 모험을 안내하고 지켜봐주는 정도는 가능하지 않을까?

친구 부부의 집에 놀러간 적이 있었다. 예정보다 늦게까지 놀다가 막차 시간에 쫓겨 나오는데, 다섯 살 먹은 막내가 졸린 눈을 비비며 물었다.

"삼촌 집은 어디야?"

내가 말했다.

"여기서 멀어. 차를 세 번 갈아타고 강을 두 번 건너야 해."

"그래도 괜찮아. 자전거 타고 가면 돼. 어떻게 가는지 그려줘."

나는 꼬마의 스케치북을 받아 들었다. 조금 전까지 둘이서 갖가지 동물들을 그렸던 종이를 넘기고, 뒷장에 커다란 지도를 그려주었다. 얼마 후 꼬마의 엄마와 통화할 일이 생겼다. 그런데 내가 다녀간 후 막내에게 못된 버릇이 생겼다고 한다.

"예전에는 말을 안 들으면 집에서 쫓아낸다고 야단쳤거든. 그런데 이제는 자기가 먼저 가방을 싸요. '네가 갈 데가 어디 있어' 그러면 뭐라는지 알아?"

나의 예상대로였다.

"파마 머리 삼촌 집에 갈 거야."

아이에겐 조금 방만한 이모나 삼촌이 필요하다. 부모는 아이에 대한 책임감이 너무 커서 아이가 뭘 하고 싶다고 하면 반대부터 한다.

"엄마, 다음 달에 우리 오빠들 콘서트 가고 싶어요." "몇 시에 끝나는데? 너가 그 시간에 어떻게 혼자 집에 돌아와?" "아빠, 나 통기타 배우면 안 돼요?" "안 그래도 우리 아파트 층간소음 때문에 난리인데, 아예 불을 지르려고 그래?"

그럴 때 함께 공연장에 갈 덕후 이모나, 기타를 맡아주고 일주일에 한 번씩 가르쳐줄 자취생 삼촌이 있으면 얼마나 좋을까?

기차가 별을 떠나면, 철이는 천진난만한 눈으로 메텔을 본다. 조금 전까지 겪었던 모험과 마음 아픈 기억도 그녀 앞에서는 금세 사그라든다. 철이는 메텔이라는 '공간 배리어Barrier' 속에서 스르륵 잠이 든다. 그러나 메텔은 쉽게 잠들지 못한다. 슬그머니 일어나 다른 자리로 가서, 누군가의 목소리를 듣는다. 우주 저 너머에 있지만 언제나 그녀를 감시하고 있는 어머니의 잔소리를 듣는다. 내 마음대로 무언가를 할 수 있는 자유, 메텔의 삶에는 그런 게 없다. 그래서 철이에게만은 더욱 그걸 주고 싶은 것이다.

* 이 글은 「한겨레」 '삶의 창'에 쓴 칼럼(2018년 5월 18일)을 확장하였습니다.

혼자만의 별로 가는
비밀 특급

"우리 한번 봐야지. 계속 애랑 있어야 해?"

결혼하고 아이를 낳은 뒤 소식이 뜸해진 여자 후배와 오랜만에 단체 메시지를 나누었다. 남편이 토요일 반나절은 애를 봐준다고, 그때는 동네 카페에 나와 있다고 했다.

"그러면 우리가 그리로 갈까?"

후배는 처음에는 반기더니, 구체적으로 날짜를 잡으려고 하니 주춤했다. 조용히 있던 선배 누나가 말했다.

"네가 사람이 당길 때 언제든지 연락해. 지금은 혼자 있는 시간이 아까울 거야."

나 혼자만 있는 방. 한때 그걸 얻는 게 내 인생의 목표였던 적이 있다. 고향에서는 일곱 식구와 방 하나에서 살았고, 이후에는 자취방에서 남매들과 복닥거렸다. 대학에 와서는 기숙사와 하숙방에서 타인들과 버무려졌다. 군대의 가장 싫었던 점은 내 옆에서 누가 숨쉬고 있다는 사실이었다. 단둘이 야간 경계근무를 서는 초소 안이 싫어서, 몹시 추운 겨울에도 밖으로 나가 밤하늘을 쳐다보곤 했다. 우주에는 저렇게 별이 많은데, 왜 내가 혼자 살 수 있는 곳은 없을까?

일하자! 돈 벌자! 혼자 살자! 첫 월급을 받자마자 「벼룩시장」과 「교차로」를 뒤졌다. 내 몸 하나 누일 작은 월세방을 구한 뒤, 방바닥에서 버둥거리며 정말 행복해했다. 직장 동료들이 회식하자고, 친구들이 놀러가자고 불러도 귓전으로 흘렸다. 일이 끝나면 1인분의 음식을 포장해서 집으로 가는 그 시간이 그렇게 짜릿했다. 이게 내가 원했던 삶의 유일한 조건이었어!

지금 와서 생각해보니, 그게 처음은 아니었다. 아주 짧은 시간이었지만, 내게는 나만의 방이 있었다. 세상 누구도 모르게 가졌던 비밀의 방이었다. 정말 어떻게 그런 일이 가능했을까? 『은하철도 999』를 따라가다 보면, 누군가의 비극이 누군가에겐 기회가 되고, 갑작스런 재난이 놀라운 행운으로 바뀌는 이야기들을 만나게 된다. 만화 속에서나 가능한 일은 아니었다. 나는 죄책감과 희열이 섞인 야릇한 마음으로 그때를 떠올린다.

처음 대도시로 전학 갔을 때, 누나, 형, 나, 이렇게 셋이서 작은 방에서 자취를 했다. 대학생인 누나, 고등학생인 형은 자주 싸웠다. 그냥 말다툼이 아니라 물 담긴 대야나 석유곤로를 집어던지는 난투였다. 돌이켜보면 그것도 '각자의 방'이 없어서였다. 혼자 뒹굴거리고 혼자 공부할 수 있는 방이 없으니 부딪혔던 거다. 하지만 그사이에 끼어 있는 열 살짜리 꼬마는 더욱 가련했다. 두 사람이 언성을 높인다 싶으면, 눈치 빠른 고양이처럼 뽀르르 기어 나왔다. 하지만 갈 데가 없었다. 놀러갈 만한 친구도 사귀지 못했고, 돈이 없어 만화방이나 오락실도 어려웠다.

그래서 자취방 옆의 계단을 올라 옥상에 갔다. 주택 입구 변소 위에 만든 장독대를 겸한 작은 옥상이었다. 시멘트 바닥에 누우면 내 몸이 딱 들어맞았다. 햇볕을 받아 따끈해진 옥상에 누워 하늘을 봤다. 재래식 변소에서 올라오는 냄새, 장독에서 흘러나오는 냄새, 비둘기 집에서 풍기는 냄새…… 온갖 구린내가 고독한 아이 주변을 떠돌았다. 어떨 때는 별이 뜰 때까지 그러고 있었다. 혼자 이런저런 생각에 빠지는 일은 즐거웠다. 하지만 항상 긴장해야 했다. 옥상에 주인집 할머니가 올라오거나, 누나가 나를 찾는 기색이 보이면 금세 일어나 내려가야 했다. "너 거기 왜 있어?" "너 어디 갔었어?" 이런 말을 듣는 게 무서웠다. 그 나이 때는 혼자 있는 게 죄였다.

중학생이 되자 동네 친구들이 좀 생겼다. 방과후엔 학교 운동장에서 야구를 하다 돌아오곤 했다. 그러던 어느 날이었다. 동네 초입의 친구 집에 들렀는데, 그 집 부모님이 어두운 안색으로 A에게 말했다.

"니 얼른 집으로 가봐라. 불났단다."

놀란 A가 집으로 달려갔다. 나와 딴 아이들은 무슨 상황인지 현실감이 없었다. 그러다 한 친구가 내게 말했다.

"너거 집은 괜찮나?"

그러고 보니 A는 바로 우리 옆집에 살았다. 나는 부리나케 집으로 뛰어갔다.

골목길은 온통 축축이 젖어 있었고 탄 냄새가 진동했다. A의 어머니는 바닥에 앉아 꺼이꺼이 울었고, 눈빛이 이상해진 A가 집으로 뛰어 들어가려는 걸 어른들이 붙잡았다. 이미 A의 집은 완전히 타버렸고 진화도 거의 완료된 상태였다. 나는 우리 집 대문을 열고 뛰어 들어갔다. 우리 방은 A의 집 마당 쪽으로 벽을 붙이고 있었다. 벽 위쪽으로 그을음이 넘어와 있고 열기가 느껴졌지만, 이쪽은 거의 타지 않았다. 나중에 알고 보니 아이들이 근처 하적장에서 불장난을 하고 있었는데, 그 와중에 바람을 타고 불이 올라왔고, 바람이 한쪽 방향으로만 불어 A의 집만 고스란히 타버렸던 거다.

일주일쯤 뒤에 A가 나를 불러냈다. A는 근처에 있는 집에 임시로 살게 되었다고, 다행히 보험에 들어 새로 집을 지을 거라고 했다. 그런데 내게 부탁이 있다고 했다.

"우리 집 장롱 아래로 동전이 많이 굴러 들어갔거든. 그거 들어가서 찾고 싶은데……"

아마도 어른에게 말하면 위험하다고 말리거나, 돈을 주워도 제 것이 되지 못할거라 여겼던 것 같다.

"그런데?"

"니가 옥상으로 넘어가서 문 좀 열어주라."

나는 몸이 가볍고 균형감각이 좋아, 쉽게 담을 타거나 지붕에 올라가곤 했다. 골목에서 공놀이를 하다 공이 지붕 위에 걸리면, 내가 올라가서 주워오곤 했다.

우리 집 옥상과 친구네 옥상은 좁은 시멘트 담으로 연결되어 있었고, 담 위로 뾰족한 유리병 조각이 촘촘히 박혀 있었다. 나는 외줄 타기 흉내를 내며, 유리를 살짝살짝 피해 건너갔다. 안쪽에서 잠긴 문을 열어주자 친구가 들어왔고, 둘이서 불탄 집을 조사했다. 큰 화단이 있는 마당을 지나 방이 있던 쪽으로 가니, 천장은 완전히 무너졌고 시커먼 벽과 기둥만 남아 있었다. 장롱이 있던 자리 아래에서 동전 몇 개를 주웠지만 큰 성과는 없었던 듯하다. 친구는 눈시울이 그렁그렁한 채 집 안 여기저기를 둘러보았다. 뭐랄까? 동전을 줍는다는 건 어쩌면 핑계였던 것 같다. 친구에겐 그 집을 떠나보내는 일종의 의식이 필요했던 게 아닐까? 진짜 모두 타버렸다는 걸 자기 눈으로 확인해야 작별인사를 할 수 있었던 거다.

그 직후 장마가 찾아왔고, 이어 여름방학이 시작되었다. 나는 고향 집에 갔다가 개학 며칠 전에 돌아왔다. 그런데 담벼락 너머로 수상한 기운이 느껴졌다. 나는 유리병 조각길을 타고 건너편 옥상으로 넘어갔다. 그사이 정원의 장미가 무시무시하게 자라 집 안 곳곳으로 가지를 뻗고 꽃을 피우고 있었다. 계단을 내려가니 가시덤불이 통로를 막

누군가의 마음속에 비밀을 키우기에도 정원만큼 좋은 공간은 없다.

고 있었다. 근처에 있는 화병 두 개를 덤불 아래에 끼워 넣고 몸을 숙여 족제비처럼 기어 들어갔다. 방이 있던 쪽은 비바람을 맞아 거의 허물어졌고, 장미들이 그 안까지 팔을 뻗고 있었다. 그리고 고개를 돌리자 옥상 바로 아래에 연탄창고로 썼던 방이 보였다. 그곳만은 불에 타지 않았고, 삐걱거리긴 했지만 문이 남아 있었다.

한 평 정도의 작은 방, 그곳은 나의 아지트가 되었다. 나는 때때로 골목길에 사람이 없는 걸 확인하고 유리병 조각길을 건너갔다. 나무장롱을 끌어와 벽 안쪽에 세웠다. 몰래 샀던 영화 잡지, 보드 게임, 일기장 같은 것들을 넣어두었다. 영화 잡지를 오려 스크랩하기도 했고, 작은 노트에 떠오르는 생각들을 마구 끄적거리곤 했다. 작은 방에 숨어서 몇 시간이고 혼자 있었다.

곧 집을 허물고 새로 짓는다더니, 왜 늦어졌는지는 잘 모르겠다. 아이들은 모르는 사정이 있었던 걸까? 그렇게 1년, 혹은 1년 반 정도 비밀의 방이 이어졌다. 그리고 갑자기 끝났다. 내가 도시로 전학 오던 날처럼, 별다른 사전통보도 없이 자취방을 옮겨야 했다. 까마귀 집에 반짝이는 것이 모이듯, 비밀의 방에는 그사이 물건들이 제법 쌓였다. 나는 일기장 정도만 챙기고, 나머지는 마당 구석에서 불에 태우기로 했다. 석유곤로에 쓰던 라이터를 들고 와 잡지를 두어 장 태웠을 때였다. 탄내를 맡자 머리가 어지럽고 가슴이 울렁울렁했다.

A에게 너무 미안했다. 어느 날 하늘에서 떨어진 커다란 불행으로 친구는 집을 잃었다. 그런데 나는 그걸 이용해 나만의 방을 가졌다.

어째서 세상에는 이런 일이 일어나지? 나는 누구에게도 그 방에 대해 말하지 않았다. 가족들에겐 당연하고, 친구들에게도 숨겼다. 아마도 A의 귀에 들어가서는 곤란하다고 여겼던 것 같다. 나는 얼른 불을 껐다. 남은 짐들은 변소 구멍 아래로 던져 넣었다. 도망치듯 담을 넘어오는데, 유리조각이 운동화를 뚫고 들어왔다. 한동안 절룩거리느라 야구를 못 했다.

은하철도의 세계에는 혼자 별을 지키며 살아가는 외로운 사람들이 자주 등장한다. 기계로 몸을 바꾸면 그 시간은 영원에 가까워진다. 누군가는 너무 외로워 은하철도를 탈선시켜 자신이 사는 세계로 끌어온다. 혹은 은하철도를 타고 사람들이 북적거리는 별로 가려고도 한다. 얼핏 보면 마쓰모토 레이지는 '사람들은 함께 북적거리고 모여 살아야 즐겁다'고 말하는 것 같다. 그러나 생각해보라. '은하철도 999'가 승객들이 가득 찬 인도의 열차 같다면, 철이와 메텔이 매번 도미토리에서 낯선 사람들과 합숙을 해야 한다면…… 우리가 그 여행을 함께하고 싶을까?

열네 살 무렵의 내게는 특별한 방이 있었다. 뾰족한 유리병이 꽂혀 있는 담벼락 위의 좁디좁은 길, 여기저기 부숴진 계단, 마구 자란 장미 가시덤불, 그 모두를 지나면 나오는 반쯤 불에 탄 연탄창고였다. 그리고 지금, 토요일마다 어느 카페에도 그런 통로가 열린다. 사랑하지만 번잡스럽기도 한 가족으로부터 잠시 탈출해, 반나절의 '나홀로 특급'에 올라타는 누군가가 있다. 또 누군가는 퇴근 후 아파트 주차장에 세워둔 자동차 안에서 혼자 맥주와 영화를 즐긴다. 또 누군가는 주말에 사무실에 홀로 나와 BTS의 음악을 크게 틀어놓고 덕질의 우주에 빠진다.

여행의 프로 메텔이
'인생의 여행'을 묻는다면

"젊은이가 일생에서 단 한 번 맞이하는 여행을 시작할 거야. 실패따위는 생각하지 않아도 돼. 이제 잊을 수 없는 여행을 할 거야. 너의 여행은 이렇게 시작되었어." 메텔

철이가 처음 '은하철도 999'를 타고 떠날 때 메텔은 이렇게 말했다. 나도 돌이켜본다. 내게 '일생에 단 한 번 맞이하는 여행'은 언제였던가? 그건 가장 긴 여행이었던가? 가장 멀리 떠났던 여행이었던가? 아니면 가장 '내일을 알 수 없는 여행'이었던가?

이십대 후반에 네 번째 직장을 그만두었다. 따분한 책상에 질려 있었고, 밀린 월급이 한꺼번에 들어오자 이제 끝낼 시간이라 여겼다. 다시는 취직 같은 건 못하리라 여기며 (그 예견은 어느 정도 맞았다) 한

낮의 도산대로를 하릴없이 걸었다. 세상이 어제와는 전혀 다른 빛으로 보였다. 평일 낮 시간에 노닥거리며 돌아다니는 사람들이 그렇게나 많다는 사실에 놀랐다. 돌이켜보니 나는 그때까지 학교-학교-학교-군대-직장-직장으로 빈틈없이 시간의 바느질을 이어왔다. 재수는 하지 않았고, 대학은 딱 4년만에 졸업, 바로 군대를 갔고, 돌아와서 바로 취직했다. 휴학생, 지망생, 준비생으로 지낼 심리적, 경제적 여유가 없었다. 그래서 그때서야 인생 처음으로 내일이 없는 순간을 맞이했다.

주머니에 얼마나 남았는지, 앞으로 얼마나 버틸 수 있는지 알아보려고 통장을 들고 은행을 찾았다. ATM 앞에 기다리는 사람들이 많아 일단 대기 의자에 앉았다. 은행 사외보를 집어 들고 보는 둥 마는 둥 페이지를 넘겼다. 그러다 신기한 풍경 사진에 눈이 멎었다. 마치 외계 행성처럼 버섯 같은 지형이 삐쭉삐쭉 솟아 있는 곳이었다. 영화 〈스타워즈〉의 촬영장으로 쓰였다는 터키의 카파도키아였다. 그렇게 목적지가 정해져버렸다. IMF 한파가 몰아치기 시작했고, 원화 가치가 미친 듯이 떨어지던 시기였다. 하지만 나는 지금이 아니면 영원히 떠날 수 없을 거라 여겼다. 바로 통장을 털어 항공권과 유레일 패스를 끊었다.

서울에서 비행기로 런던에 간다. 그 다음엔 기차, 배, 버스를 갈아타고 카파도키아로 간다. 흐릿한 동선만 있을 뿐 그사이의 정확한 계획은 없었다. PC 통신의 여행담들을 다운받아 출력하고 편집한 자작

철이는 여행 초반에 수정 눈물조각으로 부서진 클레어의 몸을 가지고 있다가, 종착역 근처에서 일하는 그녀의 엄마에게 전해준다.

의 여행 가이드북 외엔 믿을 것도 없었다. 여행정보 사이트, 숙박 앱, GPS 지도, 통역기 같은 건 상상도 못 하던 시절이다. 가방은 가능한 단출하게 쌌다. 외투는 점퍼와 청바지 한 벌뿐, 나머지 옷은 현지 벼룩시장에서 사기로 했다.

"신기하군. 여행을 떠나는데 짐이 입은 옷 한 벌뿐이라니." 철이
"진짜 프로는 그걸로도 충분해." 메텔

기차를 타고 낯선 도시에 내리면 인포메이션 센터를 찾아 지도를 구했다. 손짓발짓으로 숙소를 찾아 가장 저렴한 가격이라는 사실만 확인하고 거처로 삼았다. 가는 곳마다 호객꾼, 사기꾼, 소매치기 등 평생 만나보지 못할 다채로운 사람들을 만났다. 런던 켄싱턴 가든의 피터팬 동상 근처에서 만난 잠옷 차림의 할아버지는 앨범을 펼치고 자신의 행복했던 젊은 시절을 보여주었다. 이스탄불 탁심 광장에서 만난 청년은 한국의 친구에게 한글로 편지 쓰는 걸 도와달라더니, 자기 삼촌이 운영한다는 카페트 가게로 나를 꼬여 데리고 갔다. 아테네 파르테논 신전 아래에서 만난 독일의 초등학생 여자아이들은 자기들 중 누가 '미스 도이치'가 될 정도로 예쁘냐고 뽑아달라고 했다.

그때는 그런 만남 하나하나가 얼마나 소중한지 몰랐다. 왜 이 사람들은 나를 이렇게 괴롭히나 싶었다. 물집이 잡힌 발을 질질 끌고 외롭게 도시를 돌아다니다가 기차에 다시 올라타면 그제서야 안심이

되었다. 유레일 패스, 여권, 몇 장의 지폐를 복대 속에 감추고 잠을
청했다.

"실패 따위는 생각하시 않아도 돼." 메텔

나의 그 여행은, 실패라고 할 수는 없지만, 정말 많은 실수들의 연
속이었다. 잘츠부르크에서는 숙소를 구하지 못해 행선지도 보지 않
고 야간 열차에 올라탔다가 동유럽 적성국으로 넘어갈 뻔했다. 이탈
리아에서 그리스로 갈 때는 선실을 예약하지 않으면 차가운 갑판에
서 자야 한다는 풍문 때문에 선박회사 직원에게 가짜 좌석표를 사야
했다. 그리스 피레우스선 곰팡내 가득한 방에 들어가 밤새 머리가
썩는 줄 알았다.

가장 큰 실수는 그 여행을 혼자 떠났다는 거다. 외롭다든지 이런
건 사치스러운 감정이었다. 혼자는 불편했다. 무거운 배낭을 항상 꼭
끌어안고 다니며 잠시라도 방심하기 어려웠다. 번잡한 기차에서는
화장실도 쉽게 갈 수가 없었다. 「대도적 안타레스」 편의 에필로그에
는 이렇게 적혀 있다.

"우주를 혼자 떠돌아다니는 것은 죽기 위해 여행하는 거나 마찬
가지다."

철이는 여행 중에 결투를 하다가 다치자, 메텔에게 옛날 방식으로 치료해달라고 한다. 나는 여행을 통해 몸에 흉터를 남기지는 않았다. 그러나 숱한 실수와 실패를 통해 마음속에 숱한 흉터를 얻었다. 그것들은 멋지다고 할 수는 없지만, 제법 이야깃거리가 된다. 미끈하게 성공한 여정에 대해서는 아무도 귀 기울이지 않는다. 망쳐버린 여행이 훨씬 재미있다.

인생의 여행 이후 20년이 훌쩍 지났다. 나는 이제 베테랑 여행자라 자부하며, 남들에게 여행 계획을 짜주고 서바이벌 팁을 전해주고 있다. 약간은 메텔의 입장에 서게 된다. 그러나 아무것도 모르면서 용감히 앞장서는 철이의 여행을 다시 떠나고 싶다.

긴 여행 동안 철이의 작은 트렁크에는 소중한 것이 쌓여갔다. 클레어의 크리스탈 눈물방울, 성스러운 여왕의 눈물자국, 거대한 수박 씨앗…… 내 집 한쪽에 쌓여 있는, 오랜 날짜와 지명이 적힌 신발 상자들 안에도 그와 같은 것들이 가득하다.

나는 어쩌다
열차 납치범이 되었나

딸깍 딸깍. 옛날 기차역 개찰구엔 하얀 장갑을 끼고 펀치를 든 남자가 서 있었다. 승객이 표를 내밀면 무표정한 얼굴로 딸깍 딸깍, 구멍을 냈다. 아무리 바쁜 출근, 등교 시간에도 그를 피할 방법은 없었다.

"아저씨, 기차 놓치겠어요. 빨리 해주세요."

학생들이 우루루 몰려들어도 한 명이라도 표를 안 내면 기가 막히게 잡아냈다. 무임승차의 형벌은 간단하면서도 가혹했다. 그냥 그 기차를 못 타게 하면 된다. 그러면 곧바로 지각. 매를 든 학생주임과 부모를 차례로 만나야 했다.

어떤 기차도 '은하철도 999'처럼 무임승차를 시도하는 자가 많지는 않을 것이다. 수많은 별에서 승차권을 위조하거나 훔쳐 올라탄다. 인질을 잡아 항로를 바꾸라고 소리 지르기도 하고, 스리슬쩍 안개처럼 스며들어 좌석에 앉기도 한다. '부정형 행성'에서는 어느 남매가 철이와 메텔의 몸을 본따서 변장한 채 올라탄다. '은하철도 999'는 마치 밀항자들을 꼬이는 꿀통 같다.

'은하철도 999'의 무임승차범은 곧바로 사형이다. 표가 없으면 승강장에 들어서는 것 자체가 불법이다. 그런데도 기어코 올라타려 한다. 그들에겐 인생을 걸고 찾아가야 하는 별이 있기 때문이다. 철이 역시 「미래의 별」편에서 말한다.

"열차 강도가 되든, 무슨 수를 써서라도 그 별에 꼭 가고 말 거예요. 돌아가신 어머니와 그렇게 하겠다고 약속했어요."

나는 그 마음을 잘 안다. 나 자신이 누군가와 한 약속을 지키기 위해 기차를 훔쳐 탄 적이 있기 때문이다. 아니 정확히 말하자면 열차를 강탈하려고 했다.

5월의 늦은 저녁이었다. 우리는 전라도의 어느 기차역 주변 수풀에 웅크리고 앉아 있었다. 조금 있으면 기차가 도착할 것이고, 그 즉시 철망을 찢고 선로를 넘어 기차에 올라타야 했다. 그 한 번의 탑승 기회를 놓쳐서는 안 되었다. 만약 차장이나 경찰들이 막는다면 몸싸움을 한다는 각오가 되어 있었다.

대학 시절 매년 5월이면 광주에 갔다. 그중에서도 2학년 때가 가장 힘들었다. 그해 5월 초 조선대학교의 교지 편집장이었던 이철규가 광주 지역 수원지에서 의문의 변사체로 발견되었다. 하나씩 드러나는 상황들은 그가 고문으로 살해당한 뒤 유기되었을 가능성을 내비쳤다. 5월 18일, 광주민주화 항쟁일에 맞춰 전국의 대학생들이 광주로 집결하기로 했다. 이철규는 교지 창간호에 게재한 글 때문에 수배를 당했는데, 나 역시 공교롭게도 다니던 학교에서 교지 창간호를 준비하고 있었다. 편집실 동료들은 더욱 안타까운 마음으로 광주로 향할 수밖에 없었다.

경찰은 서울에서 광주로 가는 모든 교통편을 봉쇄했다. 기차역과 고속터미널에서 학생처럼 보이는 사람이 나타나면 무조건 연행해 닭장차에 태웠다. 학생회에서 단체 대절해서 떠난 버스를 고속도로 진입로에서 붙잡기도 했다. 그러자 학생들은 작전을 바꾸었다. "일단 서울을 벗어나자." 우리 일행은 사당에서 직행좌석버스 같은 걸 타고 삼삼오오 수원, 평택 등으로 내려갔다. 그러자 그쪽 터미널과 역이 순차적으로 경찰들에게 막혔다. 휴대전화도 없던 시절이라 귀로 도는 소문을 들으며 또 다른 경로를 찾아야 했다.

지방의 시외버스 중에는 터미널 외에 중간중간 시내버스 정류장에 서는 경우가 있었다. 그런 차를 타고선 산을 타고 물을 돌아 농촌 마을들을 순례했다. 한번은 버스 뒷좌석에서 졸고 있는데, 누군가 "닭장차다!"라고 소리를 질렀다. 부리나케 일어나보니, 철망에 닭을 잔뜩 실은 '진짜 닭장차'가 닭똥 냄새를 풍기며 달려가고 있었다. 어떤 친구들은 잡화 트럭 뒤에 몰래 타고 경찰의 방어망을 통과했고, 어떤 친구들은 배를 이용해 군산으로 돌아가기도 했다. 그렇게 남쪽으로 남쪽으로 흘러갔다.

그 여행의 출발지와 목적지는 분명했다. 그러나 어떤 경로를 거쳐 가야 할지는 전혀 알 수 없었다. 마치 지구에서 안드로메다로 가는 철이의 여정과도 닮았다. 다음에 우리가 내려야 할 곳이 어디인지 알 수 없지만, 마지막에 우리는 광주에 가 있어야 했다.

찔끔찔끔 버스를 일곱 번쯤 갈아타고 전북의 작은 도시에 도착했던 것 같다. 이런저런 경로로 이곳까지 온 학생들이 누가 봐도 수상쩍게 주변을 돌아다니고 있었다. 그때 한 학생이 제안했다.

"이렇게 해서는 절대 오늘 밤까지 광주에 들어가지 못해. 힘을 모아서 한 번에 돌파해야 해."

그러면서 기차를 한꺼번에 올라타자고 했다.

"전경 부대와 싸우자고?"

"그러기엔 힘이 안 돼. 몰래 탈 수 있는 방법이 있을 것 같아."

우리는 몸을 바짝 낮춘 채 어스름이 내리는 논두렁 길을 따라갔다. 농협 건물과 창고를 지나 기차역의 선로 반대편으로 갔다. 나는 그 상황이 익숙했다. 고향 역의 기차역사 건너편 철조망엔 개구멍들이 있었다. 원래는 육교를 넘어와 역사를 통과해야 했는데, 기차 시간에 늦은 사람들은 선로를 뛰어 넘어와 기차에 올라타곤 했다. 지금처럼 자동으로 문이 개폐되는 게 아니어서, 기차에 탄 사람에게 부탁하면 반대쪽 문도 열 수 있었다. 물론 무임승차꾼들도 그 방법을 애용했다.

여행을 방해해서 미안해. 목숨을 구해준 건 잊지 않고 있어.

너는!

아는 사람인가요?

우리는 열차 승객들에게 해를 끼칠 생각은 없어.

우리는 당당하게 물건을 만들 수 있는 새로운 행성을 찾아가려고 해.

아!

공기를 오염시키거나 별을 금속가루와 폐유로 더럽히지 않아도 훌륭한 물건을 만들 수 있는 별, 말이야.

젊은 노동자들은 새로운 별을 찾아가기 위해 '은하철도 999'에 무단승차한다.

수풀 속에서 숨죽이고 있는데 근처에서 사람들의 기척이 느껴졌다. 조심스레 고개를 돌려보니 꽤 많은 학생들이 수풀 여기저기에 숨어 있었다. 마치 공원에서 사료를 주러 오는 캣맘을 기다리는 고양이들처럼…… 쪽수가 제법 된다는 사실이 힘이 되었지만, 그만큼 들킬 염려도 키웠다. 이 정도로 작전이 퍼졌다면 이미 정보가 경찰에 넘어갔을 수도 있다. 기차에 제대로 올라탈 수는 있을까? 올라탄다 해도 전경들이 기차를 검색하기 시작하면 금세 들통이 날 텐데. 그러면 달리는 기차에서 뛰어내릴 수도 없고…… 할 수 없이 몸싸움을 벌여야 하나?

어지러운 머릿속의 고민을 뚫고 기차가 나타났다. 고양이들은 일제히 수풀에서 튀어나왔다. 힘 좋은 친구들이 먼저 철망을 기어 넘어가 망을 봤고, 다른 친구들은 힘을 모아 철망 아래를 뜯어내 기어 나왔다. 다행히 경찰은 보이지 않았다. 열차가 정차했다. 달려라! 죽을 힘을 다해 선로 몇 개를 뛰어넘었다. 퍼버버벅! 자갈돌 밟는 소리가 폭죽처럼 터졌다. 숨을 헐떡이며 기차에 올라탔다.

"납치범들이에요! 열차 납치범들이에요!"

'은하철도 999'가 대공업단지인 '마스프론' 행성을 떠난 직후 차장이 소리지른다. 크로마리아라는 소녀가 이끄는 젊은 노동자들이 무단으로 차량에 올라탄 것이다.

"우리는 열차 승객들에게 해를 끼칠 생각은 없어."

그녀는 자신들이 당당히 물건을 만들 수 있는 행성을 찾아갈 거라고 한다. 차장은 당장 철도관리국에 알리려고 움직인다. 그러자 철이가 붙잡는다.

"저 사람들은 어차피 어딘가에서 내릴 거예요. 잠시 태워준다고 손해볼 것도 없잖아요."

차장이 잠시 생각하더니 말한다.

"그러고 보니 갑자기 아무 기억이 안 나는군요."

그때 메텔이 철이에게 가방을 건네며 크로마리아에게 주라고 한다. 그 안엔 승차권이 가득 들어 있다.

우리가 탄 기차는 평온했다. 수상쩍은 눈으로 보는 승객들이 있었지만, 기차표를 검사하는 직원도 나타나지 않았다. 그래도 아직 몇 군데 역을 지나가야 했다. 언제 기차가 멈추고 전경들이 들이닥칠지 몰랐다. 긴장 속에 창밖은 어두워졌고 졸음이 마구 쏟아졌다. 깜빡 눈을 감았다 떴더니, 기차가 광주 송정리역에 멈춰 서고 있었다. 드디어 왔다. 그러나 왔다고 온 게 아니다. 이제 진짜 싸워야 할지 모른다.

"반란분자는 모두 격퇴되었습니다. 생존자는 한 명도 없습니다. 봉쇄를 해제하겠습니다." 「플레이티드 시티의 마녀」 편 은하경찰 철이는 은하철도를 타고 여행하며 수많은 별에서 반란군들을 만난다. '플레이티드' 행성에서는 부자 계급들이 몸에 황금을 칠하고, 가난하여 금칠을 할 수 없는 자들을 짓밟으며 산다. 그러자 반란군은 중력 도금 장치를 파괴한다. '쿠이마' 행성에서는 하늘을 나는 기계고양이 캣츠로이드들이 반란을 일으킨다. 하지만 개다래기름에 유인당해 방사능 그물을 덮어쓰고 몰살당한다.

「은하철도 999」가 연재되던 1970년대 말 일본에는 전공투 학생운동의 잔영이 짙게 남아 있었다. 만화 속에는 그 시대의 격렬한 혁명운동을 떠올리게 하는 모습들이 낭만적인 장치로 자주 등장한다. 〈은하철도 999〉의 TV판이 한국에서 정식으로 첫 방영되던 때는 1982년. 돌이켜보면 광주의 사람들이 항쟁의 아픈 기억을 끌어안고 속으로만 울고 있었을 때다. 타지역 사람들은 흉흉한 소식을 전해듣고도 "설마" 하며 의심하고 있었다. 그때 아이들은 지상파 TV로 은하철도의 반란군들을 만나고 있었다.

'라이플 그레네이드' 행성의 에피소드는 다시 돌아보면 가슴이 서늘할 정도다. 이 행성의 지배층은 주민들로 하여금 사막 위에서 무의미한 전쟁을 이어가도록 한다. 관광객들은 고급 호텔에서 만찬을 즐기며 살육의 현장을 구경한다. 철이가 만난 병사는 그 전쟁으로 죽어간 이들의 거대한 시체더미를 보여준다. 그때 탄약고가 폭발하는 굉음이 울려퍼진다. 병사는 말한다. 이제 지배자들에게 저항하는 전쟁을 시작한다고.

"다음에 네가 이 별에 다시 올 때쯤이면 우리가 만든 새로운 정부가 세워져 있을 거야."

철이는 그들의 승리를 기원하며 기차에 올라탄다. 반란군은 지배자들을 물리친다. 그러나 기쁨은 잠시뿐이다. 기계 제국은 자기 마음대로 할 수 없는 별이라며 별을 통째로 파괴해버린다.

우리는 긴장하며 송정리역 바깥으로 나왔다. 아무도 제지하지 않았다. 오히려 썰렁할 정도로 사람이 없었다. 알고 보니 낮부터 시위대와 다투던 전경들이 저녁이 되자 진압을 포기하고 시내를 열어줬던 것이다. 트럭들이 떼를 지어 도로를 달리고 있었고, 그중 한 대가 우리 앞에 섰다. 어디로 가는지 물었다. "금남로요." 우리는 트럭 짐칸에 올라탔다. 또다른 학생들과 시민들이 가득 탄 트럭들과 합류했다. 깃발과 만장과 주먹들이 거리를 달리며 〈임을 위한 행진곡〉을 불렀다. 광주 시내는 해방구가 되었고, 함께 탄 시민들은 '마치 그날 같다'며 울먹거렸다.

언젠가 나는 동료들과 함께 무모하게 기차를 훔쳐 탔다. 어떤 대가를 치르더라도 기필코 지켜야 할 약속이 있었기 때문이다. 지금도 은하 곳곳, 그리고 지구별 여기저기에서 그런 일들이 벌어지고 있을 것이다.

P

★★

우리가 남의 청춘을 바라볼 때 허락된 것은
그저 눈부셔하며 즐거워하는 것뿐이다.

★★

남의 꿈을 구경하는
리얼, 인생극장

내가 이미 대학을 졸업한 상황에서 서울예대 문예창작과에 다시 들어가겠다고 마음먹었을 때, 반대하는 사람은 거의 없었다. 다행히 가까운 내 주변 사람 중에는 안정적인 삶에 대한 환상을 가진 사람들이 없었으니까. 그렇지 않았다면 잘 다니던 직장을 그만두고 불안정한 미래 속으로 다시 들어가겠다는 나를 누군가는 말리려 했을 것이다. 물론 그 당시 내가 다니던 직장 사람들은 달랐다. 그들이 보기에 나는 이상한 사람이었다. 아니면 배부른 사람이거나. 설상가상으로, 내가 그만두면 내 자리에 들어오겠다는 분이 들이민 이력서를 보니 내가 가려는 대학의 같은 과 출신이었다. 나는 그 대학에 가려고 직장을 그만두는데, 그 학교를 졸업한 이는 내 자리로 들어오려고 하는구나. 추락도 상승도 아니었지만, 확실히 이상한 느낌이었다.

사람들은 내 결심을 재미있어하거나 감탄했다. 등록금을 대주겠다는 사람은 없었지만 음으로 양으로 마음으로 전폭적으로 지지하겠다는 사람들은 많았다. 그들은 휘발될 말을 끊임없이 늘어놓으며 나를 격려했다. 처음엔 나도 의기양양했으나 점점 기분이 이상해졌다. 다시 대학에 들어가겠다는 결심 자체야 쉽게 하긴 힘들어도 어쨌든 마음만 먹으면 될 일이었지만, 그것을 구체적인 계획으로 옮기는 건 다른 이야기다. 나는 입시에 관련된 정보를 수소문하고 첫 등록금을 모으기 위해 아르바이트를 하고 막막한 공부를 두서없이 시작했다. 기대와도 싸우고 불안과도 싸웠다. 그런 나에게 사람들의 찬사와 격려는 별 의미 없었다. 나는 그들의 마음이 궁금해지기 시작했다. 내가 흔치 않은 결심을 하고 내 꿈을 이루겠노라고 고군분투하는 것이 그들에게는 어떤 의미가 있을까?

꿈은 이상한 것이다. 꿈을 가지고 있을 때는 그저 재미있고 희망차고 행복하지만, 꿈을 실현하려고 마음먹는 순간 실패의 가능성과 들여야 할 노력은 현실이 된다. 꿈은 현실적인 노력을 계속하도록 앞에서 끌고 뒤에서 미는 역할을 자처한다고 하지만, 꿈이 일단 현실적인 목표가 되어버리면 이전에 꿈만 꾸던 단계와는 다른 단계로 진입한다. 가슴을 한껏 부풀리고 불가능한 꿈도 꿈이라고 큰소리치는 일은 아예 불가능해진다. 가끔은, 그저 꿈만 꾸던 때로 돌아가고 싶어진다. 그 모든 애씀을 탁 내려놓고 목표를 '언젠가'로 멀리 밀어내고 꿈의 파스텔색 환상 속에 묻혀 두 다리 쭉 뻗고 쉬고 싶어진다.

그래서 사람들은 남의 꿈에 그리 열광하는가. 남에게 꿈을 가지라고 종용하는가. 남의 꿈은 구경하기 좋은데도 이루려는 노력은 필요 없다. 실패에 대한 부담감도 없다. 성공하면 "내가 뭐랬어, 넌 해낼 거랬잖아"라며 입에 발린 말만 얹으면 된다. 운이 좋으면 편승할 수도 있다. 대리만족을 느낄 수도 있다. 그러나 어쨌든 노력도 투자도, 지불해야 할 것은 전혀 없다. 이보다 더 좋은 'TV'가 어딨을까. 말 그대로, 리얼 인생극장인 셈.

메텔과 철이는 '바닥을 알 수 없는 도시'에 정차한다. 수많은 빌딩들이 끝도 없이 솟아서 바닥이 보이지 않는 별이다. 별 자체는 없이 건물만 사방팔방 세워져 있다는 소문도 있지만, 증명할 도리는 없다. 이곳에는 이상한 룰이 있다. 엘리베이터를 타면 안 된다는 것이다. 한번 엘리베이터를 타면 그것이 승객을 어디로 데려갈지 알 수 없으니까. 어쩌면 영영 돌아오지 못할지도 모른다.

호기심만큼이나 귀찮음도 강한 철이는 경고에도 불구하고 엘리베이터를 탄다. 어차피 내려가거나 올라가겠지. 그러나 엘리베이터는 철이를 태우고 어딘지 알 수 없는 곳으로 가버린다. 없어진 철이를 찾아 헤매는 메텔에게 철이가 간 곳을 안다고 안내하는 사람은 '키자루나'라는 정체 모를 남자다. 남자를 따라서 엘리베이터에서 내리는 순간 메텔은 눈치챈다. 그렇다. 이제부터 철이의 흔적을 쫓아갈 길은

철이를 찾기 위해 철이의 꿈속을 헤매는 두 사람.

'철이의 꿈속'으로 나 있는 길이다.

철이를 찾아 메텔이 떠나려 하자 키자루나는 그들을 가로막는다.

"절대 못 가! 내가 안 보내줄 거라고!"

그는 철이에게 이 세계를 끝도 없이 헤매고 돌아다니라고 요구한다.

"난 이 세계에서 맘껏 즐기고 싶어. 너희들이 방황하면서 괴로워하는 모습을 보면서 말이야. 철이, 네가 좋아하는 세계잖아. 반대하진 않겠지?"

그러나 메텔과 철이는 그곳을 단호하게 떠난다. 꿈을 꾼다는 것과 꿈속에서 산다는 것 그리고 영원히 남을 대신해 꿈속을 헤멘다는 건 전혀 다른 문제니까.

꿈조차 남이 대신 꿔주어야 하는 사람은 어떤 사람일까. 스스로 환상을 만들어낼 힘이 없어서, 남이 만든 환상에 편승해야 하는 사람은 어떤 사람일까. 가늠하기 힘들다. 꿈속에서만 사는 사람만큼이나 가늠하기 힘들다. 그들을 보면 꿈이란 결핍되면 삶을 삭막하게 하고 과잉되면 삶의 둑을 무너뜨리는 물 같은 것이라는 실감이 든다. 욕심낼 일도 무시할 일도 아니라는 걸 알게 된다. 그들은 남의 꿈을 인생극장 관람하듯 팝콘을 먹으며 지켜보지만, 그들의 옹기종기 모인 뒷모습 또한 인생극장의 한 장면을 연출한다. 끝나지 않는 지루한 다큐멘터리처럼.

무사히 직장을 그만두고 무사히 원하던 대학에 들어가 등록금을 냈을 때 나는 내가 꿈을 이루었다고 생각했다. 그러나 그것은 그저 시작일 뿐이었다. 꿈조차 꾸기 힘든 삭막한 매일매일이 들이닥쳤다. 그 안에서 나는 기대도 하고 실망도 하고 작은 성취도 이루고 실패도 거듭 겪으며 또 다른 꿈을 조물조물 만들어냈다. 일용할 양식처럼, 한 첩씩 싸서 내 마음의 선반에 밀어 넣었다. 나만 들여다볼 수 있는 선반에 준비가 되면 불려 나오기 위해 첩첩이 쌓여 있는 꿈들이 있다. 나는 그것을 구경만 하지 않고 실행할 예정이다. 지불할 것을 정확히 지불해가며.

남의 청춘에
침 흘리지 말 것

청춘을 부러워한 적은 없다. 그저 나이 들어가면서 할 수 있는 일의 목록이 하나씩 없어져가는 걸 바라보는 아쉬움만 있을 뿐이다. 그 역사는 오래되었다. "내가 그 나이였으면 벽돌도 씹어먹지"라는 말을 듣던 시절에도, 나는 툭하면 엄마에게 투덜거렸다.

"엄마도 내 나이 되어봐. 얼마나 힘든지."

그러면 엄마는 어처구니없다는 표정을 지으며 말했다.

"내가 네 나이였으면 소원이 없겠다."

하지만 엄마 또한 내 나이로 돌아갈 수 있어도 가지 않을 것을 안다. 그것은 청춘만의 문제는 아니기 때문이다. 그러나 많은 사람들이, 까짓것 '청춘'만 있으면 뭐든 할 수 있다고 생각한다. 한창 치열하게 살던 젊은 시절에는 그런 어른들의 태도가 못마땅했다. 나름의

질투로 가득 찬 아야보르는 결국 철이를 죽이려고 한다.

고충을 극복하며 열심히 살고 있는 사람들에게 그런 말은 '네 성취는 모두 젊음 덕'이란 말로 들린다. 젊음이 아니면 넌 아무것도 아니야. 나와 마찬가지로 초라한 인간일 뿐이지. 네가 빛나는 건 그저 아직 늙지 않았기 때문이고, 그건 네 성취도 아무것도 아니야. 네가 그렇게나 빛나는 청춘을 가지고 있으면서 그 정도도 해내지 못한다면 그것이야말로 네 탓이지. 네가 게으르고 모자란 탓이지.

'아야보르의 작은 세계'의 주인인 아야보르는 철이와 메텔을 자기 집으로 초대한다. 아야보르의 작은 세계는 지구를 축소한 모양의 별이다. 아야보르는 부드럽게 웃으며 철이에게 말한다.

"난 정말 감동했어. 철이는 의지가 강한 야무진 소년인 것 같아. 얼굴이 못생기고 키가 작은 것만 빼면 젊었을 때 나랑 어쩜 저렇게 닮았을까 싶어. 매우 훌륭해. 틀림없이 나중에 큰 인물이 될 거야. 철이를 아낌없이 도와주고 싶어."

철이는 그런 아야보르의 입에 발린 찬사를 귓등으로 듣고, 메텔은 "정말 친절하시군요, 아야보르 씨"라며 빈말을 돌려준다. 청춘의 시절을 보낸 적이 있는 사람이라면 누구나 한번쯤 들어봤음 직한 말이다. 칭찬해주는 것 같으면서도 뒤집어보면 아무 말도 아닌 말, 심지어 은근한 비하를 깔고 있는 말, 말이다.

그들은 청춘에 대해 찬사를 퍼붓고, 청춘을 가진 이들을 턱없이 추켜세우고, 자신의 청춘을 회상하고, 급기야 남들을 청춘을 낭비하고 있다며 비난한다. 자신이 이제 가질 수도 없는 것을 '가질 수만 있다면'이라는 전제하에 자기 것처럼 군다. 젊었을 때는 나도 그 말에 장단 맞춰야 하는 줄 알았다. "내가 네 나이였으면"으로 이어지는 비난을 들으면 내가 뭔가 잘못하는 줄 알았다. 그렇지만 누구에게 무엇을 잘못한 거지? 나 스스로에게 사과해야 하나? 그들의 비난은 점잖은 충고의 형태를 갖추고 있기에 가늠하기 더 어렵다. 겨우 가까스로 청춘이 다 가고 나서야 그 마음이 무엇인지 알았다. 그 '작은 마음'을 짐작할 수 있었다.

아야보르는 "장래가 탄탄한 소년에게 내가 해줄 수 있는 유일한 선물"이라며 철이와 메텔에게 진수성찬을 대접하지만 모든 음식은 지나치게 달다. 그는 한 별의 지배자를 자처하지만 그 별은 모든 것이 작고 부실하다. 메텔은 말한다.

"편협하고 스케일이 작은 남자가 만들어낸 가짜 세계지."

그 세계가 얼마나 허약한지는 만든 이만이 제대로 알 것이다. 아야보르만이.

아야보르는 갑자기 태도를 바꿔 철이를 공격한다.

"넌 내가 가보지도 못한 곳에 가서 내가 보지도 못한 것을 보게 될 거고…… 내가 경험해보지 못한 것들을 새롭게 경험하게 될 거야! 넌 나의 기계 몸보다 신형에 성능이 좋은 기계 몸을 가지게 되겠지! 그렇게 되면 당연히 나보다 오래 즐겁게 살 거 아냐! 나는 그걸 허락할 수 없어! 나는 이룰 수 없는 일을 할 수 있는 인간이 있다는 게 마음에 들지 않아!"

결국 질투를 참지 못한 아야보르는 철이에게서 '미래'를 빼앗기로 한다. 그 모든 가능성들을 빼앗아버리기로 마음먹는다. 아야보르의 작은 마음은 온전히 질투로 이루어져 있다. 너무나 작아서, 툭하면 경계를 넘어버린다.

아쉽지 않다면 거짓말이다. 그때는 있다는 것조차 인식하지 못할 정도로 공기같이 넘쳐났던 에너지가 지금은 닥닥 긁어야 겨우 고인다는 것을 깨달을 때 내가 잃어버린 것들이 아쉽고, 풍부할 때 제대로 쓰지 못한 것이 아쉽다. 그렇지만 남의 청춘은 내 것이 아니다. 내 것이 될 수도 없다. 남이 돈을 펑펑 쓸 때 내 돈이라도 쓰는 듯 엉거주춤 불편하게 바라보는 심정으로 남의 청춘을 바라보지 말 것. 그렇게 침 흘리고 앉아 있어봤자 남이 자신의 인생을 살 때 내 대들보가 썩어 내려앉는다는 것도 모르게 될 뿐이다. 우리가 남의 청춘을 바라볼 때 허락된 것은 그저 눈부셔하며 즐거워하는 것뿐이다. 모닥불을 쬐듯 그들 곁에 다가앉으면 청춘의 에너지가 내 신경통을 완화하는 데는 조금 좋을 수도 있겠다. 슬며시 회춘하는 데 등 떠밀어줄 수는 있겠다.

미의 기준에
갇히지 않으려면

만나면 나이 묻고 학번 묻고 외모에 대해 한마디씩 꼭 덧붙이는 문화 속에서 오래 살았다. 불쾌한 적도 없지 않았지만, 악의가 없으니 그러려니 했다. 그렇지만 '내가 예민한 건가?'라는 자기단속의 닫힌 문을 열고 나오는 사람들이 늘어나면서 '얼평 금지' 목소리도 높아졌다. 요즘은 나이나 결혼 여부를 묻거나 말랐다느니 쪘다느니 옷이 어울린다느니 안 어울린다느니 아파 보인다느니 늙었다느니 여전히 젊다느니, 여하튼 모든 종류의 질문과 말을 하기 전에 일단 한번 입속으로 굴린다. 상대방과의 친분 여부나 상황을 면밀히 생각해본 뒤 그래도 괜찮을 것 같으면 입 밖에 내지만, 사실 말할 필요가 있는 경우는 거의 없다.

좋은 방향으로 흘러가고 있다고 생각하지만 내 입장에서는 좀 아쉬울 때도 있다. 스스로 '내 가장 큰 장점'이라고 말하는 장점이 슬쩍 가려지기 때문이다. 어렸을 때는 동안이 장점이라는 걸 당연히 몰랐다. 엄마가 어디선가 한 소리 듣고는 기분이 좋아져서 "글쎄 내가 마흔 같댄다. 내 나이가 몇인데"라고 말하면 오십이나 마흔이나 늙기는 매한가진데 뭐가 그리 기분이 좋을까, 했다. 그게 그리 기분 좋은 일이더라. 엄마 미안. 함께 기뻐해줬어야 했는데.

동안은 그렇듯 큰 장점이지만, 미묘한 점은 나이를 얘기하지 않으면 장점이 되지 못한다는 것이다. 어떨 때는 심지어 단점이 되기도 한다. 내 나이가 몇인데 아직도 모임 말석에 앉아서 물 심부름을 해야 한단 말인가. 그렇지만 나이를 밝히지 않는 자리에서는 어느샌가 자연스럽게 하대당하곤 한다. 내가 젊어 보여서겠거니, 위안하는 것도 하루이틀이지. 슬쩍 나이를 밝히는 분위기로 몰아가면, 스스로 꼰대가 된 기분에 우울해진다. 어떨 땐 엎드려 절 받는 꼴이 된다. 투덜거리면 사람들이 묻는다.

"그래서 동안인 게 싫어요?"

싫을 리야 없지. 그렇지만.

얼평을 대놓고 하든 속으로 하든, 외모가 사람을 판단하는 중요한 기준이 되는 세상은 당분간 유지될 모양이다. 미의 기준이야 나라마다 사회마다 조금씩 다르기야 하겠지만, 이 좁은 지구에서 달라봐야 얼마나 다르겠는가. 하지만 우주로 나가면 이야기가 달라진다.

자매인 레란과 밀은 인공태양 빛 아래 처음 본 서로의 흉측한 모습에 놀라 결국 상대를 죽인다. 생명보다 아름다움이 더 중요한 별의 비극.

철이와 메텔이 머문 '어둠의 별' 주민들은 서로가 서로를 보기를 원하지 않는다. 어둠 속에서 더듬거리면서도 충분히 살 수 있다고 믿는다. 그렇지만 자매 중 언니인 레란은 인공태양을 쏘아 올려 별을 밝히고 싶어 한다. 삶의 질을 높이는 데 빛이 꼭 필요하다고 생각한 것이다. 빛이 있다면 확실히 삶은 더 다채롭고 편리해지겠지만, 문제는 서로의 모습을 보아야 한다는 것. 그 사실을 너무나 끔찍하게 여기는 동생 밀은 철이에게 언니를 죽여달라고 부탁한다. 불행을 미연에 방지하기 위해, 레란의 가족은 레란을 극단적인 방법을 동원해 말리기로 결정한다. 그러나 인공태양은 예정대로 쏘아 올려지고, 자매는 환한 빛 속에서 서로를 마주 보고 경악한다.

철이가 보기에는 너무나 아름답지만, 둘은 서로를 괴물같이 생겼다고 여긴다. 언니 레란을 죽인 동생 밀은 인공태양 쏘아 올리기를 막지 못한 철이를 향해 총구를 겨눈다. 그러나 끝끝내 방아쇠를 당기지 못한다. 총으로 쏘아 죽이기에는 밀의 눈에 철이가 완벽한 미남이기 때문이다. 보는 눈이 다르다는 것은 단순한 취향의 문제를 넘어선다. 인공태양의 빛 아래 드러난 자신의 추함을 견디지 못해 자살하는 이들이 속출해, 자살한 주민이 99.9퍼센트에 육박한다. 환하게 빛나게 된 별은 동시에 멸망 속으로 잠긴다.

메텔은 말한다.

"아름다움의 기준이 달라서 그래. 지구의 미인이 여기서는 괴물로 보이는 거지."

지구 내에서도 미인의 기준이 지역마다 시대마다 다른데 드넓은 우주에서는 오죽하겠는가. 우리가 아름답다고 여기는 기준이 얼마나 자의적인지 생각해보면 모든 게 부질없어진다. 화장품, 성형수술, 패션, 피부관리, 이 모든 것이 헛발질이 되어버린다. 동안이어서 어쨌다는 얘긴가. 신체나이는 60살인데. 층계를 오르내릴 때마다 헉헉거리는데.

　그러나 '형태'가 있다면, 미의 기준이 달라질 뿐 없어지는 것은 아니다. 궁극적으로 문제가 사라지려면 형태가 없어지는 게 답일 수도 있겠다. '부정형 행성 누르바'의 주민들은 그런 의미에서 축복받았다. 그들은 말한다.

　"형태가 있는 생물은 언젠가는 늙어서 흉칙한 모습으로 변해 죽어가지. 정해진 모양이 있는 건 언젠가 형태가 흐트러지면서 사라져간다구. 형태가 없기 때문에 못생겼다고 차별당하거나 고통받지 않아도 되고……"

　그렇지만 그런 누르바 주민이라고 고민이 없는 것은 아니다. 젊은 세대 주민들이 형태가 있는 사람들을 동경하게 된 것이다.

　"우주에서 가장 이상적인 삶을 살 수 있다고 우린 믿었는데……"

　결국, 형태가 없는 것도 답이 아니다. 없는 것을 동경하는 속성이 사라지지 않는 한, 우리는 임의로 설정한 이상적인 무언가를 향해 끊임없이 달려갈 도리밖에 없다. 의외로 답은 철이에게 있는지도 모른다. 우아하고 길쭉한 메텔의 허리께에도 닿지 못하는 작은 키에 짧은 팔다리. 툭하면 '야생 원숭이' 취급을 받지만 철이는 놀림 받는 그때 발끈할지언정 마음에 담아두지 않는다. 철이는 자신의 외모가 어떻게 생겼든 크게 신경쓰지 않는다. 기계 인간이 되더라도 작은 키를 늘리거나 못생긴 얼굴을 다듬을 생각은 추호도 없다. 그렇게 자신을 온통 긍정하는 마음. 그런 마음이라면 미의 기준이 널을 뛰어도 아무 상관 없으리라.

돈 벌기에 가장 좋은
수단과 방법

내가 그 술집을 좋아한 이유는 많다. 술집이 열리기 훨씬 전부터 그 가게 주인인 언니와 친했고, 그 가게에 가면 맛있고 시원한 맥주가 있는 데다, 혼자 가도 늘 함께 술 마실 수 있는 단골들을 만날 수 있었고…… 그리고 언니가 타로점을 잘 봐주었다. 사람들이 술집에 들어서면서 "이 집 맛있어"가 아니라 "이 집 잘 봐" 하고 들어설 정도였다. 업으로 하는 게 아니라 그저 알음알음 재미로 봐주는 것이라 늘 상 볼 수 있는 건 아니었다. 점이야 수다 떨 거리를 만들기 위해 보는 거니까 한번 웃고 개의치 않는 편이었지만, 언니의 타로점은 흥미로웠다. 미래를 맞춘다기보다는 지금의 문제를 다시 생각하게 한다는 점에서 그랬다.

　돈 벌기 위해 하는 일들, 정말 지긋지긋지긋지긋하다, 하고 진저리

정말 저 별에 가야만 했을까

를 치던 어느 날 지하의 그 술집에 가서 물었다.

"저 언제까지 돈 벌기 위해 일해야 해요?"

그러자 언니는 카드를 뒤집어보고 말했다.

"너는, 늙어서, 죽는, 그 순간까지, 마지막, 순간까지, 네 입에 들어가는 모든 건 네가 벌어서 먹어야 해."

한 음절 한 음절 끊어서 말하며 언니는 내게 불로소득이란 없을 거라고 못 박았다. 절망스러웠다. 그러나 그 다음 점괘는 마음에 들었다.

"네가 하는 모든 일들은, 사소한 일 하나도 네 자산이 될 거야. 너를 성장시킬 거야."

노동과 자아실현은 떼려야 뗄 수 없는 것이다. 그런 것이어야 한다. 그를 통해 얻는 금전적 보상과 마찬가지로. 그런데 우리는 가끔 삐걱삐걱, 부서지려는 트라이앵글을 부여잡고 애쓴다. 일하지 않고 펑펑 돈 쓰며 살고 싶다. 진짜 내가 재미있다고 생각하는 일만 하면서 살고 싶다. 적게 먹고 가늘게 싸도 좋으니까 아무 일도 하고 싶지 않다. 성공해서 전 세계를 씽씽 날아다니며 살고 싶다…… 하지만 세상은 내 마음대로 되지는 않는다. 의지와 체념, 재미와 답습, 조증과 울증이 일상을 휘젓는다.

'17억 6,500만 명이 사는 부랑자들의 별'에 간 철이와 메텔은 어마어마한 무리의 부랑자와 거지들을 만난다. 그들은 부정부패에 질려서 돈을 벌 모든 의욕을 잃었다. 그들은 그저 구걸해서 먹고 산다. 은하철도가 들어오면 그 안에 얻어먹을 만한 사람이 있나 기웃거리고, 정 아무도 없으면 서로 구걸해서 먹고 산다. 그럼에도 굶어 죽는 사람 없이 대충 먹고 사는 게 신기할 뿐이다. 그들은 무기력하고 무책임하게 몰려다닌다. 책임도 의지도 없이.

매달리며 구걸하는 이들을 뿌리치고 이륙한 은하철도에 몰래 탄 남자가 있었다. 그는 구식 활로 메텔과 철이를 위협한다.

"돈 내놔! 뭐든 상관없으니까 다 내놔!"

메텔과 철이는 강도를 만난 것이 기쁘다. 만면에 미소를 띠고 줄 수 있는 것은 모두 꺼내준다. 메텔과 철이는 무기력을 떨치겠다는 강력한 의지를 가진 인간을 만난 것 자체가 너무 기쁘다. 철이는 그 남자에게 코스모라이플까지 선뜻 내준다. 메텔은 말한다.

"이제 겨우 도둑이 된 저 사람은 네가 준 라이플을 발판으로 틀림없이 강철과 같은 신념을 가진 강한 남자가 될 거야."

뭐, 뭐라고요 메텔 씨? 자기 이익을 위해서라면 남을 해치는 것도 서슴지 않겠다고 다짐하는 남자에게 초강력 무기를 쥐어준 게 잘한 일이라고요? 구걸하느니 강도질을 하라는 게 당신의 최선입니까? "우주를 떠돌아다니다가 설령 사람을 해치는 한이 있어도 끝까지 살아남아서…… 언젠가 우리 별을 거지라곤 찾아볼 수 없는 강력한 별로 만들어 보이겠어! 난 남에게 구걸해서 사는 우리 별이 견딜 수 없이 싫어졌어! 남에게 의지하면서 어리석게 사는 게 지긋지긋해졌다구!"라고 말하는 남자의 기개는 과연 대단하다. 하지만 평화로운 나라에서 오래 살아온 내가 보기에 위험하기 그지없다. 그렇지만 험한 우주에서 살아남은 메텔과 철이는 무기력보다는 폭력의 손을 들어 준다. "무위도식하고 서로 구걸해가며 죽지 않고 원만하게 살아가는 게 어때서!"라고 말하고 싶지만, 역시 그건 좀 곤란하긴 하겠다.

메텔과 철이는 '반딧불 거리'에서도 무기력을 딛고 노동을 해서 정당한 대가로 돈을 버는 것을 찬양한다. 반딧불 거리 사람들은 '몸이 얼마나 빛나는가'로 계급을 결정한다. 불균등하게 빛나는 '얼룩이'는 최하층에서 살아갈 수밖에 없다. 얼룩덜룩한 플라이어 씨는 힘겹게 일해 간신히 살아가면서도 애니메이션을 만들어 성공할 꿈을 꾸고 있는데, 돈이 필요해 철이에게 소중한 그림 대본을 팔려고 한다. 돈을 그냥 주겠다는 철이에게 단호하게 말한다.

"내가 제일 아끼는 거니까 돈을 달라고 말할 수 있는 거예요."

노동에 대한 대가로서만 돈을 받겠다는 플라이어 씨의 태도는 철이를 감동시킨다. 게다가 심지어 그림 대본도 감동적이니, 눈물 많은 철이로서는 한바탕 울지 않을 수가 없다. 그렇게 메텔과 철이는 노동에 대한 대단한 자부심을 가진 이들을 만나며 돌아다닌다. 가지각색의 물건을 만들어내는 공장 행성인 '마스프론'에서는 노동에 대한 자부심이 지나쳐 소비자를 "물건을 쓸 줄만 알았지 만들 줄은 모르는 구더기 같은 놈"이라 멸시하는 혁명가를 만나고, 나사못으로 가득 찬 별인 '우라트레스'에서는 "난 내가 만든 나사못이 우주 어딘가에서 도움이 된다는 걸 자랑으로 생각하고 영원히 나사못을 만들 거야. 어차피 누군가가 나사못을 만들어야 하니까"라며 용도를 알 수 없는 나사못을 끝도 없이 생산하는 노동자를 만난다. 대단하지만 그들을 찬양할 수는 없다. 이쯤되면 메텔과 철이도 노동과 삶의 관계에 대해서 좀더 고민해봐야 하지 않을까?

두 사람은 메텔이 '대단히 슬픈 곳'이라고 말하는, '추억의 별'에서 '프로'들을 만난다. 그들은 과연 프로다. 200년이나 계속 만화만 그리는 만화가, 760만 8,231개째의 권총을 만들어 던져놓고 곧 760만 8,232개째의 권총을 만드는 데 돌입하는 권총직공, 프로 교수형 집행자, 프로 총잡이. 그들에게는 자신이 하는 일을 계속하는 것 이외의 삶은 없다. 메텔은 이 별을 이렇게 설명한다.

"자신이 선택한 길에 생애를 바쳐 일하다 빈 껍질만 남게 된 인공 부품덩어리들이 모여드는 곳이다."

역시, 아무리 프로정신이 중요하다고 해도, 저렇게 일이 삶을 잡아먹는 건 곤란하다. 그들 때문에 곤경에 처했던 철이와 메텔도 역시 그렇게 생각하겠지, 싶지만 그럴 리가. 메텔은 단호한 표정으로 말한다.

"설령 그게…… 마지막 남은 젊었을 때의 프로근성이 타성에 의해 움직이는 거라고 해도 말야. 자신의 생각을 관철하는 남자는 대단히 훌륭하다고 생각해."

아, 네네. 어련하시겠습니까.

돈을 받는 대가로 그만한 가치가 있는 것을 지불하겠다는 결기가 대단한 플라이어.

'죽는 그 순간까지 성장을 한다는 건 꽤 좋은 일이잖아'라며 죽는 그 순간까지 벌어서 먹어야 한다는 얘기를 애써 지우려 했지만, 영원히 자신의 일을 계속하는 '프로'들을 보고 나니 역시 속이 불편하다. 죽는 그 순간까지 벌어먹어야 한다면, 굶어 죽지 않을 만큼 조금씩 벌면 되지. 죽는 그 순간까지 하는 모든 일을 통해 성장한다고 한다면, 노동이 삶을 잡아먹어 버리지 않을 만큼 천천히, 즐겁게 가면 되지. 그렇게 생각하며 나는 느긋하게 내 삶의 고삐를 쥔다. 불로소득과 무위도식으로 굴러떨어지지도 않고 맹렬한 기계가 되는 것을 경계하면서 그사이 어딘가를 걷는 삶. 그게 내가 돈을 벌어서 먹고사는 방식이 될 것이다. 메텔 님. 치열하지 못해 미안합니다.

자신의 성장을 안다는 것,
미래를 믿는다는 것

그 당시 광화문엔 담쟁이가 무성했다. 둥근 아치형의 문을 따라 덩굴이 흘러내리던 모습은 퍽 인상적이었다. 엄마는 어린 내게 담쟁이를 가르쳤다.

"이거 봐. 이걸 담쟁이라고 불러."

다음에 그 앞을 지날 때, 엄마는 내게 "이걸 뭐라고 했지?" 물었다. 나는 담을 따라 줄지어 서서 흔들리는 나뭇잎을 올려다보았을 테지. 이 나무는 왜 담이 없이는 혼자 서지 못할까. 그런 생각을 했을까. 나는 대답했다.

"담나무."

젊은 엄마는 다시 친절하게 일러주었다.

"아니야. 담쟁이라고 해."

그다음에 그 앞을 지날 때, 엄마는 교육의 효과를 확인하고 싶어 했다.

"이게 뭐게?"

나는 다시 한번 올려다봤겠지. 그사이 잎이 더 짙푸르러져 있었을 지도 모르겠다. 나는 곰곰 생각했겠지. 쟁이는 쟁이인데, 무슨 쟁이 더라? 그리고 자신 있게 말했다고 한다.

"벽쟁이."

그리고 지금 나는 담쟁이가 담쟁이인 것을 안다. 아무것도 모르던 존재가 하나씩 알아가면서 제 지식의 살을 찌우는 것은 꽤 경이로운 일이다. 그뿐인가. 제대로 주먹을 쥐지 못해 가위바위보를 할 때마다 지던 꼬마가 꽤 야물딱지게 전기를 수리하거나 뜨개질을 하는 것도, 어찌 보면 기적에 가깝다. 성장이라는 건 기적이다. 제힘으로 제힘을 키우는 일, 어찌 기적이 아닐까.

자신의 성장을 눈으로 확인하기는 어렵다. 어제의 나와 오늘의 나는 별 차이 없어 보이기 때문이다. 십수 년 전의 나를 생각하면 비교할 수 없을 정도로 자라 있겠지만, 그 차이를 늘 실감하기는 어렵다. 성장하고 있다는 걸 알면서도 그저 상식과 관념 차원에서만 생각할 뿐이다. 그래서 성장을 직접 몸으로 느끼는 순간은 소중하다. 흔하진 않지만 가끔 그런 경우를 만난다.

『도시수집가』를 그릴 때 그랬다. 『지도는 지구보다 크다』를 책으로 낼 때 그랬다. 연재하던 원고를 다듬어 책으로 낼 때 문제가 되었던 건 글보다 그림이었다. 글이야 쉽게 수정할 수 있지만, 지도의 그림은 다시 다듬어 그리기가 쉽지 않다. 기존에 그렸던 원고에 그림을 좀더 그려 넣기로 했다. 그렇게 해서 풍성하게 만들면 보기가 괜찮을 테지. 그림에 대해서는 아마추어였기 때문에 더 쉽게 생각했는지도 모르겠다.

하지만 그게 문제였다. 짧은 시간 동안 추가할 그림을 맹렬하게 그리면서, 그림이 점점 나아진다는 곤란한 현상과 맞닥뜨렸다. 그림이 나아지는 게 왜 곤란하냐고? 이전의 그림을 죄 버리고 새로 그린다면 좋은 일이겠지만, 이전의 그림과 한 페이지에 올려야 한다는 게 문제였다. 한 사람이 그린 게 맞나 싶을 정도로 수준 차이가 벌어진다면 난처하지 않겠나. 그렇다고 일부러 못 그릴 수는 없다. 일부러 못 그릴 정도의 실력은 안 되었으니까.

다행히 그림 실력의 발전은 누구나 눈치챌 정도로 눈부신 수준은 아니었고, 이전 그림과 이후 그림의 질적 차이는 그린 사람이나 알아보는 정도에서 그쳤다. 그렇지만 그때의 경험은 내게 소중한 자산이 되었다. 내가 여전히 발전하는 인간이라는 것, 성장기를 한참 지난 지금도 성장이라는 걸 하고 있고, 할 수 있다는 것을 확인하는 계기가 되었으니까.

자신의 성장을 눈으로 보기 어렵기에 자신의 능력에 대해서도 가늠하기 어렵다. 그래서 사람들은 요행을 바라거나 나보다 힘센 남의

'미래의 별' 사람들은 자신들의 힘으로 자신들이 꿈꾸는 미래를 만들 수 있다고 확실하게 믿는다.

도움을 바란다. '은하철도 999'의 승차권을 노리는 사람들의 심리가 그럴 것이다. 이 갑갑한 별에서 탈출하여 드넓은 우주로 나가기만 한다면 내 능력을 마음껏 발휘할 수 있을 것 같은데, 그게 쉽지 않다. '은하철도 999'를 타기만 하면 될 것 같은데 승차권은 너무나 비싸고 구하기 어렵다. 그래서 그들은 철이와 메텔을 습격한다. 운명을 바꿀 수 있는 물건을 손에 넣기 위해. 내 힘이 아닌 남의 힘으로 인생을 개척하기 위해.

그러나 '미래의 별' 사람들은 그 황홀한 물건을 탐내지 않는다. 천재지변으로 짐과 승차권을 모두 잃어버린 메텔과 철이는 혹시 누군가가 아수라장 속에서 승차권을 훔쳐간 건 아닌지 잠깐 의심한다. 그렇지만 그 별 사람들은 잔해를 열심히 뒤져 메텔과 철이의 물건을 고스란히 찾아준다. 승차권이 탐나지 않았을까? 그 별의 주민은 경쾌하게 말한다.

"그런 건 갖고 싶지 않아요."

"모두들 열심히 일하면 언젠가 자기 힘으로 살 수 있다고 생각하지."

그들은 자신의 힘을 믿고, 성장을 믿는다. 그동안 해온 성취가 눈앞에 놓여 있기 때문이다.

"남이 가진 물건을 보고 부러워하는 사람은 한 사람도 없어요! 남이 가진 물건은 언젠가 자기도 가질 수 있으니까요…… 모두들 그렇게 믿고 있어요. 풀도 나무도 없는 황야의 별을 모두 함께 힘을 모아

이렇게까지 만들었으니까요."

그들은 모든 것을 쓸어버리는 천재지변 앞에서도 낙담하지 않는
다. 스스로 다시 집을 세울 힘이 있으니까.

"집이 날아가 버렸지만 아버지와 힘을 합해 다시 세우면 되는 거예
요. 걱정 없어요."

자신의 미래를 믿는다는 것은 자신의 힘을 믿는다는 뜻일 게다. 미
래에 더 성장하리라는 걸, 자기 안에 그런 잠재력이 풍부하게 있다는
걸 믿는다는 뜻일 게다. 자신이 하는 만큼 성취할 수 있다는 걸 믿는
다는 뜻일 게다. 사실, 우리는 그런 믿음을 잃어버린 지 오래다. 성장
은 지지부진하고, 뭔가 이루려고 하면 빼앗기거나 저지당한 경험이
생생하니까. 그렇기 때문에 그들이 가진 믿음이 무엇보다 소중하다
는 것을 안다.

"우리는 스스로의 힘으로 언젠가 무엇이든 손에 넣을 거예요!"

이 말은 다시 말하면, 그들은 그들의 힘이 삶을 완성시킬 수 있는
자신들의 모든 것이라는 걸, 이미 그것을 손에 쥐고 있다는 것을 안
다는 얘기다. '은하철도 999'의 승차권 따위는 그들이 자기의 두 손
에 쥐고 있는 가능성의 힘에 비하면 아무것도 아니라는 걸 안다는 얘
기다.

나는 가끔 내가 너무나 무력하게 느껴지고 정체되어 있다고 느낄

때 '담나무-벽쟁이-담쟁이'를 생각한다. 푸른 잎으로 뒤덮여 있던 오래된 성벽을 생각한다. 툭하면 넘어지던 어설픈 꼬마였던 시절이 있었다는 것을 생각한다. 그때에 비해 키가 세 배쯤 크고 몸무게가 네 배쯤 더 나가게 되었다는 것만으로도, 담쟁이가 뭔지 모르던 시절에서 담쟁이로 글 한 편을 쓸 수 있는 사람이 되었다는 것만으로도 나는 많은 것을 이루었다. 그리고, 나는 산 만큼 살아갈 것이다. 조금쯤 느려지겠지만 여전히 성장하며, 지금 모르는 것을 하나씩 알아가며.

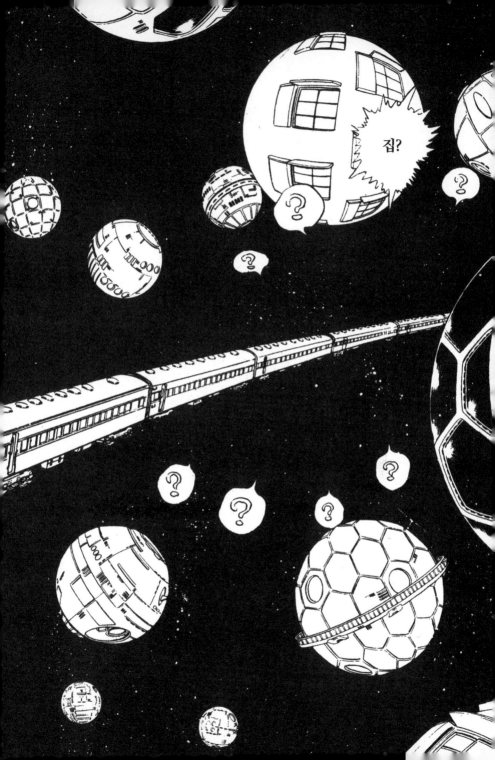

메텔, 모두가 알지만
아무도 잘 모르는 여자

"메텔, 잘 아시죠?"

"누구요?"

10년 정도 전이다. MBC 방송국의 작가라는 이가 전화를 해서 대뜸 물어보았다. 만화 동호회에 그런 닉네임을 가진 사람이 있었나, 생각하는데 작가가 덧붙였다.

"『은하철도 999』의 메텔이요."

그때 나는 여러 매체에 만화 칼럼을 쓰고 있었고, 첫 만화 칼럼집에 『은하철도 999』에 대해 길게 쓰기도 했다. 하지만 내가 그녀에 대해 잘 알고 있는지, 자신할 수는 없었다. 어쨌든 방송국 카메라가 들이닥쳤고, 〈히스토리 후―우리들의 영원한 연인 메텔〉이라는 프로그램에 인터뷰를 했다.

방송국 사람들이 돌아간 뒤 생각했다. 왜 철이가 아니라 메텔일까? 그러고 보니 『은하철도 999』 단행본과 DVD 표지, 전시회 포스터 등 '은하철도 999'와 관련된 것들엔 메텔이 전면을 가득 채우는 경우가 대부분이다. 철이는 '은하철도 999' 차량과 함께 살짝 등장하는 경우가 많고, 아예 빠질 때도 있다. 그렇다. '은하철도 999'의 심장은 메텔이다. 결국 철이는 우리를 대신해 메텔이라는 거대한 수수께끼를 파헤치기 위해 그 여행을 떠난다.

"그래서 메텔의 정체가 뭐야?"

『은하철도 999』에 대해 이야기하면 사람들은 묻는다. 메텔은 기계 인간일까? 철이 엄마의 클론일까? 기계 제국의 공주일까? 이런저런 가설들을 팩트 체크할 생각은 없다. 그것은 작품을 직접 읽고 확인할 사람들을 위해 남겨두고 싶다. 대신 나는 우리 마음속의 메텔에 대해 말하고자 한다. 수만 가지 빛으로 분화하는 메텔의 정체들, 그중에서 가장 반짝이는 모습, 말이다.

금발의 미녀

메텔은 아름답다. 아니, 이 우주에서는 아름다움이 곧 메텔이다. 금발에 키가 크고 늘씬한 서구형의 미녀, 메텔은 자신의 이미지로 독자들의 머릿속에 미의 표준을 만들었다. 그런데 그 파트너는 매우 대조적이게도 키 작고 못생긴 동양인 소년이다. 백인 미녀를 바라보는 동양인 남자의 콤플렉스가 거기에 담겨 있는 게 아닐까? 메텔과 같은 금발 미녀를 가까이할 수 있다는 사실만으로, 철이는 커다란 부러움의 대상이다.

연상의 여인

많은 소년들이 어린 시절 메텔을 짝사랑했음을 고백한다. 그녀는 철이보다 훨씬 나이가 많고 성숙한 여인이다. 게다가 수시로 옷을 벗고 등장해 소년들의 가슴을 뛰게 만들었다. 그런데 둘 사이에 로맨스의 분위기가 무르익지는 않는다. 메텔은 철이가 동경하는 대상일 뿐이다. 여행의 마지막에 유명한 키스 장면이 나오긴 한다. 메텔이 나사형의 기계 인간으로 바뀐 (것으로 알고) 철이에게 입을 맞추는 순간이다.

대체된 어머니

어머니가 죽은 날, 그 여자가 찾아온다. 고아가 된 아이를 데려가더니, 먹여주고 재워주고 따뜻하게 안아준다. 메텔은 철이에게 어머니의 역할을 꼼꼼히 대신해 준다. 철이 역시 그 사실을 깨닫고 있다. 우리 은하와 안드로메다 은하를 한꺼번에 볼 수 있는 곳에 이르자 철이가 말한다.

"정말 닮았군요. 마치 쌍둥이 같아요. 메텔이랑 우리 엄마처럼 말이에요."

작가 역시 "메텔이 라틴어로 '어머니'라는 뜻을 가지고 있다"고 상기시킨다.

미스터리의 마녀

철이 이외의 모든 이들은 메텔을 무서워한다. 메텔이 외투를 벗고 속을 보여줄 때마다 상대방은 기겁을 하고 물러선다. 메텔의 가방을 열어본 기계 경찰대의 사령관은 온몸이 얼어 말도 못 뱉더니 자살해버린다. 메텔의 아름다운 얼굴 밑에는 우주 최고의 냉소가 숨어 있다. 독가루를 뿜어내는 꽃이 어느 행성을 완전히 뒤덮자, 한 가족이 목숨을 걸고 꽃들을 불살라버린다. 철이가 말한다.

"이제 사람들에게 해가 없는 꽃씨를 심으면 진짜 낙원이 될까요?"

"300년이나 독꽃을 없애지 못했던 별이야. 다른 문제로 100년이나 1,000년 동안 씨름하다 결국 멸망할지도 몰라."

검은 외투의 사신

메텔은 언제나 검은 옷에 검은 모자 차림이다. 깊은 눈과 긴 속눈썹엔 슬픈 그림자가 드리워 있다. 작가는 말한다.

"여행 중 많은 생명이 죽음을 당하는 데 애도의 의미를 담아, 처음부터 상복을 입은 것으로 설정했다."

메텔은 죽음이라는 운명을 처연하게 받아들인다. '물의 나라 샤이언'에서 메텔은 샤이언인의 우주복에 결함이 있다는 걸 알리지 않는다. 우주 공간으로 나가 기압이 떨어지면 우주복이 터져 모두 죽게 되리라는 걸 알면서도, 한 걸음 더 나아가자면, 메텔은 사신死神이다. 그녀는 철이처럼 맑은 영혼의 소년을 데리고 우주 저 너머로 여행하는 임무를 맡았다. 『은하철도 999』에 큰 영향을 준 미야자와 겐지의 『은하철도의 밤』에서 은하수 너머로 날아가는 기차는 죽은 소년들의 영혼을 태우고 있다.

추운 나라의 패셔니스타

메텔의 옷차림은 코스프레 의상의 고전이다. 2018년 평창 동계올림픽에 북한 여성 응원단원들이 만경봉호를 타고 남으로 왔다. 추운 날씨 때문인지 두꺼운 털코트에 털모자를 갖추고 왔는데, 나는 단번에 메텔을 떠올렸다. 색깔은 조금 달라 붉은빛이었는데, 『은하철도 999』의 외전으로 메텔의 젊은 시절을 다룬 〈우주교향시 메텔〉(2004년)과 아주 흡사했다. 응원단들이 긴 손잡이의 트렁크를 끌고 다니는 모습 역시, 우주 여행자 메텔을 떠올리게 했다.

복권 전달자

"난 내 힘으로 정기권을 산 게 아닌데."

목숨을 걸고 은하철도를 타려는 이들을 보며 철이는 자책한다. 그렇다. 메텔은 어느날 갑자기 철이 앞에 나타나 은하철도의 승차권이라는 복권을 건넨다. 그것은 〈찰리와 초콜릿 공장〉에 나오는 황금색 공장 견학 티켓과 닮았다. 밑바닥의 삶에서 허우적거리던 소년을 놀라운 세계로 데려가는 행운의 기회다. '왜 하필 나일까?' 처음에 철이는 깊이 생각하지 않는다. 그러나 여행이 계속될수록 조금씩 의문을 가진다. 그것은 정말 행운이었을까?

**순례의 가이드
혹은
인신매매범**

철이는 '자유 유성 팬텀'에서 다른 소년을 데리고 은하철도를 여행하는 메텔을 만난다. 어느 쪽의 메텔이 진짜일까, 고민하다 이런 생각을 한다. '메텔이라는 이름의 환영들이 전 우주의 소년들과 함께 여행하고 있는 건지 모른다.' 그렇다면 왜 그런 일을 할까? 그 여행은 순례일 수 있다. 메텔은 어머니의 악행으로 희생된 은하계의 영혼들을 달래기 위해, 우주의 끝과 끝을 반복해서 오간다. 혹은 기계 몸을 준다는 명목으로, 빛나는 영혼을 가진 소년들을 꼬여 기계 제국으로 데려가는 인신매매범일 수도 있다.

여행의 동반자

『은하철도 999』의 여정은 은하를 오가는 초장거리 기차여행이다. 몹시 위험하고 험난한 여정이지만 '프로 여행가'인 메텔은 능숙하게 철이를 안내하고 돌봐준다. 그런데 여행을 계속하면서 철이와 메텔의 관계가 점점 뒤바뀐다. 우주의 마녀 와르큐레를 만나자 메텔이 말한다. "내가 철이를 데리고 여행하는 게 아니에요. 철이가 날 데리고 여행하고 있는 거죠."
메텔은 철이를 훌륭한 여행가로 키워내고 있는 중이다.

청춘의 환영

"나는 청춘의 환영. 젊은이에게만 보이는 시간 속을 여행하는 여자."
극장판 1기의 엔딩에서 메텔은 스스로를 이렇게 정의한다. 2017년 작가가 전시회를 위해 한국을 방문해서도 이와 비슷한 이야기를 했다.
"은하철도 999는 미완성이다. 1,000이 되면 어른이 된다는 의미다. 『은하철도 999』의 어린 철이에게는 메텔이 보이지만, 1,000이 된 사람에게는 메텔이 보이지 않는다."
메텔은 청춘의 때를 보내는 이들의 마음속에 나타나는 동경의 대상이다. '저 사람을 위해 나는 훌륭한 존재가 되고 말겠다'고 마음먹게 만드는 누군가다.

PART 3

걱정하지 마,
지금 날
사랑하면 돼

★★★

철이는 본능적으로 상처받은 사람을 안다. 그리고 그의 곁에 가서 어떻게라도 힘이 되어주려 한다. 대신 화를 내주기도 하고, 총을 쏘아주기도 한다. 여인이 철이의 손을 잡았을 때, 그의 커다란 하트가 자동적으로 감지했을 거다. '지금 나는 이 사람 곁에 있어주어야 해.'

★★★

어느 기계 인간의
고백

예전에 한 고등학교에서 한 학기 동안 '생각하기와 글쓰기' 워크숍을 했다. 한번은 학생들에게 '자신이 누군가에게 감정적으로 상처를 준 일'을 써보라고 했다.

"남들에게 공개하기 껄끄러운, 그러니까 '너무 가까운 이들'에게, '진짜 잘못한' 것은 쓰기 어렵겠죠? 애매하게 잘못한 것, 상대는 어쩌면 잊어버렸을지도 모르지만, 내 마음에 덜커덕 무언가 걸렸던 때를 떠올려보세요."

나도 교탁에 팔을 기대고 써보았다. 자랑은 아니지만, 나란 인간은 그런 쪽으로는 쓸 게 참 많았다.

5학년 때인가, 백과사전을 읽다가 신라시대에 만든 유리 공예품을 보았다. 무척 놀랐다. 유리 제조 기술이 그 옛날부터 있었다니. 나는 담임 선생님을 찾아가 물었다.

"선생님, 신라시대에도 유리가 있었어요?"

선생님은 자신만만하게 대답했다.

"신라가 1,000년도 전인데, 그때는 없었지."

나는 '아닌데' 하면서 백과사전을 보여주었다. 선생님은 무척 당황해하며 교실로 돌아가라고 했다.

"시험에 안 나온다."

대학교 때 친구들과 설악산에 놀러 갔다. 큰 눈이 내린 뒤 눈길이 처음 뚫린 날이었는데, 정상에 거의 다 올라가서 친구 하나가 눈 덮인 바위에서 미끄러졌다. 나는 반사적으로 달려들어 친구의 몸을 잡았다. 하지만 속도는 전혀 줄지 않았다. 둘이 함께 벼랑 끝으로 미끄러져 내려갔는데, 마침 그쪽에 있던 선배들이 붙잡아 겨우 멈출 수 있었다. 서울로 돌아온 뒤, 나는 그 일을 곰곰이 생각하고 친구에게 말했다.

"다시 똑같은 일이 벌어지면 말이야, 널 붙잡으려고 뛰어들지는 않을 거야. 이 세상엔 너보다 내가 더 필요한 사람 같으니까."

기숙사의 룸메이트와 몇 달이 지나도록 친해지지 못했다. 당시 나는 오래 알고 지내겠다고 마음먹은 사람 이외에는 감정적으로 교류하는 걸 극도로 삼갔다. 어느 밤, 침대에서 소설을 읽고 있었다. 오랜만에 쏙 빠져들게 하는 책이었다. 그때 룸메이트가 큰 마음을 먹었는지, 같이 맥주나 한잔하러 가자고 했다. 나는 아무 대꾸도 하지 않았다. 그의 제안이 싫었던 것도 아니다. 그냥 좋은 책에 빠져 있는 그 순간을 잃고 싶지 않았다. 그에게 거절의 말을 전하는 것조차 불필요한 소비라고 여겼다. 룸메이트는 문을 닫고 나갔다.

잡지사에 다닐 때 동료 기자가 일을 그만두겠다고 했다. 나는 빨리 판단했다. 그만두는 걸 막을 순 없겠다. 그러면 이 상황에서 최선이 뭐지? 사실 나는 얼마 전부터 그 기자가 담당하던 분야를 해보고 싶었다. 나는 동료가 있는 자리에서 곧바로 편집장에게 말했다. 그가 맡던 분야를 내가 맡고 싶다고. 그가 상처 받았다는 건 나중에야 알았다. 일을 그만두게 된 것도, 편집장이 밀어내는 기색이 있어 그랬다는 사실도. 그를 붙잡고 해명해보려 했지만, 몇 마디 변명을 하는 데 그쳤다.

동료의 입장을 그나마 이해하게 된 것은 1년이 안 되어 내가 똑같은 일을 당했기 때문이다. 잡지사 생활에 매너리즘을 느끼게 되었는데, 다른 제안을 받아 그쪽으로 옮겨 가기로 했다. 내가 편집장에게 그만두겠다는 의사를 전하자, 옆자리 동료가 말했다. 지인이 잡지사에 들어오고 싶어 하는데, 내가 맡은 분야를 잘할 거라고. 나는 그 동료에게 악의가 없다는 걸 잘 알았다. 하지만 '마치 기다렸다는 듯이'라는 느낌을 받았다.

철이는 '은하철도 999'를 타고 가면서 몸을 기계로 바꾼 사람들을

어떤 별의 주민들은 아무런 악의도 없이 단지 호기심만으로 생명체를 분해하고 실험한다.

계속 만난다. 대부분이 행복해 보이지 않는다. 완전히 기계화되어 냉정하게 살아가는 부류 외에, 과거를 조금이나마 기억하고 있는 이들은 기계화된 자신을 부정한다. 그럼에도 사람들은 그 기계의 몸을 얻기 위해 갖은 애를 쓴다. 기계 몸을 얻으면 생존률이 획기적으로 높아지기 때문이다. 나 역시 자라면서 그와 비슷한 생각을 가졌던 것 같다. 감정을 없애고 세상을 기계적으로 바라보는 것이 훨씬 능률적이라고 여겨왔다. 심지어 그런 방식이 '옳다'고 생각했다.

나는 그런 성향으로 태어난 걸까? 아니면 자라는 과정에서 그런 경향성을 얻었을까? 아무튼 성인이 되었을 무렵 나는 기계 인간에 가까웠다. 커다란 이념이나 도덕적 대의에 대한 존중은 강했다. 그러나 생활의 세세한 부분에서 타인의 삶을 이해하고 따뜻한 애정을 부여하는 일은 서툴렀다. 대학교 동아리 MT에서 '롤링페이퍼'라는 걸 돌렸다. 종이에 이름을 적고 돌리면서 각자 그 사람에게 하고 싶은 말을 쓰는 거다. 내 이름이 적힌 종이에는 한결같은 말이 적혀 있었다. "너는 참 성실하고 그런 사람인데, 인간적으로 다가가기는 어려워." "조금만 더 마음을 열어주었으면 좋겠어. 수다도 좀 떨고." "너무 차가워요. 술 한잔 같이 할 수 있는 사람이면 좋겠는데."

변명의 여지가 없다. 나는 소시오패스였다. 감정에 휘둘리는 걸 사치스럽다고 여겼고, 감정을 가지는 걸 피곤해했고, 감정에 휘말리는 걸 두려워했다. '행성 킬리만자로'에 사는 고스트 하퍼는 뛰어난 과학 기술에 무한한 호기심을 가진 종족이다. 그들은 다른 생명들 전부, 심지어 은하철도 차량까지 실험 재료로 보고 분해하고 자르려고 한다. 감정이 없기 때문에 악의는 없다. 그러나 상대의 고통을 이해하지 못하는 지능은 실로 위험하다. 나도 자칫하면 그와 같은 종족이 되어버렸을 수도 있다고 생각한다.

당신들이 믿어줄지 모르겠지만, 나는 그때보다 더 기계화되지는 않은 것 같다. 여전히 친구는 별로 없고, 가족과 소원하고, 연말에 참석할 술자리도 없지만, 내가 속한 작은 커뮤니티 안에서는 정서적인 교류를 잘하는 사람이라고 여긴다. 어떻게 이 정도라도 될 수 있었을까?

하나, 나는 눈앞의 사람과는 친해지지 못했지만, 만화, 영화, 소설 속의 사람들과는 쉽게 친해졌다. 그들과 같이 울고 웃고 화내며 감정을 배울 수 있었다.

"저 장면에 나오는 저 이기적인 놈이 나랑 닮았네."

둘, 나는 정의正義와 진실眞實을 소중히 여기지만, 사사로운 개인으로는 소심하고 이기적인 인간이라는 걸 안다. 그래서 나를 배에 태우려고 했다. 올바른 일을 할 수밖에 없는 배에 타서 능력을 발휘하면 결국 참된 사람의 역할을 할 거라 여겼다. 학생회 활동을 하고 사회운동을 하는 친구들과 가까이하며, 나도 그들 속의 한 사람이 되기를 바랐다. 점점 그 배에서 멀어져 왔지만, 나쁜 배에는 절대 타지 않으려 했다. 권력을 가진 배, 약자를 착취해야 하는 배, 남을 속여야 하는 배……

셋, 정말 욕심 없이 나를 좋아해주는 사람들(혹은 고양이들)이 있었다. 처음에 나는 그들이 내 능력을 좋아한다고 여겼다. 성격은 나쁘지만 일은 잘하는 녀석. 하지만 그 이상의 따뜻함을 느끼고, 그 소중함을 깨달았다. 나는 본능적으로 그들처럼 행동하지 못하기에 분석하고 모방했다. 가급적 상냥하게 말하고, 남의 말을 듣는 척이라도 하고, 쌍방과실이면 먼저 사과하고, 상처를 주는 우스개는 하지 말고…… 냉정하다고 여겼던 놈이 의외로 벌이는 행동이어서인지, 뜻밖의 큰 효과를 내기도 했다.

솔직히 항상 이 모드를 유지하기는 힘들다. 그래서 무리해야 할 만큼 끈적한 관계는 만들지 않는다. 단체 채팅방의 분위기에 적응할 수 없어 도망나갔고, 그래도 계속 강제 초대되자 결국 카카오톡을 지워버렸다.

대학교 2학년 때 '교지校誌'라는 작은 배에 올라탔다. 그리고 내 안의 기계성을 좀 바꿔보려고 다른 학교 교지실 사람들과의 연합회의에 나갔다. 기계 인간은 약속에 일찍 나간다. 그리고 공식회의 이전에는 할 일이 없었다. 그때 여학생 둘이 조심스레 다가와 자판기 커피를 건넸다.

"○○학교에서 오셨죠?"

나는 가볍게 거절했다.

"저, 커피 안 마셔요."

나중에 그 친구들이 말했다.

"너 정말 재수없었던 거 알아?"

왜 그런 거지? 자판기 커피를 안 마신다는 나의 기호를 알린 것이 왜 재수 없는 행동일까? 나는 이해할 수 없었지만, '남이 불쾌해하는 행동' 리스트에 그 사건을 넣었다. 물론 쉽게 바뀌지는 않았다. 내가 첫 직장에 들어가 새 책상에서 어색해하고 있을 때, 어느 여직원이 커피를 타서 건네주었다. 나는 또 가볍게 거절했다.

"저, 커피 안 마셔요."

그 직원 역시 무척 무안해했다. 그리고 내가 잡지사에서 담당을 맡겠다고 해서 상처를 주었던 그 동료 말이다. 그녀가 바로 대학교 2학년 때 내게 자판기 커피를 건네준 그 친구였다. 내가 잡지사에 데려와놓고, 그만두겠다고 하니 붙잡지도 않고, 기다렸다는 듯이 그 자리를 탐했던 거다.

기계는 조금씩 프로그램을 수정했다. 그런 일이 일어나면 반성하며 조금씩 바꿔보려고 했다. 또 실수하면 바꾸고, 또 실수하면 바꾸고, 또또또…… 그래서 오늘의 내가 되었다. 여전히 두뇌의 상당 부분은 기계지만, 감정을 가진 인간처럼 행동하는 지능을 약간은 얻은 것 같다. 그리고 기계는 자신의 뻔뻔함으로 뜻밖의 역할을 할 수 있다는 걸 알게 되었다.

첫 직장에서 내게 커피를 건네주었던 직원이 그 역할을 했던 건,

단지 그녀가 사무실에서 가장 어린 여자였기 때문이다. 나는 그게 너무 마음에 안 들었다. 그래서 이후 직장에 손님이 와서 윗사람이 여직원을 보며 "커피 좀 가져오지" 그러면, 내가 벌떡 일어났다.

"제가 할게요. 제가 커피를 엄청 잘 타거든요."

윗사람과 손님은 멀대 같은 남자가 커피를 가져오자 마땅찮은 눈으로 바라보았다. 하지만 커피잔에 입을 갖다댄 이후에는 바로 납득을 했을 거다. 내가 정말로 커피를 아주 맛나게 탔기 때문이다. 기계는 군대 시절부터 가장 맛있는 인스턴트 커피의 배합 비율을 익혀왔다.

지금도 세상의 누군가는 기계들에게 자판기 커피를 건네주겠지. 또 누군가는 맥주 한잔하자고 권하고, (차갑고 겁 많은 기계가 용기를 내어) 모임에 나와줘서 고맙다고 해주고 있을 거다. 기계 인간들을 대신해 당신들에게 감사드린다.

어쩐지
부탁 못 하는 사람

"남에겐 예의를 갖추고 부탁하는 거예요. 부탁하는 것과 강요하는 건 다르다구요." 메텔

아주 오래전 기억이긴 하지만, 나는 직장 생활의 많은 점을 좋아했다. 내가 장만하지 않아도 사무실, 책상, 컴퓨터가 주어졌고, 비품 신청서에 문구류를 적어 내면 바로 내주었다. 사무실엔 같이 일하며 생각을 나눌 동료들이 있어 심심하지 않았다. 다른 부서의 직원들이 하는 일을 구경하는 것도 재미있었다. 물론 시키는 일만 하면 월급을 받을 수 있다는 특장점을 빠뜨릴 수 없다. 하지만 나의 직장 경력은 통틀어 4년 정도에 불과했고, 이후 스무 해 이상 프리랜서로 살아가고 있다. 이렇게 된 데에는 나의 치명적인 결함이 작용했다. 나는 남

에게 부탁을 못 한다.

첫 번째 직장인 문학 출판사의 편집자 생활은 비교적 단순했다. 신입이었으니 더 그랬겠지만, 주어진 일만 처리하면 되니 복잡할 게 없었다. 대신 따분했다. 두 번째, 세 번째 직장에서는 잡지를 만들었는데, 훨씬 능동적으로 일을 할 수 있어 좋았다. 매달 새로운 주제를 내고, 그걸로 글과 이미지를 만들고, 디자인 팀과 힘을 모아 잡지를 찍어내는 일은 나에게 딱 맞았다. 그런데 그때 내가 참으로 못하는 일이 있다는 사실을 깨달았다. 잡지는 혼자 만드는 게 아닌지라 수많은 원고, 사진, 만화를 남에게 청탁해야 했다.

문화 예술계가 워낙 콧대가 높고 자아가 강하고 취향 까다로운 분들이 많아서인지, 그들의 비위를 맞추는 게 너무 어려웠다. 마감을 안 지키는 불성실한 필자를 어르고 달래야 하는 일이 많았는데, 그런 일엔 칼 같은 내 성격이 그럭저럭 맞았다. 하지만 어느 카툰 작가에게 원고를 고쳐달라고 할 때는 제대로 진땀을 뺐다. 그의 기분을 상하지 않으려고 나름 애를 썼는데 결국 실패했다. 작가는 연락 두절 상태에 빠졌고, 몇 컷만 수정 없이 실었는데 이후에도 전화를 받지 않아 고료를 못 주었다.

더욱 괴로웠던 일은 내가 별로 존경하지 않는 연예인이나 스타 문화인들을 추켜세우는 거였다. "요즘 너―무 바쁘시죠? 그래도 다음 호에는 어떻게 안 될까요? 꼭 단독 인터뷰를 부탁드리고 싶은데요." "저희 편집장님이 선생님 아니면 이 일을 하실 분이 한국에는 없다고 하시네요. 아, 세계적으로 없죠. 그럼요."

처음 몇 번은 나한테 없는 성격을 끄집어내는, 마치 연극을 하는 듯한 재미도 있었다. 힘든 과정을 겪어도 좋은 결과를 만들어내면 보람도 느꼈다. 그러나 내 그릇이 너무 작았다. 조금씩 내 안에 쌓이던 화딱지가 금세 용량을 초과했다.

직장을 나와서는 반대 입장이 되었다. 이제 원고, 강의, 자문 등의 청탁을 받는 게 일이 되었다. 나는 부탁 못 하던 내 과거를 떠올리며, 가급적 친절하게 응대하려고 한다. 사실 '부탁 꾸준히 받기' '부탁 기분 좋게 받기'는 프리랜서의 생업을 이어가게 하는 핵심적인 직업 스킬이다. 그래서 나는 노력한다. 상대가 준비가 안 된 상태에서, 빠듯한 일정으로, 조금 무리하게 부탁을 해도 부드럽게 응대하려고 한다.

당연하게도 이런 과정이 항상 매끄러운 것은 아니다. 때론 마음속에 이런 말들이 몽글몽글 솟아 나온다. '정말 자판기도 아니고. 이렇게 갑자기 툭 던지며 뱉어내라고 해서는 곤란하죠.' '나한테 이런 것까지 해달라고요? 고작 저 원고료를 주면서?' '도대체 왜 처음부터 그렇게 말씀 안 하셨어요? 정말 몇 번씩 손 가게 하시네요.' 하지만 나는 태연한 척, 가급적 일을 되게 하는 방향으로 처리한다. 나는 어떤 청탁의 볼도 받아내야 할 포수다. 상대의 제구력이 어떻든 최선을 다해 받아주자. 그럼에도 간혹 감당할 수 없는 폭투를 던지는 투수들이 있다. 보통 경력이 쌓이면서 점점 컨트롤이 잡히지만, 아무리 시간이 지나도 이런 스킬을 전혀 익히지 못하는 사람도 있다.

철이는 뜻하지 않게 기계 인간 부품들의 지도자가 된다. 스스로 아무 일도 하지 않으며 부탁만 하는 무리는 말이 많다.

'아지랑이의 호수'라는 별에서 잠자리 기류를 타고 들어간 철이와 메텔은 서로 다른 종족에게 끌려간다. 그리고 두 사람 다 부탁을 받는다. 메텔을 데리고 간 카게라리아족은 잠자리 날개를 가진 무력한 종족이다. 너무 힘이 없어 적들의 동태를 살피고, 그들이 단결하지 못하도록 하며 살아남는다. 자칭 '긍지 높은 잠자리의 여왕'은 메텔에게 부탁한다. 자신의 적인 기계 인간들에게 지도자가 나타났으니 그를 처리해달라고. 메텔이 묻는다.

"그럼 당신은 뭐하죠?"

"부탁하고 지켜보는 게 내 할 일이에요."

"아무것도 하지 않고요?"

부탁이란 게 직업에서만 필요한 건 아니다. 생활의 소소한 일들도 남의 손을 빌려야 할 때가 있다. 이런 상황을 처리하는 데도 나는 전혀 재능이 없다. 여행지의 호텔 방에서 와인 병을 열려고 하는데 오프너가 없다. 친구는 카운터에 부탁하라고 하지만, 내가 그런 일을 할 수 있을 리 없다. 결국 포크로 코르크를 뜯어내고선 코르크 가루로 범벅이 된 술을 커피 필터에 걸러 마신다.

집 청소를 제대로 못하고 있으니, 친구가 가사도우미를 써보라고 한다.

"난 그런 거 못 해. 집안일을 남에게 시킨다니 죄책감까지 드는 걸?"

그러자 청소서비스 앱을 써보라고 한다. 직접 만날 필요 없이 스마

트폰으로 지시하면 된다고. 헛된 짓이었다. 오시는 분의 눈에 거슬릴
까 봐, 그 전 일주일 동안 직접 집을 치웠다. 가장 갑갑한 상황은 내
가 거액의 돈을 들여 빌려 쓰는 전셋집의 건물주나 관리인에게도 부
탁을 못 한다는 거다. 괜히 보일러 좀 봐달라고 했다가, 집을 찾아와
고양이를 키운다고 뭐라고 하면 어떻게 하나 고민한다.

그러다 정반대의 상황에 처했다. 건물주가 내게 부탁을 해온 거다.
예전 전셋집의 계약 만기가 다 되어갈 때였다. 건물주가 전화를 해서
만기가 끝나면 집을 비워달라고 했다. 그러면서 퉁명스럽게 이렇게
덧붙였다.

"그 집, 안 사실 거잖아요."

건물주가 집을 매매로 처분하는 쪽을 원한다는 건 알았다. 나는 전
세로 좀더 살고 싶긴 했지만, 계약 기간이 끝나서 나가라면 그냥 나
가려고 했다. 그러니 건물주는 통보만 하면 된다. 그런데 왜 이 사람
은 내가 바짓가랑이를 잡으며 부탁하고, 그걸 자신이 거절하는 것처
럼 말을 만들어버리지? 재주라면 놀라운 재주라 여겼다.

얼마 뒤 그 능력은 더욱 놀라운 수준에 이르렀다. 이사를 며칠 앞
두고 다시 전화가 왔다.

"이사 갈 집으로 미리 전입신고를 해주셔야겠는데요."

건물주는 전세금을 빼주기 위해 마을금고에 대출을 신청했는데,
금고에서 현재 입주자가 전출하지 않으면 대출금을 내줄 수 없다는
거였다. 나는 곤란하다고 했다. 내가 전세금을 받지 않고 주소지를

옮기면 법적으로 곤란한 상황이 생길 수 있다고. 나는 그 전에 살던 집이 경매와 회생절차를 거치는 과정을 보아왔기에, 만에 하나라도 그게 얼마나 위험한 상황인지 잘 알고 있었다. 건물주는 말했다.

"아, 괜찮아요. 그걸 못 믿으세요? 하루만 일찍 전출하면 되는데."

믿음이라? 지금 당신과 마을금고가 나를 못 믿어서, 내가 돈을 받고도 이사를 안 나가고 뭉갤까 봐 의심해서 이러는 거잖아. 나를 믿고 절차대로 내게 전세금을 먼저 주고 내가 이사 나가는 걸 보는 게 맞지 않아? 집주인은 짜증을 내며 말했다.

"그럼 전세금을 어떻게 만들어줘요? 내일모레가 이사인데."

이봐요. 그 말은 내가 해야 할 말이 아닐까? 나는 모르겠으니, 당신이 알아서 전세금을 마련해 오라고 하고 싶었다. 하지만 이렇게 상황이 틀어져 계약한 집으로 이사를 가지 못하면, 그 이후에 내가 감당해야 할 후폭풍도 만만치 않았다. 하는 수 없었다. 나는 마을금고의 담당자 연락처를 알려달라고 했다.

"이런 방법은 어떨까요? 이사 당일에 나를 따라와 주민센터에서 전입신고서와 전세금을 교환하는 겁니다."

내가 왜 그런 거래를 제안해야 할까? 그렇지 않아도 정신없는 이사 날에 왜 이런 번거로운 과정을 거쳐야 할까? 내 정당한 권리를 얻기 위해, 세상에서 가장 하기 싫은 '부탁'을 해야 할까?

메텔이 잠자리족의 뻔뻔한 부탁을 받고 있을 때, 철이는 얼떨결에 잠자리족의 적인 기계 인간들의 새 지도자가 되었다. 기계 인간들의 부품들이 쌓인 무더기 위에 철이가 있고, 그 아래 부품들이 말한다.

"지도자여, 어서 우리의 부품을 종류대로 분류하라."

"지도자가 해야 할 일은 산더미처럼 많아."

"시간이 없어. 쉬지 마!"

"일하라고. 지도자답게!"

철이는 그 위에서 턱을 괴고 있다. 메텔이 찾아와 묻는다.

"너 이런 데서 태평스럽게 뭐하니?"

"아무리 생각해도 혹사당해야 할 이유를 모르겠어요. 그래서 열 받아 앉아 있는 거예요."

기계 부품들의 잔소리가 더욱 심해지자, 철이는 벌떡 일어나 머리 하나를 차버린다.

"내가 알게 뭐야! 이 깡통들아."

마음이 찌릿찌릿했다. 나도 언젠가 저렇게 외쳐보고 싶다. 하지만 쉽지 않을 것 같다. 철이는 그 별을 떠나면 그만이지만, 나는 이 별을 쉽게 떠나지 못할 것이기 때문이다. 하지만 언젠가 한번은 꼭 해보려고 한다.

"이것 봐. 지금 부탁해야 할 사람은 당신이야! 내가 아니라고. 그리고 부탁을 그따위로 하면 곤란하지. 어허! 그거야 당신 사정이지. 내가 알게 뭐야. 이 깡통아!"

남자답게
큰다는 게 뭘까

강원도 어느 호숫가에 있는 학교에 강연을 갔다. 먼저 교장실을 찾았더니 올해 정년을 맞는다는 교장 선생님이 말했다.

"여긴 남자 중학교 같지 않을 겁니다."

나는 조용히 고개를 끄덕였지만 속으로 이렇게 되물었다. '에이, 다르면 얼마나 다를까요? 저도 다닐 만큼 다녀봤어요.'

그때까지 내가 5년 동안 찾아간 학교가 100군데가량은 되었다. 해남의 땅끝과 고성의 철조망 아래까지, 홍대 앞의 세련된 여학교부터 대중교통으로는 도저히 갈 수 없는 산골 중학교까지. 전국 방방곡곡 가지각색의 환경에서 살아가는 학생들을 만났다. 그런데 묘한 공통점이 있었다. 자발적으로 신청하는 행사에서는 여학생의 비율이 압도적으로 높았다. 심한 경우에는 여학생 100명에 남학생 한 명도 있었다. 비슷한 성비의 모임이라면 여학생들이 질문을 더 많이 했다. 복도에서는 더 친절했고 덜 건방졌다. 물론 남학생들 중에도 초롱초롱한 아이들이 제법 있었다. 하지만 이상한 질문을 던지거나 성적인 제스처를 하며 강사를 곤란하게 하려고 애쓰는 경우는 당연히 남학생이었다. 그런 경우에도 나는 성실하게 눈을 맞추고 대화하려 했는데, 그러면 내 눈을 못 쳐다보고 딴짓을 했다. 남자 고등학교는 좀더 의젓한 맛이라도 있지, 남자 중학교는 정말 다루기 어려웠다.

놀랍게도 그 학교는 달랐다. 짧은 시간에 많은 것을 볼 수는 없었지만 확실히 달랐다. 교실 주변은 수도원 학교처럼 깨끗했고, 화단에는 생기 넘치는 꽃과 풀들이 가득했다. 건물 안으로 들어가니 벽마다 그림, 조소, 공작 작품들이 가득했는데, 솜씨가 보통이 아니었다. 고개를 돌려보니 더욱 놀라운 일이 일어났다. 복도에서 마주치는 아이들이 모두 먼저 다가와 인사를 하는 거다. 한 아이에게 물었다.

"도서관이 어디예요?"

더욱 뜻밖의 반응이 나왔다.

"제가 모셔다 드릴게요."

'남자아이 키우기'는 인류의 오랜 숙제다. 전통의 교육, 시험, 놀이들이 대부분 여기에 맞춰져 있다. 스파르타에서는 소년들을 늑대가 우글거리는 들판에 내던졌다. 독일에서는 소년들에게 일사분란한 체조를 배우라고 했다. 우리 조상들은 사내아이들을 서당에 보내 천

자문을 외우게 했다. 또 많은 부족들이 힘든 여행을 통과의례로 삼기도 했다.

『은하철도 999』는 한 소년을 성장시키기 위한 기나긴 순례 미션이다. 메텔이라는 가이드는 철이에게 세상의 다양한 면모를 경험하도록 안내한다. 그리고 그 과정에서 인간으로서 갖추어야 할 여러 자질을 얻도록 돕는다. 가장 핵심적인 가치는 '남자다움'이다. 남자니까 등에 흉터를 얻어도 징징대지 말아야 해. 남자니까 약한 자를 돌봐줘야지. 남자니까 종착역까지 가기로 한 맹세를 지켜야 해. 「시간성의 해적」편에서 캡틴 하록은 이렇게 말한다.

"남자에겐 말야. 질 줄 뻔히 알면서도 가야 할 때가 있는 거야. 죽을 줄 뻔히 알면서도 싸워야 할 때가 있는 거라구."

전통적인 소년의 수련법은 점점 효력을 잃고 있다. 학교 교육이 그 과정을 대체하지만 항상 성공적이진 않다. 1950년대 미국에서는 영화 〈이유 없는 반항〉이 보여주는 것과 같은 비행 청소년 문제가 심각했다. 비주류 저널리스트인 폴 굿맨은 그들의 일상을 추적한 뒤 『바보 어른으로 성장하기』라는 책을 내놓아 큰 반향을 일으켰다. 그는 소년들이 잃어버린 가치를 되찾도록 해야 한다며, 『은하철도 999』에 나오는 인물들과 같은 말을 했다. "남자다움을 찾아야 한다." 그런데 그 남자다움이란 무엇인가? 그건 어떻게 찾아야 하나? 그리고 소녀들은 뭘 찾아야 하나? 폴 굿맨은 여자는 아이를 낳는 데서 자연스럽게 가치를 찾는다는 고루한 소리를 한다.

요즘은 남자아이들이 배울 만한 롤모델이 없다고 한다. 누군가는 그 이유를 '학교에 남자 선생님이 없어서'라고 한다. 나는 중·고·대학교 10년을 모두 남자 선생님에게 배웠는데, 그들로부터 배운 남자다움이란 무엇인지 모르겠다. 그들은 상명하복, 폭력숭배, 음담패설, 심지어 유사강간까지 남자의 미덕인듯 말했다. 요즘 남자 선생님들은 그런 틀에서 완전히 벗어났을까? 혹은 학교 밖에서 롤모델을 찾을 수 있을지 모르겠다. 그런데 요즘 아이들이 숭배하는 남자들은 누구인가? 무례를 재미로 아는 중년 예능 MC, 약한 상대만 조롱하는 청년 래퍼, 범죄를 장난이라며 실시간 중계하는 유튜버들이다. 아이들은 이들을 따라하며 남자라는 자부심을 느낀다. 장난과 욕설의 정도가 지나쳐 누군가 야단치면 부모가 말한다.

"우리 귀한 아들 기죽이지 말아요. 그것도 다 자라는 과정이니까."

그 아들이 판사, 의사, 교수, 사장, 사회적으로 선망받는 직업을 얻을 수도 있겠지. 그러면 그렇게 짓궂고 더럽고 예의 없게 자란 과정까지 모두 통과의례로 생각해야 할까?

철이까지 그들 무리와 한통속으로 삼고 싶지는 않다. 그는 절대 무례하지 않고, 약한 자에 공감하고, 자기 할 일을 책임지고, 여성을 배려할 줄 안다. 어쩌면 어머니나 메텔 같은 훌륭한 여성들 아래 자라서인지 모르겠다. 그러나 여전히 전통적인 '남자다움'의 상자 안에 갇혀 있는 것도 사실이다.

메텔은 새로운 정거장에 내려 숙소에 도착하면 항상 철이에게 목

메텔은 철이를 씻기려고 온갖 노력을 한다.

욕을 하라고 한다. 철이는 죽으라고 뺀질댄다.

"하루쯤 안 씻는다고 죽지 않는다고요."

메텔은 철이를 욕실에 집어넣고 바깥에서 문을 잠근다.

"다 씻기 전엔 나오지 마."

그렇게까지 했는데도 결국엔 실패한 것 같다. 메텔이 이후 지구의 감옥에 갇힌 철이를 찾으러 왔을 때, 그는 여전히 지저분하기 짝이 없는 모습이다. 지구에서 안드로메다까지 250만 광년을 왕복하면서도 결국 청결을 가르치지 못했다.

그래, 철이는 우주를 구할 영웅이니까 그 정도는 봐줘도 되겠지. 그러나 우리, 대부분의 평범한 남자들은 그런 영웅이 될 수 없다. 기껏해야 대기업의 정규직 사원, 그러니까 은하철도의 차장 정도가 최선이다. 짓궂고 더럽고 예의 없으면 아무도 돌아봐주지 않는다.

청결, 친절, 아름다운 환경에서 행복해지는 일은 누구나 배워야 할 가치다. 한국의 누나와 여동생은 대체로 이걸 잘 습득했다. 오빠와 남동생까지 돌봐주는 일도 많았다. 그 결과 지금도 TV 광고에서 어떤 여성이 이런 말을 한다.

"우리 집엔 애가 둘 있어요. 어머님이 낳은 아이, 내가 낳은 아이."

그런데 아무도 다 큰 아이를 돌봐주지 않으면 어떻게 되나? 스스로 밥하고 빨래하고 씻을 줄 모르면 병에 걸린다. 예의를 몰라 사회적 관계를 못 맺으면 정신이 피폐해진다. 결국 누구도 그들을 가까이 두려고 하지 않는다. 최악의 경우 중년의 고독사를 걱정해야 한다.

삶의 가치를 찾지 못한 덩치 큰 소년들이 길거리를 배회하고 있다. 그들을 보면 「아야보르의 작은 세계」 편이 생각난다. 아야보르라는 남자는 지구를 그대로 축소한 듯한 작은 별의 북반구를 혼자 차지하고 산다. 그는 철이를 보고 얄미워 죽는다.

이 시대의 아야보르들은 소년이 아니라 소녀들에게 시비를 건다. 여자 가수가 '걸스 캔 두 애니씽Girls Can Do Anything'이라는 문구를 들었다고, 여성의 삶을 돌아보는 소설을 읽었다고 난리를 친다. 그 남자들은 스스로 뭔가를 하는 것보다 여자들이 아무것도 못 하게 하는 데서 희열을 느끼는 걸까? 제발 고무줄 끊기는 이제 그만두자.

모두가 철이처럼 거대한 남자다움을 얻으려 애쓸 필요는 없다. 평범한 일상에서 깨끗하고 건강하고 친절하게 살아남는 것 역시 훌륭한 일이다. 은하철도의 차장 정도면 충분히 훌륭하다. 자신이라는 별을 책임지고, 이웃의 별들과 평화롭게 공존할 수 있는 기술은 전사의 총만큼 매력적이다. 소년들이 철이를 통해 정말 배워야 했던 것은 은하 저 너머에 있지 않다. 메텔이 여행의 첫날 알려준 것이 가장 소중한 교훈이다.

"소년이여, 매일 깨끗이 씻어라."

* 이 글은 「한겨레」 '삶의 창'에 쓴 칼럼(2018년 1월 20일)을 확장하였습니다.

아주 큰 하트를
가진 아이

영화 〈어바웃 타임〉에서 주인공 팀과 메리의 결혼식이 열린다. 야외
의 식장에 비바람이 몰아치자 사람들은 깔깔거리며 실내로 옮겨온
다. 팀의 아버지는 실없는 영국식 농담으로 아들의 단점을 하나씩 꼬
집는다. 그러다 딱 한마디로 그를 추켜세운다.

"아들은 굿 하트 Good Heart를 가진 친절한 사람입니다."

모두 흐뭇한 미소를 짓는다. 뛰어난 능력을 가진 사람은 혼자 잘 살
지만, 훌륭한 하트를 가진 사람은 주변의 모든 이를 행복하게 한다.

철이는 수많은 기차들이 오가는 '트레이더 분기점'에서 정신을 잃
는다. 그러다 깨어보니 사람들이 가득한 교외선 같은 걸 타고 있다.
쪼글쪼글한 얼굴의 여인이 그를 막무가내로 들꽃마을로 데려간다.

여인은 시골집을 찾아가 늙은 부모에게 철이를 신랑감이라고 소개한다. 어안이 벙벙해진 철이에게 그녀의 어머니가 옛 사진을 보여준다.

"이렇게 귀여운 아이였다오."

철이는 그날 밤 창을 넘어 도망치려고 한다. 그런데 담 밑에서 울고 있던 여인이 철이에게 부탁한다. 제발 하루만 있어달라고.

여인은 왜 하필 철이를 택했을까? 메텔은 철이가 목욕을 한 뒤 비누 냄새를 풍기며 거리에 나갔기 때문이라고 한다. 그런 사람을 부모에게 데려가면 분명히 믿음직스럽게 여길 것이니. 하지만 철이가 자신의 거짓말에 동참해주리란 걸 그 여인은 어떻게 알았을까? 자신이 철이에게 해줄 게 없는데 말이다. 아마도 메텔이 은하의 수많은 아이들 가운데 철이를 택한 이유와 같을 거다. 이 아이는 아주 특별한 영혼을 가졌기 때문이다. 메텔이 철이에게 묻는다. 왜 그냥 도망나오지 않았냐고.

"그 사람의 손은 울퉁불퉁하고 말랐지만 따뜻했어요. 엄마의 손과 닮았어요."

철이는 본능적으로 상처받은 사람을 안다. 그리고 그의 곁에 가서 어떻게라도 힘이 되어주려 한다. 대신 화를 내주기도 하고, 총을 쏘아주기도 한다. 여인이 철이의 손을 잡았을 때, 그의 커다란 하트가 자동적으로 감지했을 거다. '지금 나는 이 사람 곁에 있어주어야 해.' 메텔은 이 세상엔 그녀와 같은 사람들이 아주 많다고 한다.

"저 사람들은 인생의 가장 아름다운 시절에 일만 하다가 친구도 애

단 하루라도 행복해지고 싶은 사람의 말, 철이는 거절하지 못한다.

인도 만들지 못했을 뿐이야."

철이는 그녀의 거짓말에 하룻밤 동참해주었고, 그녀는 인생에서 처음으로 행복이란 걸 느꼈다.

이 세상에는 아주 희귀한 확률로 태어나는, 특별한 하트의 존재들이 있다. 그들은 누구에게나 가까이 다가가 상대의 차갑고 딱딱한 하트를 말랑말랑하게 데워준다. 내가 만났던 그 하트의 주인공은 철이처럼 작았다. 팔다리는 짧고 통통했고, 사시사철 기다란 외투를 질질 끌고 다녔다. 몸 씻는 걸 싫어해 '더러운 녀석'이란 소리를 즐겨 들었지만, 그럼에도 누구나 그에게 손길을 뻗고 싶어 했다. 그 아이의 이름은 요도크. 내가 처음 작업실을 냈을 때부터 함께 살았던, 장모종의 고양이다.

어쩌면 그렇게 자신이 상대와 주고받을 사랑에 대해 확신할 수 있을까? 요도크는 작업실에 낯선 사람이 오면 무조건 그에게 다가갔다. 사무적인 일로 온 사람들, 정말로 무뚝뚝한 사람들, 동물은 무서워서 절대 가까이 못 한다는 사람들도 모두 그 아이에게 무장해제당했다. 꽤 넓은 작업실에 있던 때라, 만화 동호회, 마작 모임, 할로윈 파티 등으로 많은 사람이 오갔다. 그중에는 남들과 어울리기 힘들어하는 이들이 있었는데, 그들 아웃사이더들 옆엔 항상 요도크가 있었다. '걱정하지 마. 지금 넌 날 사랑하면 돼. 내가 너의 하트를 데워줄게.'

요도크는 호기심이 강하고 용감했다. 한번은 사무실 문이 열린 틈을 타서 도망 나갔는데, 우리는 모르고 있었다. 그런데 옆 사무실의 사람이 찾아와 알려줬다. 까만 털의 고양이 한 마리가 그곳 의자에 앉아 졸고 있다고. 작은 베란다 쪽 문을 열면, 짧은 다리를 놀려 튀어 나가기도 했다. 무척 삭막한 공간이었는데, 결국 그 녀석 때문에 거 기 화분을 두고 씨앗을 뿌렸다. 요도크는 아침마다 자신의 정원을 산 책하며 캣글라스를 잘근잘근 씹어먹었다. 그러고 보니 식물을 아주 좋아했고, 꼭 맛을 봐야 했다. 선물로 들어온 허브를 먹어 얼굴이 퉁 퉁 붓기도 했다.

요도크는 마음의 하트만이 아니라, 몸에 있는 하트도 큰 아이였다. 어릴 때부터 동물병원에서 심장이 지나치게 크다는 이야기를 들었 다. 주변의 뼈에 걸려 숨쉬기 어려울 수 있다고. 그래서인지 다른 고 양이들과 다투다가 도망을 가면, 달리기를 못해 헐떡이곤 했다. 나중 에는 요도결석의 후유증으로 오래 병치레를 했다. 어느 겨울 상태가 좋지 않아 병원에 갔는데, 진료를 안 받으려고 뻗대다가 심장마비가 왔다. 큰 하트를 가진 아이는 그 하트를 주체하지 못해 먼 우주로 떠 났다.

지금 그 사랑스러운 하트의 아이는 어디에 있을까? 『은하철도 999』 의 「고양이 나비의 추억」 편을 보면, 죽은 반려동물의 영혼들이 모여 사는 별이 나온다. 혹시나 해서 찾아보았는데 요도크의 모습은 볼 수 없었다. 그리고 녀석의 성질머리로 볼 때, 자기만의 별을 만들어 거 기에서 살고 있을 것 같다. 온통 초록의 캣글라스가 가득한 별, 퉁퉁

한 앞발로 찍어 먹기 좋아하던 홍차가 냇물처럼 흐르는 별, 순대만 사오면 발광을 하며 먹던 간肝이 주렁주렁 열려 있는 별…… 아니면 스스로 거대한 털덩어리 행성이 되어, 우주를 굴러다니고 있을지도 모르겠다. 계절이 바뀔 때면 그 털을 무더기로 뽑어내기도 할 텐데, 그게 천문학자들이 궁금해하는 '암흑 물질Dark Matter'의 정체가 아닐까? 그러나 홀로 떠다니는 생활을 오래 견디지는 못할 거다. 녀석은 사랑하고 사랑받아야만 하는 존재다. 그래서 지금은 은하철도의 차량에 올라타서, 외로운 여행자의 무릎에 올라앉아 골골거리고 있을 것 같다. 무단승차지만 누구도 쫓아내지도, 신고하지도 못한다.

66

불운의 폭풍우에
맞서는 몇 가지 방법

철이가 베어 먹은 사과 모양인 '갉아먹힌 별'에서 라면을 먹고 있을 때였다. 갑자기 사방의 땅이 흔들리며 포장마차가 엎어진다. 지진이라도 일어난 건가 싶어서 놀라는데, 주인은 너무 태연하다.

"뭐 가끔씩 생기는 일이니 당황하지 마세요."

메텔이 말한다.

"포장마차도 그렇고 온 동네가 엉망진창이 되었어요."

"걱정 마세요. 이런 일은 자주 일어나기 때문에 이젠 아무렇지도 않아요."

은하철도의 경로에는 태어나면서부터 지극히 가혹한 환경에서 살아야 하는 사람들이 있다. 언제나 무시무시한 돌풍이 불어오는 별, 영원히 비가 그치지 않는 별에 사는 사람도 있다. 사시사철 차가운 눈 속에서 살아야 하는데, 심지어 자신의 손이 닿은 모든 것들이 얼어버리는 사람도 있다. 그들은 어떻게 그 어려움을 이겨 나갈까? 그로부터 우리에게 찾아오는 불행의 폭풍우를 이겨낼 방법을 배울 수는 없을까?

어느 귀인이 갓 빻은 밀가루를 나눠주신다길래 손을 들었다. 원래는 스쿠터를 타고 살랑살랑 가져오려 했으나, 갑작스레 폭우가 쏟아져 버스를 탔다. 같이 가기로 한 친구를 중간에 만났는데 표정이 좋지 않았다. 주변의 모든 상황이 여러모로 심상찮았지만, 이제 와서 계획을 포기하고 돌아갈 수는 없었다. 나는 우산을 펴 들고 폭풍우 속으로 걸어 들어갔고, 친구가 뒤를 따랐다.

"저기, 내 말 들려?"

친구의 높은 목소리가 빗줄기를 뚫고 들어왔다.

"세상이 왜 날 이렇게 작정하고 괴롭히지?"

친구는 그날 겪은 부당한 일을 털어놓기 시작했다.

왜 그 모든 일들은 한꺼번에 벌어져야 했을까? 비구름은 왜 북쪽으로 빠져나가다 역주행하여 도심을 습격했을까? 나는 왜 소화도 잘 못 시키는 밀가루에 욕심을 냈을까? 그리고 왜 하필이면 이런 날 가져온다고 했을까? 친구의 책을 준비하는 편집자는 왜 갑자기 바뀌었고, 업무 파악도 못한 채 엉뚱한 요구를 하게 되었을까? 비는 우산을 때리고, 바람은 몸을 때리고, 친구의 푸념은 귀를 때렸다.

귀인의 집에 도착했다. 밀가루 8킬로그램은 못 들고 갈 정도의 양

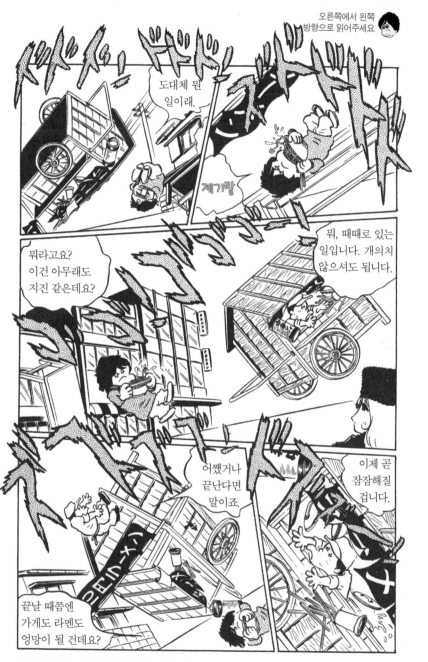

불운을 맞이하는 방법 가운데 하나는, 불운을 언제든 찾아왔다 사라질 자연재해로 여기는 거다.

은 아니었다. 하지만 시야를 완전히 먹어 치운 장대비 속에서, 젖으면 안 되는 노트북 배낭을 품에 안고, 한 손엔 우산을 든 채 다른 손으로 들고 가기란 쉽지 않았다. 친절한 귀인은 거기에 탐스런 가지한 무더기를 더해주셨다. 버스 정류장을 향한 고난의 행군이 시작되었다. 잠시 숨을 고른 친구는 다시 자신의 삶에 찾아온 짜증거리들을 고발하기 시작했다.

나는 이럴 때 사용하는 처방법을 하나씩 꺼냈다. 첫 번째는 영육靈肉 분리요법. 지금 고통을 받고 있는 것은 껍데기인 육체다. 그러니 영혼을 분리해 남의 일인 듯 지켜보자. 이게 자칫하면 다중인격요법이되는데, 새로운 인격이 원래의 인격을 나무라기 시작한다.

"내 이럴 줄 알았지. 괜한 욕심을 부리더라고. 낑낑대고 밀가루를 들고 가면 뭐해? 빗물이 들어가서 금세 썩어버릴 걸."

두 번째는 천문학요법. 이 우주에는 지구와 닮은 별이 수억 수조 개나 된다. 그러니 지금 내가 겪는 일은 너무나 하찮은 일이다. 이따위 것을 고통이라 부르기도 민망하다. 그런데 이 처방은 하늘의 별을 보아야 하는데, 우산을 쳐들다가 얼굴까지 물범벅이 되어버렸다.

세 번째는 자연재해요법. 인생은 말썽의 공장이다. 살다보면 예측할 수도 피할 수도 없는 비를 맞게 되어 있다. 누군가 나를 의도적으로 해코지한다면 맞서 싸워야 한다. 하지만 비바람이 몰아치는데 하늘에 소리 질러봐야 무슨 소용인가? 비를 함빡 맞는다고 죽지 않는다. 미끄러져 넘어지면 밀가루를 쏟기밖에 더 하겠어? 빗물에 흘러

보내면 완전 범죄가 되겠네.

이런 망상의 요법들을 거치면서 버스 정류장에 도착했다. 친구와 헤어지고 버스를 탔는데, 남대문 근처에 갇힌 채 꼼짝을 못했다. 그때 친구에게서 메시지가 왔다.

"아까 이야기 들어줘서 고마워. 좀 풀렸네."

그래, '친구에게 푸념'이라는 처방법도 좋지.

"아니야. 반은 내가 듣고, 반은 비가 들었을걸."

"그럼 비한테도 고맙다고 해야겠네."

그 한마디에 마음이 확 풀렸다. '말한마디요법'이라고 해야 할까? 친구와 조만간 만나 수제비를 해먹자고 했다.

다음 날은 약 올리듯 해가 반짝였다. 나는 밀가루를 베란다로 가지고 나가 작은 봉투에 나눠 담았다. 8킬로그램의 밀가루는 열두 봉지가 되었다. 누구든 만나면 하나씩 나눠주기로 했다. 바닥에 떨어진 가루를 쓸어 담으니 손 하나에 들어왔다. 그러게, 이 정도는 떨어뜨려야 인생이지. 한 줌의 밀가루를 바람 속에 날려보냈다. 잘 가라, 어떤 날의 불운이여.

이처럼 나는 해결할 수 없는 문제들에 일일이 발끈하기보다는 적당히 흘려보내는 타입이다. 그러나 언제나 이런 방식이 통용되진 않는다.

철이가 다음에 도착한 정차역은 이글이글 불길이 타오르는 '화내는 별'이다. 사소한 일에도 화를 내며 주먹질이다. 행인에게 느닷없이 얻어맞은 철이가 화를 내자 메텔은 '여기선 당연한 일'이니까 참으라고 한다. 하지만 철이는 당장 그 녀석을 찾아 복수하지 않으면 속이 풀리지 않을 것 같다. 메텔이 말한다.

"이제 보니 너 이곳 사람들이랑 체질이 맞는 것 같구나."

이 별의 사람들은 서로 죽일 듯이 싸우다가, 곧 언제 그랬냐는 듯이 어깨동무를 하고 걸어간다. 메텔은 '화내는 별'이 '우주에서 가장 개방적이고 밝은 별'이라고 한다. 화내고 싶을 때 마음껏 화낼 수 있으니, 혼자서 우울해하지 않아도 되는 별이라고. 반대로 체념이 몸에 새겨진 '갉아먹힌 별'의 미래는 그렇게 밝지 못했다. 이웃 별에서 그곳의 땅이 맛있다고 수시로 파내갔는데, 아무도 화내지도 따지지도 않아서 결국 완전히 갉아먹혀 사라져버렸다고 한다.

* 이 글은 「한겨레」 '삶의 창'에 쓴 칼럼(2018년 9월 7일)을 확장하였습니다.

"
나 대신
화 좀 내주면 안 돼?

"마야인들은 화내는 걸 강하고 좋은 성격으로 봤던 것 같아요."

스페인어를 가르치는 친구의 말이다. 마야인들도 일종의 사주풀이를 했는데, 누군가의 성격으로 '화를 잘 낸다'는 표현을 많이 썼단다. 그런데 그게 긍정적인 말과 연결되는 경우가 자주 있다는 거다. 나는 점성술, 사주, 혈액형 성격 같은 걸 믿지 않을 뿐만 아니라, 그런 이야기 자체를 싫어한다. 친구는 그걸 알면서도 내가 같이 있는 자리에서 저런 이야기를 자주 꺼낸다. 보통 이렇게 시작한다.

"명석 님은 이런 이야기 싫어하시겠지만."

어쩐지 옆에 내가 있어서 그런 이야기를 하는 게 더 재미있다는 듯하다. 아마도 내 성격을 잘 알기 때문이리라. 나는 싫어하는 건 많지만, 화는 잘 안 낸다. 그렇다고 내 성격이 무던한 편은 아니다. 오히려 보통 사람보다 예민하고 까칠한 쪽이다. 싫은 사람 앞에 서면, 내 얼굴에 '너 싫어!'라는 전광판이 뜬다. 불편한 자리에서는 분위기가 싸늘해지든 말든 나가버린다. 그런데 뭔가 화르르 타오를 일이 있으면, 오히려 마음이 차가워진다. 긁어 부스럼을 만들기보다는 냉정하게 일을 처리하려고 한다. 해결할 수 없는 일이면 화를 불러일으키는 사람을 무시하거나 그 자리에서 재빨리 벗어난다. 나는 이런 패턴에 익숙해져 있다. 후회는 없다. 하지만 친구들은 나를 질책한다.

예전에 친구가 부당한 일을 당한 현장에 함께 있었다. 상대방은 뻔뻔하게 발뺌을 했고, 친구는 분을 참으려고 애썼지만 그의 등 뒤로 불길이 솟아오르는 게 보였다. 나는 황급히 차가운 소방 호스 역할을 하려고 했다. 상대를 차갑게 노려보며 여기 또렷한 목격자가 있으니 더 이상 상황을 악화시키지 말라는 메시지를 보냈다. 결국 상황은 잘 정리된 듯했다. 친구가 조금 억울하기는 하겠지만, 재수없었다 여기고 잊어버리면 될 것 같았다. 아무렴 싸우는 것보단 그게 훨씬 낫지. 나는 친구에게 조용한 곳에 가서 머리를 식히자고 했다. 친구는 나를 뿌리쳤다. 여전히 불길에 휩싸여 있었다. 처음엔 뻔뻔한 상대에 대한 화가 남아 있는 거라 여겼다. 하지만 잘못 짚었다. 불만의 대상은 나였다. "나 대신 화 좀 내주면 안 돼?"

"이 쓸모없는 인간아. 승객들을 보살피지 않고 뭐 하는 거야?"
'은하철도 999'가 '추억의 얼굴'이라는 행성에 도착하기 직전, 휘메

철이는 선량한 이를 모욕하는 사람을 대신해 화를 내준다. 그게 주특기다.

일이라는 여성이 기차에 탄다. 얼굴에 불만이 가득한 그녀는 차장을 붙잡고 온갖 트집을 잡는다. 계속 먹을 걸 갖다 바치라고 부려 먹더니, 무선 컨트롤러로 차를 탈선시킨 뒤에 빨리 궤도로 돌려놓으라고 소리를 지른다. 차장은 계속 굽신굽신하며 그녀의 부당한 요구를 들어준다.

휘메일은 사실 차장의 옛 연인이었다. 함께 밤하늘을 바라보고 미래를 꿈꾸던 사람이었다. 그녀는 변장한 채 열차에 타서, 과거의 연인이 어떻게 되었는지 몰래 보려고 했다. 그런데 차장이 모두에게 굽신대는 보잘것없는 사람으로 보이자, 그 상황에 화가 나서 마구 행패를 부린다. 차장은 휘메일이 메텔을 때리자 의무감으로 그녀를 제지하지만, 자신에게 쏟아붓는 욕설에는 아무런 대꾸를 하지 않는다.

결국 철이가 참지 못한다. 온몸으로 김을 내뿜더니 달려가 외친다.

"이 나쁜 여자야! 가다가 넘어져서 코나 깨져라!"

철이가 가장 잘하는 일이 그거다. 남을 대신해 화를 내주는 일. 누군가 상대의 꿈을 무시할 때, 약한 처지를 경멸할 때, 부당한 일로 타박할 때, 철이는 참지 못한다. 모욕을 감내하는 그 사람 대신 소리 치고, 주먹을 내지르고, 총을 빼서 겨눈다.

나 자신이 철이처럼 나서지 못하는 게 부끄럽긴 하다. 하지만 반대로 철이 곁에 있는 사람들이 부럽기도 하다. 누군가 나를 위해 앞뒤 안 보고 화를 내줄 사람이 있다는 게.

나는 지난 시간을 돌아보았다. 누군가 나 대신 화내준 일이 있었나? 가령 동네에서 누군가에게 얻어맞고 돌아오면, 가족이 대신 가서 화풀이를 해준다거나…… 전혀 없다. 사실 나는 어딘가에서 억울한 일을 당해도 가족에게 이야기한 적이 없었다. 말해봤자 야단을 맞을 게 뻔하다고 생각했다. 어른들이 걱정을 하는 상황 자체가 아주 큰 죄라고 여겼던 거다. 한번은 동네 형이 나를 무슨 일로 놀렸다. 이유는 생각나지 않는다. 어쨌든 나는 무지무지 분이 났다. 그냥 싸우면 상대도 안 될테니, 집에 가서 학용품 칼을 들고 나왔다. 상대를 잡으려고 골목길을 미친 듯이 뒤지다가 결국 포기했다. 그러곤 돌아오다가 생각했다. 이렇게 흥분한 나를 들키면 안 돼. 나는 어두운 담벼락 밑에서 가쁜 숨을 다스리고 나서야 집에 돌아갔다. 겉으로는 착한 아이였지만, 사실은 자기 문제를 남에게 보이지 않으려는 아이였다.

그리고 보니 딱 한 번 특이한 감정을 느낀 적이 있다. 누나와 함께 번화가를 걷고 있었다. 태풍이 온다는 뉴스를 듣고 집으로 가고 있었고, 주변에는 벌써 심상찮은 바람이 불어대고 있었다. 나는 서둘러 발을 옮기다가 좁은 길에 튀어나온 간판을 머리로 쳐서 떨어뜨려 버렸다. 가게 주인이 '어랍쇼' 하며 나오려는 듯한 기미를 보였다. 그때 누나가 갑자기 발끈 화를 냈다.

"아니, 간판을 누가 이렇게 매달아놓은 거야! 위험하게 말이야!"

그러곤 나를 보며 야단 반, 걱정 반으로 말했다.

"괜찮아? 머리 안 찢어졌어?"

가게 주인이 못 본 척 슬그머니 안으로 들어갔다. 누나는 빨리 가자며, 나를 재촉했다. 굉장히 이상한 기분이 들었다. 딱히 누나가 나를 위해 대신 싸워준다는 생각까지는 들지 않았다. 그것보다는 '애매한 쌍방과실은 먼저 화를 내야 한다'는 삶의 기술을 보여준 듯했다. 그러나 그 정도라도 참 고마웠다.

메텔과 철이는 서로 분노의 화력을 적절히 제공해주는 콤비다. 메텔이 위험한 상황을 당하면, 철이가 화를 내며 달려든다. 철이가 부당한 모욕을 받으면, 메텔이 나가서 대신 처리해준다. 직접 화내는 것보다 곁에서 누가 대신 화내주는 게 효과가 더 크다. 살벌한 은하계에서는 그런 관계가 정말 소중하다.

물론 지구에서도 유용한 기술이다. 자동차 사고가 나면 운전자는 뒷목을 잡고 피해자 역할을 하고, 조수석에 앉은 사람이 상대에게 따져주어야 한다. "내가 옆에서 똑똑히 봤는데 말이에요. 그렇게 들어오시면 안 되죠. 지금 뭘 잘했다고……" 평소에는 서먹한 부부 사이도 그럴 때 잘하면 점수를 딴다.

대학 때 친구 중에 별난 녀석이 있었다. 평소에는 등교 자체를 잘하지 않았고, 그러니 시위 같은 데서 볼 일이 별로 없었다. 그런데 아는 친구가 경찰서에 잡혀가서 항의 방문이나 시위를 할 때는 꼭 나왔다. 그것도 제일 앞쪽에 나가 제일 크게 소리질렀다. 주변에서 외치는 정치 구호엔 관심이 없었고, 그냥 "뭣 같은 경찰놈들아! 내 친구

빨리 내놔!"라며 욕설을 퍼부어대서 우리를 난처하게 만들곤 했다. 결국 뒷풀이 자리에서 그 친구를 붙잡고 말했다.

"제발 욕하고 화내지 마. 분위기 살벌해지잖아."

친구가 눈을 동그랗게 뜨고 말했다.

"원래 데모가 화내는 거잖아. 왜 화를 내지 말래?"

그러고 보면 그렇다. 시위란 누군가 부당한 일을 당했다고, 같이 모여 화를 내는 거다. 약한 이를 대신해서 화를 내줄 사람이 많은 게 민주주의 사회다. 나도 화내는 연습을 좀더 해야겠다. 일단 〈택시 드라이버〉의 로버트 드 니로처럼 거울을 보고, 철이가 만화 속에서 외치는 대사를 따라해봐야겠다.

철이는 우주의 다양한 가능성을 배우며, 크기를 넘어선 진정한 가치를 고민한다.

★★★★★★★★★★★★★★★★★★★★★★★★★★★★★★★★★★★★★★

P

사람들이 진정으로 알아야 할 것이 있다면 '호
기심을 드러내야 할 순간과 말아야 할 순간이
언제인가'일 것이다. 그것만 알아도 세상은
훨씬 아름다워진다.

★★★★★★★★★★★★★★★★★★★★★★★★★★★★★★★★★★★★★★

영원한 생명,
영원히 슬프다는 것

고양이 모임을 만든 직후, 이제 막 고양이를 키우기 시작한 초보 집사들이 각자의 고양이를 데리고 모였던 날이다. 그 자리에서 만났을 것이다. 어리지만 고집이 강한 고양이였다. 낯선 곳에서 고양이가 받을 스트레스를 걱정하기보다 자신의 예쁜 고양이를 자랑하고 싶다는 마음이 앞섰던, 정말 아무것도 모르던 시절. 아무것도 모르는 만큼 행복했던 시절. 우리는 부루퉁한 고양이들 앞에 얼굴을 들이밀며 감탄하고 기뻐했다. 한번 얼굴을 본 고양이는 다 내 새끼 같다. 그후 오랫동안, 줄잡아 십여 년을 못 만났지만 나에게는 여전히 똘똘하고 고집스런 고양이였다. 그 녀석은.

고양이를 막 키우던 시절에 처음 만났던 사람을 십수 년이 지난 지금 만나면 서로 고양이의 안부를 묻지 못한다. 절반쯤은 이 세상을 떠났기 때문이다. 고양이를 잃은 사람들의 상처는 조심조심 덮여 있을 뿐 영영 아물지 못해서 잘못 건드렸다가는 덧나기 십상이다. 느닷없이 터지는 눈물을 보면 나도 따라울지 않을 수 없다. 그렇게 우리는 만나면 서로 짐짓 다른 안부를 묻다가 실타래 끌려 나오듯 나오는 고양이의 소식을 듣는다. 아직 잘 살아 있다면 더할 나위 없이 기쁘고 진즉에 이 세상을 떴다면 그렇구나, 하며 서로를 보듬는다. 그날도 그랬다.

고양이를 잃은 슬픔을 설명할 필요는 없다. 우리는 이미 다 알기 때문이다. 그러나 그날의 이야기는 조금 각별했다.

"딸이 가장 큰 상처를 입었어요. 태어났을 때 이미 같이 살고 있었잖아요. 딸에게는 언니나 다름없었죠."

그 느낌을 어떻게 이해해야 할까. 완전한 세계가 부서져 나가는 느낌 같은 걸까. 세계를 구성하고 있던 중요한 요소가 영원히 사라진다. 그 상실감에 대해서는 아무도 할 말이 없다. 그나마 우리는 고양이가 없던 시절의 기억이 있지만, 고양이가 없이도 살아갈 수 있다는 것을 알고 있지만 그 아이는 그 기억조차 없다.

'은하철도 999'의 궤도를 어쩌다 푸른 바다같이 출렁이는 별이 가로막았다. 은하철도 관리국은 그 '장애물'을 제거하기 위해 진동파를 발사한다. 그러나 그 별은 살아 있는 별이다. 수많은 생명의 어머니기도 하다. '은하철도 999'는 그만 그 별에 불시착하는데, 이를 어쩌나, 벗어날 수가 없다. 그때 마침 투명한 우주선이 별 위로 떨어지고, 그 안에서 마찬가지로 투명한 여자가 힘없이 기어 나온다.

"어머니…… 아르테미스가 왔어요……"

힘들고 긴 여행 끝에 죽기 위해 돌아온 아르테미스를 별은 부드럽게 받아준다. 여자는 철이와 메텔에게 말한다.

"이 별은 나의 어머니예요…… 날 낳아주신 어머니죠. 내가 죽으면 이 별 위에 내려주세요. 난 여기 죽기 위해 돌아온 거니까…… 영원히 잠들기 위해 돌아온 거니까……"

결국 눈을 감은 아르테미스의 시신은 푸른 별 위에 내려진다. 아르테미스는 천천히 별 속에 잠긴다. 드넓은 어머니의 품속으로 잠겨든다.

기어코 별은 파괴된다. 제 의지대로 움직일 수 없었던 별은, 궤도 위에 올라선 채 비키지도 피하지도 못했던 별은 '은하철도 999'와 탑승객인 철이를 위해 스스로를 보호하던 배리어를 해제하고 진동파를 온몸으로 받아들인다. 그 별은 수많은 아이들을 낳은 어머니이기에 철이 또한 자신의 아이나 마찬가지라고 여긴다. 별은 스스로 모든 이의 어머니를 자처한다. 별은 철이에게 자신의 아이들의 미래를 부탁한다. 또 다른 별로 자라날 아이들이 다른 이들에게 폐가 되지 않을 수 있도록. 그것은 별과 공존하는 인간의 배려가 있어야 가능한 일이다.

철이는 별을 보며 자신의 어머니를 떠올린다. 자신을 감싸다 죽어

어머니 별은 모든 것을 받아들인다. 생물이든 무생물이든, 자기가 낳은 자식이든 아니든.

간 어머니를.

"사람과 사별하는 건 슬픈 일이군요…… 역시 기계 몸이 되어 영원한 생명을 손에 넣지 않으면 이 슬픔은 언제까지나 계속되겠군요. 메텔……"

인간을 죽음의 고통에서 구원하는 것은 기계 몸의 영원한 생명뿐이라고 생각하는 철이. 과연 그럴까. 철이는 슬픔을 연료 삼아 착실하게, 기계 몸의 행성으로 간다.

그렇지만 영원히 산다는 것은 다른 이들의 수없는 죽음을 마주 봐야 한다는 것이다. 사별의 고통을 영원히 반복하겠다는 결심이다. 유한한 생명을 가진 모든 이들을 내 눈앞에서 떠나보내는 것을 감수하겠다는 결의다. 결국, 사랑하는 사람과 사별하는 슬픔을 겪기 싫어서 영원한 생명을 얻고 싶다는 결심은 모순이다. 모든 사람들이 다 영원히 살지 않는 이상에는. 아니면 영원히 사는 존재만 사랑해야 겨우, 가능한 일이다.

나는 내 각별한 친구들을 종종 협박한다.

"나보다 먼저 죽으면 죽어버릴거야."

그들은 짐짓 겁먹은 표정으로 알겠노라고, 너보다 나중에 죽어 네 뒷처리까지 도맡아주겠노라고 약속한다. 하지만 고양이들에게는 그렇게 말할 수 없다. 내가 먼저 죽고 난 뒤 고양이들의 여생이 염려되어서다. 네가 편안히 눈 감는 그날까지 돌봐주겠다고, 사별의 아픔은 온전히 내가 떠안겠다고, 알아듣지도 못할 고양이들에게 약속한다. 그렇지만 사별의 슬픔은 워낙 커서 생각만 해도 겁이 난다. 그것을 떠안는 이는 가장 깊고 넓은 이가 되어야 할지도 모르겠다. 푸른 어머니 별처럼. 죽기 위해 돌아오는 아이들을 모두 끌어안는 어머니 별처럼.

호기심은
삶의 에너지

어릴 때 내가 살았던 마당 깊은 한옥이 있는 골목은 낡고 오래된 집들을 거미줄처럼 잇고 있었다. 흙길 가장자리를 따라 오수가 흐르고, 골목이 만나는 곳마다 어김없이 시멘트로 마감한 녹슨 철문이 달린 쓰레기통이 자리하고 있었다. 그러다보니 쥐도 많았다. 나라에서 정한 날마다 모두 함께 쥐를 잡는다고 법석을 떨곤 했다. 포스터가 내걸리고, 한바탕의 살기가 돌았다.

어린 나는 동네 이웃 오빠에게 물었다.

"쥐를 잡아서 어디에 쓰는데?"

용도도 없이 해롭다는 이유만으로 잡아 죽여버린다는 발상을 떠올리기는 어려웠다. 기껏해야 나보다 두세 살 많았을 그 '오빠'들은 폭소를 터뜨리며 이죽거렸다.

"그거, 잡아서 껍질 벗겨서 언탄불에 구워서 먹는다아. 양념을 양쪽에 살살 발라서 말야. 너도 먹고 싶어? 이따가 나오면 한 마리 구워주지."

놀리는 것 같기는 했지만, 불쾌함은 호기심을 이기지 못했다. 나는 그날 늦도록 골목을 돌아다녔다. 그 오빠들 중 한 명이라도 만날 것을 기대하며. 다행히 아무도 만나지 못했다. 누구에게 다행인지는 몰라도.

그때는 궁금한 것도 많았다. 세상은 불가해한 것으로 가득 차 있었다. '빨래를 말리는 것은 바람인가 햇볕인가'를 가지고 언니들과 오래도록 싸웠고, 처음 본 송충이를 설명할 도리가 없어 '다리가 아주 많아서 뒤집어져도 걸을 수 있는 그 벌레'가 무엇인지 어른들을 쫓아다니며 물었다. 아버지가 남자목욕탕에 데리고 갔을 때는 바가지를 들고 모든 남자어른들을 쫓아다니며 "떨어져! 떨어진다고!" 법석을 떨었다. 그 남자어른들이 내가 나갈 때까지 다소곳하게 쪼그리고 앉아 목욕하더란 얘기는 두고두고 웃음의 소재가 되었다.

지금은 당연하게도 그때와 같지 않다. 어쭙잖게 아는 것이 많아져서이기도 하고, 세상에 심드렁해진 것도 없지 않다. 그렇지만 여전히 내 삶이 얼마나 생기를 띠고 있는지 알 수 있는 척도 중의 하나는 호기심이다. 아무것도 궁금하지 않다는 것은 삶의 에너지가 다 떨어졌다는 얘기다. 호기심을 잃는 순간 세상은 잿빛이 되고, 매일 일어나는 여러 사건사고들은 예측 가능한, 예측 불가능한, 아니 아무거나 상관없는 것으로 추락한다.

사람에 대해서도 마찬가지다. '내가 너에 대해 알고 싶다'는 태도를 우리는 다른 말로 '호감'이라고 부른다. 너에 대해 알고 싶다는 마음이 서로를 서로에게 파고들게 한다. 우리는 아마도 영원히 서로를 잘 알지 못하겠지만, 호기심의 호미를 들고 서로의 중심을 향해 다가가는 그 순간만큼은 떼려야 뗄 수 없을 만큼 밀접하게 붙어 있다. 상대에게 더 이상 궁금한 게 없을 때 사람들 간의 접착력은 사라진다. 너는 네가 되고, 나는 내가 된다.

그렇지만 호기심은 양날의 칼이다. '호기심이 고양이를 죽인다'는 속담이 왜 있겠는가. 러시아 민담 「아름다운 바실리사」에서, 주인공 바실리사는 계모의 강요로 무서운 마녀 바바야가의 집에서 일하게 된다. 바바야가는 바실리사에게 말한다.

"묻고 싶은 것이 있으면 무엇이든 물어도 좋지만 뭐든지 다 묻는다고 해서 그게 다 도움이 되지는 않는단다. 알고 싶은 것이 너무 많으면 빨리 늙게 마련이야."

현명한 바실리사는 바바야가의 집 밖에서 일어나는 일은 물어보지만 집 안에서 일어나는 일에 대해서는 입을 다문다. 바바야가는 바실리사를 칭찬하며 말한다.

"너무 많은 것을 묻는 사람은 잡아먹히고 말지."

바실리사는 집 밖과 집 안을 나누는 기준이 있었지만, 우리의 호기심에는 늘 기준이 없다. 물어도 되는 것과 물으면 곤란한 것을 침범하고 넘나든다. '호기심의 별'에 끌려 내리게 된 철이와 메텔, 차장은 샅샅이 관심의 눈길을 받는다. 별에 사는 주민들에게? 아니, 별 자체의 호기심의 대상이 된다. 겉만 살펴보면 될 것을, 호기심을 못 이긴 별은 내장도 보고 싶어 한다. 손발이 없는 그는 이 '사람'의 손을 빌려 다른 '사람'의 내장을 드러내려 한다. 차장의 손을 빌려 메텔의 배를 도려내 보려고 한다.

그러나 결국 저 자신의 뱃가죽이 잘리고 배 속이 드러난 별은 호기심의 대상이 된다는 것이 얼마나 부끄러운 일인지 깨닫는다. 호기심이 어떤 것은 살리지만 어떤 것은 죽인다는 걸 알게 된다. 호기심이 살리는 에너지였다가 죽이는 에너지가 되는 경계는 아주 얇은 살가죽과 같아서, 별것 아닌 것 같아 보이지만 치명적이다. 호감의 표현이었던 호기심이 어느 순간 적대감의 원인이 되는 마법이 일어난다.

불쾌한 질문을 받아봐야 내가 하지 말아야 할 질문이 무엇인지 알게 된다. 그렇지만 이 경계는 너무나 모호하다. 예민함과 둔감함의 간극이 크다. 그 경계를 더듬거리는 질문 때문에 많은 이들이 기분 나쁜 경험을 한다. 명절에 친척들 만나기를 싫어하는 중요한 이유 중 하나가 이 '질문'들이다. 언제 결혼해? 취직은 했어? 언제까지 그러고 살래. 애는 소식 없어? 그러다 말년에 외롭다, 너. 연봉이 얼마야? 그래서 돈은 모으겠어?

별은 차장에게 메텔을 해부하라 말한다. 메텔의 내장이 궁금해서.

사람들이 진정으로 알아야 할 것이 있다면 '호기심을 드러내야 할 순간과 말아야 할 순간이 언제인가'일 것이다. 그것만 알아도 세상은 훨씬 아름다워진다. 철이도 호기심이 많은 아이고 철이의 호기심 때문에 벌어지지 않아도 될 사건사고가 벌어지곤 하지만, 우리는 그 호기심에 편승해서 우주의 비밀에 한 걸음 더 다가간다. 은하철도의 셈법에 따르면 우리는 호기심에 해 입는 것보다 덕 보는 것이 조금쯤 더 많은 셈이다. 이게 다, 철이에게 둔감한 친척들이 없는 덕이다.

작지만 완벽한,
마음속의 우주

'은하철도 999'는 우주를 가로질러 달려간다. 언젠가 거대한 폭발이 있은 후 생겨나 팽창하고 있다는 그 우주다. 이 우주 안에 안드로메다도 있고 우리 은하계도 있고, 아주 작은 은하들도 떠다니고, 미지의 세계도 끝없이 이어진다. 그렇게 연결되어 있기 때문에『은하철도 999』의 우주는 커다란 단일 공간처럼 느껴진다. 이 우주 안에서 우리가 겪는 일들은 모두 하나로 연결된다. 같은 공간 안에서 일어나는 일이기 때문이다. 그렇기 때문에 철이는 저 별에서 만난 인연으로 이 별에서 새로운 인연을 만나기도 한다. 예전의 인연 덕에 결정적일 때 도움을 받기도 한다.

　그 안에는 잘 드러나지 않는 무수히 많은 독립된 우주도 존재한다. 연결되어 있지만 연결되어 있지 않은 우주. 포함되어 있지만 포함되

차장의 마음속 우주. 찬란하고 고요하다.

어 있지 않은 우주. 그것은 개개의 마음속에 있는 우주다. 우리는 개개인의 몸피의 크고 작음에 상관없이 그 안에 무한한 우주를 품고 있다. 새로운 사람을 만날 때마다, 새로운 사건을 겪을 때마다 주렁주렁 넓어지는 우주를 가지고 있다.

어느 날 '은하철도 999'에 무척 못생기고 무례한 여자가 탑승한다. '휘메일'이라는 이름을 가진 이 여자는 안하무인이다. 차장이든 손님이든 가리지 않고 기세등등하게 군다. 모진 고생 끝에 금의환향한 점을 강조하며 모두에게 대접받고 싶어 한다. 그런데 이상하게도 차장은 그 손님에게 비굴하게 군다. 심지어 좋아하는 눈치다.

휘메일의 고향이라는 '추억의 얼굴'에 접근하던 '은하철도 999'는 도착하기 전에 그만 탈선사고가 난다. 은하철도가 덜컹거리자 휘메일은 소리를 지르고 신경질을 부린다. 철이는 휘메일이 무선 컨트롤러를 가지고 있는 것을 발견한다. 휘메일 본인이 사고를 계획하고 일으킨 것이다. 어째서 자기가 탄 열차를 탈선시키려고 하는 거지? 휘메일에게 쩔쩔매던 차장은 그녀가 철이와 메텔을 공격하며 횡포가 도를 넘자 결국 기계를 압수하고 만다. 비통하고 우울한 표정으로.

휘메일은 차장의 옛 연인이었다. 승강장에 내린 휘메일은 가면을 벗고 차장에게 소리를 지른다.

"당신은 옛날이랑 하나도 변하지 않았어! 당신은 하찮은 남자야! 옛날이랑 똑같이 허망한 꿈만 좇고 있다구! 옛날에 나한테 얘기해주었던 꿈이랑 희망은 대체 언제 실현되지? 흥, 아니야. 절대 실현되지 않을 거야! 당신은 죽을 때까지 얼토당토않은 꿈만 좇다가 끝날 거라구!"

하지만 차장의 태도는 사뭇 다르다. 휘메일의 폭언에도 불구하고, 젊었을 때의 추억은 그에게 전혀 손상되지 않은 채로 여전히 소중하다.

"지금까지도 그렇고 앞으로도 내 삶의 기쁨이 될 겁니다…… 누구든 이 추억만은 뺏을 수 없을 겁니다. 방금…… 그 여자에게도 절대 뺏기지 않을 거예요."

차장이 여전히 사랑하는 것은 그때의 그 여자다. 그에게 실망하고 돌아서는 여자가 아니라. 차장의 마음속 우주에 들어앉은 찬란한 여자다.

"카스바의 어느 늙은 화가가 '추억은 마음속에 있는 우주'라는 글을 남겼다. 그리고 그 우주는 그 사람이 죽었을 때 그 사람과 함께 어딘가로 가버린다고…… 아무도 손댈 수 없고 볼 수조차 없는, 그것은…… 그 사람만의 우주라고……"

그 사람만의 우주를 우리는 알 수 있을까? 그저 짐작만 할 수 있을 뿐이다. 다른 이의 사랑에 대해서, 고통에 대해서, 슬픔에 대해서, 우리는 그저 짐작만 가능할 뿐. 하지만 우리는 우리의 우주에 빗대어 다른 사람의 우주를 거울을 보듯 비쳐본다. 짐작을 '공감'이라고 부른다. 그런 공감이 서로의 우주를 연결하고 두텁게 층을 쌓는다.

알고 있지만, 가끔은 가 닿을 수 없는 우주에 대해 생각한다. 내가 아무리 사랑해도 같이 겪을 수 없는 고통에 대하여. 나와 함께 만들었지만 결국 똑같을 수는 없는 추억에 대하여. 내가 그저 상상할 수밖에 없는 슬픔의 크기에 대하여. 그가 죽으면 함께 사라져버릴 우주에 대하여. 우리는 그저, 그 우주가 남긴 흔적만 안을 수 있을 뿐이다. 내 우주에, 오목하게 남은 그 흔적.

66

판단해야 하는
결정적 순간에 서서

내 첫 애인은 잘생기고 상냥하고 똑똑했으나, 이상하게도 선택만은
젬병이었다. 선택을 해야 하는 순간이 오면 끌탕을 하다가 장고 끝에
악수 둔다는 속담을 증명이라도 하듯 으아아아아아, 하며 이상한 길
로 달려가 버리곤 했다. 몇 번은 목덜미 잡아 끌어 앉히곤 했지만 매
번 가능한 일은 아니었다. 결국 그는 내 손이 목덜미에 닿지 않는 곳
으로 가버렸다. 헤어진 뒤에도 오랫동안 연애상담을 해줬지만 갈팡
질팡하며 매번 잘못 짚는 선택에 질려 "다시는 연락하지 마!"라고 빽
소리 지른 통화가 마지막이 되었다. 좀 들어보시라. 절대 헤어질 수
없는 연상의 여인과 포기할 수 없는 다른 여인을 두고 목숨이라도 건
듯 갈등하다가 어떻게 그렇게 쉽게 어린 대학생인 새 연인에게 홀딱
넘어가 버리냐고.

걱정하지 마, 지금 날 사랑하면 돼

그때도 그랬고 그후로도 오랫동안 나는 꽤 합리적으로 잘 선택한다는 자부심을 가지고 있었다. 내가 생각한 것과 다른 선택을 한 이들을 "미친 거 아냐?" 한마디로 요약해버리곤 했다. 저렇게 신호등이 반짝반짝하며 네 주의를 끌려고 하는데, 어떻게 그걸 무시하고 다른 길로 갈 수가 있어? 빠르고 합리적인 판단은 탄탄대로를 가는 데 필수적이다. 그리고 모두 알다시피, 인생의 99퍼센트는 선택으로 이루어져 있다. 나머지는 뭐, 견디는 거지. 내가 인생상담할 만한 사람으로 자꾸 불려갔던 것은 아마도 선택의 현명함 때문이라기보다는 이토록 턱없는 자신감 때문이 아니었을까 싶다. 내심 결론이 난 사람들도 그런 얘기는 한번 듣고 싶어 하지 않는가.

"명백하잖아. 확 질러버려. 인생 뭐 있나."

그런데 내가 그토록 자랑스러워하던 판단력이 사실은 시원찮았다는 것을 살면서 점점 깨닫게 되었다. 헛다리 짚는 일도 많아지고, 잘못된 결과는 온몸으로 때우면서도 경험에서 배우는 것도 없으니 이 시원치 않은 판단력은 나아질 기미가 보이지 않는다. 세상은 내가 생각하는 것보다 훨씬 복잡했고, 판단을 할 때 고려해야 할 것도 많았다. 내가 의기양양하던 시절에는 사실 판단이 필요한 사안이라고 해봤자 별거 아닌 주제가 대부분이었다. 수업 빠질까? 빠져. 헤어질까? 헤어져. 먹을까? 먹자. 더 잘까? 자지 뭐. 이 정도 차원에서 크게 벗어나지 않았다. 그러나 인생에서 선택이라는 게 무척 중요한 요소라는 사실은 변하지 않는 데다가, 선택이 미치는 영향도 좀더 커지고

우주가 끝날 때에야 무엇이 옳았다고 말할 수 있을까.

심각해져갔다. 좀더 빠르고 정확한 판단을 하기 위해 필요한 것이 있었다. 판단의 기준이 될 만한 것. 이를테면 철학이라든가. 철학이라든가.

유행하는 철학들을 이것저것 기웃거렸지만 딱히 실생활의 판단에 도움이 되는 것 같진 않았다. 들뢰즈? 니체? 화이트헤드? 노자? 장자? 문학도 파봤지만 문학이 알려주는 건 선택이란 게 얼마나 어려운가, 정도였다. 그러다가 나는 불교로 갔다. 이 혼돈의 세계에서 잘 헤쳐나갈 수 있는 빠른 판단과 선택의 도구를 얻어들을 수 있지 않을까 하여. 내가 이 얘기를 했을 때, 불교 공부자리에 있던 스님과 선배들은 모두 박장대소를 했다. 찾아도 너무 잘못 찾아왔다고. 불교는 판단과 선입견을 없애야 한다고 말한다. 빠른 판단과 선택은 인생을 고의 바다로 빠뜨리는 지름길이다. 판단하지 않고 선택하지 않고 연기의 세계에 내맡기는 것. 불교가 생각하는 고통 없는 삶의 조건이다.

철이는 일생일대의 선택을 한다. 기계 인간이 되겠다고. 그러기 위해 정체불명의 여인 메텔의 손을 잡고 처음 보는 구식 외양의 열차에 운명을 맡기기로 결정한다. 엄마의 죽음으로 인한 충격은 너무나 크고, 삭막한 지구의 환경은 너무나 춥고 미래는 없었으니 철이로서는 선택이랄 것도 없었다. 그러나 여행을 하는 내내 만나는 현실은 철이의 선택에 조금씩 의문을 제기한다. 철이의 확신에는 잔금이 가기 시작한다.

「물의 나라의 베토벤」편에서 메텔은 말한다.

"어느 쪽이 틀렸다고 말할 순 없지. 우주의 역사가 전부 끝나지 않는 한에는⋯⋯"

그러나 메텔처럼 현명하지 않은, 겨우 인생을 한 뼘쯤 더 경험한 이들은 섣부르게 충고하고 싶어 한다. 미리 판단해주고 싶어 한다. 그들에게는 명백한 것이 사실은 명백하지 않다는 것을 알지 못하면서. 우리는 우리의 선택이 옳았는지 결국 죽을 때까지 알 수 없다. 선택하지 않은 것은 경험할 수 없기 때문에 비교와 검증이 불가능하다.

우주가 끝나면 정산을 할 수 있게 될까? 무엇이 옳았고 무엇이 틀렸는지 알게 될까? 내 첫 애인이 어린 애인에게 홀딱 빠져서 다른 이들을 나몰라라 했던 것도 사실은 옳은 판단이었다는 결론이 나올까? 끊임없이 잠정 결산하고 선택을 수정해가며 더듬더듬 나아가는 것만이 우리가 할 수 있는 전부일지도 모른다. 확신 없이 겸손하게, 내가 할 수 있는 데까지만 한다는 마음으로. 그렇게 가면 인생의 속도는 느려지고 지지부진해지겠지만, 쾌속행진한답시고 여럿 치고 다니는 삶보다는 그게 더 우주의 의지에 맞을지도 모르겠다.

무시무시한
신념의 힘

고등학교 때도 꽤 영민하다는 평가를 받았지만, 그저 순둥이였던 나는 대학에 들어가면서 처음으로 논쟁의 맛을 알게 되었다. 아귀가 딱딱 떨어지는 논리의 칼을 들이밀면 웬만한 상대의 어중간한 빈틈은 비집고 들어갈 수 있었다. 자신의 논리가 증명 불가능하거나 모순되었음을 인정하는 상대방의 침통한 표정은 쾌감을 주기까지 했다. 그 표정이 보고 싶어서 나는 상대방이 생각할 틈이 없을 정도로 재빠르게 승복을 요구했다. 그러니까 내 말이 맞아? 아니야? 네, 아니오로 대답해. 거기에 토를 다는 것은 구질구질하고 지지부진하다는 증거였다. 그때는 그렇게 믿었다.

물론 많지는 않았지만, 내가 질 때도 있었다. 그때마다 분하고 원통했다. 어떨 때는 내가 옳았음에도 그 자리에 있던 사람들이 내 근

거를 들어본 적 없다고 우기는 바람에 밀릴 때도 가끔 있었다. "여기 있는 사람 누구도 네가 인용한 그 구절을 읽어본 적 없는데, 어떻게 네가 옳다고 하겠어?"

결국 그들이 무지한 탓임이 밝혀지더라도, 그럴 때조차 나는 분하고 원통했다. 내가 틀렸을 때 분했고 내가 틀리지도 않았는데 틀렸다는 소리를 들었을 때 더 분했다. 그런 논쟁이 하루에도 몇 번은 있었으니, 하루에도 몇 번이나 롤러코스터 타듯 희비를 오르내렸다. 그사이에 나는 꽤 험한 싸움꾼으로 단련이 되었다. 분노의 힘으로 공부하는 인간이 되었다.

그렇게 논리력을 쌓으면 자신이 옳다고 믿는 것에 대해 객관적인 판단을 할 수 있을 것 같지만 절대 그렇지 않다. 신념이 먼저고, 논리는 그다음이다. 논리는 신념을 위해 일한다. 신념에 맞는 논지를 갖고 와서 단단한 성을 쌓는다.

그때는 그것을 몰랐다. 차근차근 쌓은 논리 위에 크리스마스 트리의 별처럼 신념을 둥실 얹은 것이 아니라, 신념을 중심으로 털실을 똘똘똘똘 감듯 공부의 합리화를 보태왔다는 것을 몰랐다. 신념이 깨지고 나서야 보이는 것이 있다. 너무 늦지 않았던 것만이 다행일 뿐이다.

'화석의 별'에는 자연이 빚었다고 알려진 조각상이 가득하다. 너무나 아름답다. 멀리서 구경하던 철이는 특히 아름다운 조각상에서 눈을 떼지 못하고 결국은 달려가서 확인하고야 만다. 그때 '화석 도둑'을 잡겠다며 한 청년이 나타나 칼을 휘두른다. 철이는 도둑이 아니지만 이 청년은 막무가내다. 결국 모두 원래대로 인간으로 돌아올 수 있을 때까지 화석을 지키려던 청년은 철이의 손에 죽는다. 이 청년에게 모두 함께 사는 길은 의미가 없었던 것이다.

『은하철도 999』의 세계 속에서는 공간물리학자 해머 슈타인의 "신념이 몹시 강한 사람만큼 다루기 힘든 건 이 우주에 존재하지 않는다"란 말이 전해 내려온다. 세상에서 제일 무서운 건 책을 한 권도 안 읽은 사람도, 책을 많이 읽은 사람도 아닌 '책을 딱 한 권 읽은 사람'이라고 했던가. 스스로 옳다고 생각하는 바를 향해 일로매진하겠다고 결심한 사람에게 세 번째 길은 보이지 않는다. 져도 기쁠 수 있고 이겨도 심상할 수 있는 그런 길. 더 나아가 이기고 지고가 없는 있는 그대로의 세계가 보이지 않는다.

죽음에 대해
묻는 길

그렇게 모두가 한꺼번에 죽어가는 것을 발 동동 구르며 바라볼 수밖에 없었던 며칠이었다. 우리 모두의 힘을 합해봐야 결국 아무것도 할 수 없다는 것을, 이토록 무력하다는 것을 뼈에 새기던 며칠이었다. 세월호의 침몰은 대단한 충격이었다. 세월호가 시시각각 가라앉는 것을 보며 우리는 하던 일을 멈추고 떨리는 두 손을 놓았다. 기쁘고 즐겁자고 계획되었던 것들이 모두 취소되었다. 우리도 함께 죽어가고 있는 것 같았다. 그후로도 오랫동안.

세월호 참사 직후, 오래 준비했던 행사가 취소되었다. 그 행사는 한 달 뒤에야 겨우겨우 힘겹게 열릴 수 있었다. 책을 낭독하는 행사였다. 그토록 침통한 분위기에서 무슨 책을 읽어야 할까, 읽을 수 있을까, 한참을 고르고 망설이다가 집어든 것이 미야자와 겐지의 『은하철도의 밤』이다. 『은하철도 999』에 영감을 준 작품이라고 알려진 동화. 꽤 긴 내용이라 앞뒤를 조금 잘라냈지만 그래도 읽으면 한 시간은 훌쩍 넘는 작품이다. 그래도 읽을 수밖에 없다고, 이것을 읽어야겠다고 마음먹었다.

『은하철도의 밤』은 죽은 아이들을 싣고 가는 '은하철도'의 이야기를 들려준다. 물에 빠져 죽은 아이들은 덜덜 떨며 기차에 오르고, 아이들의 맨발에는 어느덧 폭신폭신한 하얀 신이 신겨진다. 누군가 말한다.

"이제 우리에게 슬픔이란 단어는 없어. 우리는 멋진 여행을 하면서 이제 곧 하느님이 계신 곳으로 갈 테니까. 그곳에는 환한 밝음만이 있고, 그윽한 향기가 넘치며, 훌륭한 사람들로 가득하지. 우리 대신에 배를 탄 사람들은 틀림없이 모두 구조되어, 마음을 졸이며 기다리고 있을 아버지와 어머니 그리고 사랑하는 가족들에게 돌아갈 거야. 그러니까 기운내고 재미있게 노래부르며 가자."

아이들은 지쳐서 잠든다. 죽은 아이들은 어디로 갈까. 읽으면서 몇 번이나 울었다. 어두운 관객석의 사람들도 몇 번이나 울었다고, 나중에 들었다. 그중 한 명은 내게 문자를 보냈다. "울어줘서 고맙다"고.

『은하철도 999』도 죽음으로 이야기를 시작한다. 철이와 엄마는 눈으로 덮인 지구에서 하루하루 연명하며 간신히 살아가고 있다. 그러던 어느 날, 눈밭에서 재미로 사냥을 하던 기계 백작의 총에 맞아 엄마는 죽고 만다. 기계 백작에게는 그저 전리품에 지나지 않는 인간의 몸. 아름다운 엄마의 시체는 박제되어 기계 백작 저택의 벽에 걸린다. 혼자 남은 철이는 메텔의 도움으로 백작에게 복수를 한다. 죽은 백작의 저택은 불타오르고, 엄마의 시체도 함께 불타오른다.

철이는 살아서 은하철도를 탄 걸까? 은하철도는 죽음의 비유가 아닐까? 영생을 얻은 기계 인간과 싸우는 한편 자신도 영생을 얻겠다는 철이의 목표는 아이러니하다. 죽음에서 시작된 여행은 끊임없이 생명의 의미를 묻는다. 영원한 생명을 얻은 이들의 불행함, 우주의 생명 근원에 대한 질문, 죽음이 가지는 의미는 돌림노래처럼 은하철도의 궤도 위에 메아리친다. 그래서 영생을 얻겠다고? 얻겠다고? 영생이야말로 네 목표라고? 목표라고? 생명이 뭔데? 죽음이 뭔데…… 질문의 답은 우주 그 자체처럼 캄캄하다.

어떤 별에서는 죽음을 그저 하나의 형식으로만 치부하여 장례를 치르기 위해 사람을 죽이고, 어떤 별에서는 끊임없이 생명이 탄생한다. 어떤 별에는 영생을 얻은 이들이 버린 육체가 즐비하게 누워 있고, 어떤 별에서는 의미 없는 연명만이 남아 있다. 어떤 별의 사람들은 그저 빈 껍질만 남아 산다. 어떤 이들은 철이와 마찬가지로 영생을 얻고 싶어 수단방법을 가리지 않는다. 그 때문에 철이와 메텔은 몇 번이나 위기에 빠진다.

그러나 답은 이미, 태양계를 벗어나기도 전에 한 할아버지의 입을 통해 말해졌다. 우리는 이미 그때 알고 있었다. 화성의 술집 주인 영감님은 말한다.

"오래 사는 것만이 행복한 건지 어떤지는 아무도 몰라."

화성에서의 삶은 아무리 보아도 행복하다고 하기 어렵다. 그러나 영감님은 죽음을 앞당기거나 뒤로 물릴 생각은 하지 않는다.

"자연스럽게 태어나 자연스럽게 죽는 게 가장 좋다고 생각해."

그리고 그는 철이에게, 앞으로 계속해서 보게 될 광경에 대한 암시를 던진다.

"죽어야 할 때 죽지 못한 인간은 비참한 거야."

죽을 때가 아닌데 죽은 아이들이 우리에게 슬픔을 불러일으키는 것만큼이나, 죽어야 할 때 죽지 못한 인간의 비참함은 우리에게 비애의 그늘을 드리운다. '은하철도 999'는 죽음을 은유하는 것도, 삶을 상징하는 것도 아니고, 어쩌면 그저 질문의 한 형식일지도 모르겠다. 어떻게 살아야 하는가에 대한. 어떻게 죽어야 하는가에 대한.

삶과 죽음, 운명에 대한 현자의 말.

말해주기 좋은
가장 적절한 순간

메텔은 여러모로 내 취향이다. 우아하고, 가늘며, 아름답고, 침착하다. 능력 있고, 흔들리지 않으며, 총명하고, 너그럽다. 그렇지만 단하나, 도저히 견딜 수 없는 특징이 있다. 메텔의 이런 면을 볼 때마다 나는 (메텔의 멱살을 잡을 수는 없으니 할 수 없이) 내 멱살을 쥐고 흔들고 복장을 터뜨리며 외친다.

"알면서 왜 말을 안 해줘?"

메텔이 '은하철도 999'의 노선을 따라 몇 번 왔다갔다 했는지, 그러면서 무엇을 보았는지는 오직 메텔만이 알 뿐이다. 메텔이 얼마나 많은 사람들을 알고 그들의 사연에 관여했는지도 오직 메텔만이 알 뿐이다. 메텔이 알고 있는 것은 그 외에도 많다. 메텔은 철이가 온갖 사건사고를 일으킬 때마다 뒤에서 차분하게 말한다. 5초 정도만 미리 알려줬어도 사고가 일어나지 않았을 정보를. 그나마 「참회의 나라」 편에서처럼 "이제 곧 알게 될 거야. 무슨 짓을 당하든 저항하지 마. 괜찮으니까 나한테 맡겨줘." 정도라도 안심시켜준다면 고마울 지경이다.

심지어 말해줘야겠다고 생각해놓고 잊어버리기도 한다. 「포식 행성의 대추장」 편에서 철이가 일생일대의 위기를 넘긴 뒤에야, 메텔은 "포식 행성에 도착하기 전에 철이에게 말하기로 해놓고 잊은 게 있었다. …… 그것은 포식 행성에 가는 사람은 모조리 위장병에 걸려 돌아온다는 사실이었다…… 하지만 대부분의 사람들이 위장병으로 끝나지 않고 소화기능 자체가 재기불능의 상태가 된다고 한다……"고 떠올린다.

사실 이야기는 그렇게 만들어진다. 『은하철도 999』의 에피소드 가운데 아마 80퍼센트 이상이 철이가 미리 정보를 알았더라면 일어나지 않았을 사고다. 다시 말해 메텔의 입이 무겁기 때문에 『은하철도 999』가 이토록 길고 흥미진진한 이야기가 되었다는 말이다. 철이를 좌충우돌 말썽꾼으로 만든 이는 누구도 아닌 메텔이다. 의협심 강하고 씩씩하고 고집이 세지만 똑똑하고 경우도 있는 이 꼬마는 메텔이 입을 다무는 바람에 순식간에 밉상이 되어버린다. 정보라는 게 이렇게 중요하다.

물론 메텔은 철이만이 아니라 누구에게도 먼저 정보를 주지 않는

묻지 않으면 말해주지 않는 메텔의 성격은 적과 아군을 가리지 않는다.

다. 메텔과 철이는 '원형주택단지'라는 별에서 대추장을 만난다. 물론 환대 속에 우아하게 만난 것은 아니다. 대추장이 먼저 메텔을 납치하고, 메텔을 구하기 위해 나선 철이는 어쩌다 반역의 음모를 꾸미는 이와 함께 대추장의 집으로 떨어지게 된다. 다행히 추장은 철이를 죽일 생각은 없다.

"넌 여기 있어봤자 소용없으니까 열차로 돌아가서 너 가고 싶은 곳으로 가라."

그렇지만 메텔은 놓아주지 않을 작정이다. 자신을 모시는 충실한 인형으로 삼겠다고 한다. 반발하는 철이를 우주 공간으로 날려버린 뒤, 대추장은 메텔과 함께 우아하게 식사를 하려 한다. 그때 메텔이 차분하게 말한다.

"잊으신 것 없습니까?"

추장은 갸웃한다.

"글쎄. 잊은 건 없는데……"

메텔은 추장이 묻지 않는 정보를 알려줄 생각이 없다. 그 누구도 아닌 메텔 아닌가.

"그러세요. 잊으신 게 없으시군요."

그렇지만 잠시 후 그들이 있는 대저택은 산산조각 난다. 철이와 함께 온 반역자가 폭발물을 설치한 것이다. 그때서야 대추장은 번쩍 깨닫는다.

"앗차, 원형주택에 한 사람 더 있다는 걸 잊고 있었어!"

그 폭발의 와중에도 침착한 메텔은 추장에게 말한다.

"지금 기억해내서 봤자 아무 소용없어요. 추장님."

다행히 메텔은 철이에게 실수를 아직 돌이킬 수 있는 기회가 있을 때 정보를 준다. 그렇기 때문에 그들은 무사히 '은하철도 999'에 탑승하게 마련이다. 다음 이야기를 향해, 다음 실수를 저지르기 위해 달려갈 수 있도록.

정보도 중요하지만, 그보다 더 중요한 것은 그 정보를 알게 되는 타이밍이다. 메텔의 멱살을 잡고 싶었던 게 한두 번이 아니었지만 돌이켜 생각해보면 나 또한 적재적소에 사람들과 정보를 주고받는 재주는 부족하다. 그렇다. 그것은 '능력'의 영역에 속한다. 모든 일이 지나가고 난 뒤에 '그걸 말해줬더라면 좋았을 걸' 싶은 순간은 많지만, 말해주면 좋았을 타이밍을 알아차리는 건 너무 힘든 일이다. 그렇기 때문에 "내가 그럴 줄 알았어"라는 하나마나한 말이 난무하게 되는 것이리라. 그래도 "내가 뭐랬어"보다는 덜 얄미우니. 차라리 입을 닫는 메텔이 현명한 것일지도 모른다.

하지만 모호하고 신비로운 성격을 가진 사람과 움직이는 것은 딱 세 가지 경우, 재앙이 된다. 모험과 연애와 사업. 메텔과 모험을 떠난 철이의 악전고투를 보며, 메텔 같은 성격을 가진 이와 연애를 하거나 사업을 같이 하는 경우를 상상하면, 흥미진진한 모험담은 순식간에 공포물이 되어버린다. 그토록 우아하고, 아름답고, 침착하고, 능력 있고, 흔들리지 않으며, 총명하고, 너그러운 데다 모든 정보를 알고 있는 사람이 분명하고 재빠르고 현명하고 수다스럽기까지 하다면 얼마나 좋을까. 그렇지만 사람은 완벽하지 않기에, 우리 삶이 흥미롭고 스펙터클해지는 것이겠지.

기차가
출발하기 전에
돌아와야 해

★★★

M

창밖으로 '은하철도 999'를 탄 철이
가 보이는 듯했다. 소년의 마음엔 의
문이 가득하겠지. 저 먼 안드로메다
에 가면 내가 꿈꾸던 걸 찾을 수 있
을까? 그런데 가지 않으면 확인할
방법이 없다. 인생은 언제나 알 수 없
고, 의심의 가능성은 무한하다.

★★★

차표 한 장 손에 쥐면,
새로운 인생이 또 한 편

용산 나진상가 벽면 전체에 커다란 메텔의 얼굴이 붙어 있었다. '갤 러시 오디세이―마쓰모토 레이지의 오래된 미래'라는 전시였다. 두 근거리는 마음으로 검표원에게 입장권을 내밀었더니, 아래쪽을 떼내 고 위쪽을 돌려주었다. 나는 서둘러 말했다.

"저기요. 아래쪽을 주시면 안 되나요?"

"네?"

검표원은 나를 이상하다는 듯이 보고선, 위쪽을 가지고 아래쪽을 건네주었다. 당신도 그 입장권을 보면 곧 이해할 것이다. 위쪽은 전 시회의 포스터 이미지, 아래쪽은 영어로 디자인한 은하철도의 승차 권 모양이었다.

〈부루마블〉 같은 보드게임에는 '황금열쇠' 같은 특수 카드가 있다. 예전에 여행 좀 해봤다 하는 사람들과 수다를 떨다 이런 이야기가 나왔다. 여행자에게 가장 유용한 특수 카드가 있다면 그게 뭘까? 만약 1년 동안 다음 중 하나를 사용할 수 있다면, 당신은 어느 카드를 택할 것인가?

1. 전 세계 모든 교통수단을 이용할 수 있는 티켓
2. 전 세계 모든 호텔에서 묵을 수 있는 숙박권
3. 전 세계 모든 식당을 자유롭게 이용할 수 있는 식사권
4. 전 세계 모든 언어를 자유롭게 구사할 수 있는 통역기

각자의 취향에 따라 제각각의 답을 내놓을 수 있을 것이다. 그런데 이 모두를 한 번에 해결해주는 티켓이 있다. 은하철도 승차권이다. 이 티켓만 있으면 은하에서 가장 강력한 기차를 타고 어떤 행선지로도 갈 수 있다. 정차역에는 은하철도 전용 호텔이 있어서 번거로운 예약 없이도 자유롭게 숙박할 수 있다. 심지어 체류 기간 동안 사용할 수 있는 여비도 나눠준다. 그리고 이 우주에서는 특별한 경우가 아니면 누구와도 언어의 장벽 없이 편안히 대화할 수 있다. 게다가 이런 막강한 능력을 '무기한'으로 사용할 수 있다. 만약 철이가 기계 인간이 되어 영생을 얻는다면 영원히 은하철도를 타고 돌아다니며 여행할 수도 있다. 왜 그토록 많은 사람들이 이 차표를 얻기 위해

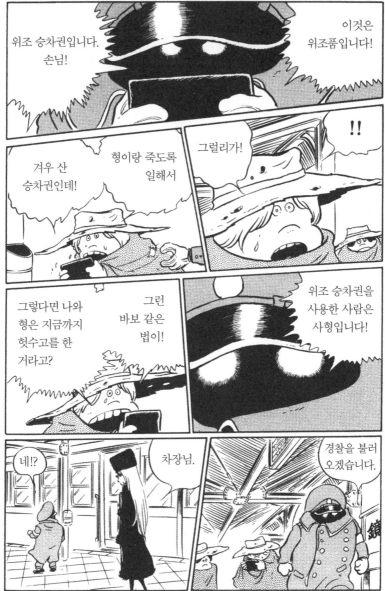

'은하철도 999' 승차권은 목숨을 구원하기도 뺏기도 한다.

목숨을 거는지 이해가 된다.

현실의 기차표에 이런 능력은 없다. 하지만 그 작은 종이는 단순히 교통수단을 이용할 대가를 지불했다는 증명서 이상의 매력을 가진다. 내가 어릴 때 타던 비둘기호나 통일호의 기차표는 어린아이의 손바닥 안에 들어올 정도로 작았다. 도톰한 종이에 '한국철도'라는 글자가 반복되어 깔려 있고, 행선지, 가격, 날짜 등이 적혀 있었다. '노소'란 글자로, 노약자와 소인의 할인표라는 내용이 빨간 스탬프로 찍혀 있기도 했다.

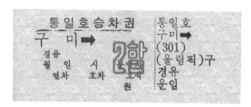

통일호 승차권

기차를 탈 때는 개찰원이 펀치로 표에 구멍을 뚫었다. 그리고 내릴 때는 그 표를 반납해야 했다. 어릴 적에 그 차표를 너무 가지고 싶은 마음이 들었다. 그래서 기차에서 내린 뒤 슬쩍 가지고 나갈 수는 없을까 생각했다. 어른들 틈에 끼어 작은 몸을 숨기고 살짝 빠져나가 보려 했다. 하지만 무표정한 얼굴의 역무원이 장의사처럼 하얀 장갑을 낀 손을 내밀었다. 실망감에 고개를 떨구고 대합실로 나가는데,

바닥에 반짝하고 표가 보이는 게 아닌가? 얼른 주웠다. 화장실에 가서 보니 발자국이 찍혀 있지만, 제법 깔끔한 상태였다. 신이 나서 역바깥으로 나왔는데, 그제서야 바닥 여기저기에 구멍난 차표들이 아무 값어치 없이 뒹굴고 있는 게 보였다. 김이 빠졌다.

통학하는 중고생들은 정기 승차권이란 걸 가지고 있었다. 기차를 탈 때 일일이 표를 살 필요 없이 주머니에서 '증'만 꺼내 보여주면 되는, 말하자면 프리패스다. 한 달씩 가지고 다녀야 했기 때문에 비닐 안에 넣고 다니기도 했다. "나, 이런 사람입니다." 친구들에게 정기권을 꺼내 보여주며, 수사 드라마의 형사 흉내를 냈다. 실제 정기권에는 학교와 이름도 적혀 있어, 학생증 대용으로 쓸 수도 있었다.

『은하철도 999』 일본판을 보면 승차권을 정기권定期券, 혹은 줄여서 '정기定期'라고 한다. 그런데 정기란 정해진 기한이 있다는 말인데, 철이가 가진 은하철도 승차권은 무기한이다. '무기한의 정기권'—재

미있는 아이러니다. 그리고 다음과 같은 사실을 상징하는 것 같다. 인간의 수명은 원래 정해진 기한이 있지만, 은하철도를 타고 기계 인간이 되면 무기한으로 연장된다.

철이가 가진 은하철도 승차권도 우주에서의 신분증, 일종의 여권 역할을 한다. 그 승차권이 없으면 여행을 이어가지 못할 뿐만 아니라 그냥 우주 미아가 된다. 그토록 중요한 승차권인데, 철이는 툭하면 잊어버리거나 뺏긴다.

나는 승차권을 사랑한다. 그것은 나를 낯선 세계로 데려다주는 교통수단이며, 동시에 내가 그 세계를 탐험할 자격이 있다고 알려주는 증명서다. 처음 손에 쥐었던 유레일 패스와 그 안내서에 나와 있는 모든 글자와 숫자를 나는 특히 사랑했다. 나는 별처럼 많은 기차역이 표시되어 있는 지도를 펼쳐놓고, 빽빽한 시간표에 맞춰 무수한 여행을 시뮬레이션했다. 제한된 날짜 안에 어떻게 하면 더 많은 기차를 타볼 수 있을까? 어떻게 갈아타면 하루 안에 스위스의 파노라마 열차와 오스트리아의 '비엔나 왈츠' 노선을 거쳐갈 수 있을까? 어떤 야간열차를 타야 숙박비를 아끼면서도 집시들에게 시달리지 않을까?

기차만이 아니라 크고 작은 모든 교통수단의 차표들도 사랑한다. 뉴욕의 메트로 정기권, 뉴올리언스의 트램 티켓, 멕시코 칸쿤에서 쿠바 아바나로 가는 항공편의 좌석권, 지중해의 피레우스에서 사모스로 가는 페리 티켓…… 여행지에서 얻은 기억들은 서서히 사라져도,

이 티켓들은 내 수집함에 모두 남아 있다. 모든 티켓에는 대체 불가능한 날짜와 행선지가 찍혀 있다. 그리스 테살로니키에서 터키 이스탄불로 갔던 장거리 버스의 승차권에는 콧수염의 차표원이 아침에 출발하는 차라며 "인 더 모르르르르닝"을 외치며 빙글빙글 돌려놓은 볼펜 자국이 있다.

한때 엄청난 영화광이던 친구가 있다. 웬만한 개봉 영화를 다 찾아다니면서 보고, 영화제에서 밤새워 서너 편씩 챙겨 보는 일도 좋아했다. 그런데 요즘은 극장 가는 일이 재미가 없어졌다고 한다. 영화 자체가 싫어졌냐 하면 그건 아니란다.

"요즘 극장에서는 영화표를 안 주잖아."

"그런가? 옛날 같지는 않지만 출력해서 좌석 표시해서 주잖아."

"그건 영화표가 아니야. 영수증이지."

그 친구가 영화와 멀어진 것처럼 나도 여행과 멀어졌나 보다. 요즘은 먼 여행을 가지 못했다. 가장 큰 이유는 물론 늙은 고양이를 보필해야 하는 사정에 있다. 하지만 괜스레 이런 핑계를 더해본다. 아름답고 대체불가능한 종이 차표가 사라진 시대가 나의 여행 욕구를 앗아갔다고. 복사지에 대충 출력한 항공 예약 증명, 휴대전화 문자로 날아오는 좌석 표시, 스마트폰 앱의 QR코드로만 남아 있는 버스표…… 편리하지만 무언가 아쉽다. 기계 몸으로 대체되어가는 인간의 모습을 보는 것만 같다.

『은하철도 999』는 아주 먼 미래의 이야기다. 그러나 낡은 증기기관차를 타고 우주를 여행한다. 그리고 언제든 툭 하고 흘릴 수 있고, 남의 손에 뺏길 수 있고, 이름을 바꿔 조작할 수도 있는 종이 차표를 사용한다. 세상에는 불편하지만 결코 없애고 싶지 않은 아름다움이 있다.

시간 안 지키는
사람들의 낙원

"다음 정차역은 폭풍의 언덕. 정차 시간은 36시간 36분 36초입니다."

'은하철도 999'의 차장은 새로운 역에 도착할 때마다 승객들에게 정차 시간을 초 단위까지 정확히 알려준다. 보통은 그곳 행성의 자전주기에 따라 딱 하루씩만 주어진다. 화성은 지구와 비슷하게 24시간, '바닥을 알 수 없는 도시'는 66시간 66분 66초. 때론 길게 몇 주간 머물기도 하지만, '고목의 산'의 경우에는 겨우 25분 30초다. 메텔은 철이를 재촉한다. "기껏해야 밥 한 끼 먹을 시간밖에 없겠구나."

우리 주변에는 항상 약속 시간을 지키지 않고 늦게 나타나는 사람들이 있다. TED 강연에 나온 팀 어번은 이들을 두고 "클립스, 즉 만성적으로 늦는 정신이상자"라고 부른다. 내가 예전에 북토크를 열었을 때, 이들을 어떻게 다루면 좋을지에 관한 질문을 받았다. 우리는 차근차근 방법을 찾아보기로 했다.

내가 먼저 제안했다.

"클럽스에게 '기다리는 사람 입장에서 생각을 해보라'고 하는 건 어떨까요?"

참가자들이 즉각 목소리를 모았다.

"소용없어요!"

여기저기서 한숨이 새어나왔다. 나도 동의했다. 클럽스는 자기 관점으로만 세상을 보는 경우가 많다. 이들의 생각을 바꾸기란 결코 쉽지 않다.

"그렇다면 우리가 클럽스의 시점에 서서 생각해볼까요?"

그는 과연 어떻게 행동하길래 항상 늦는 걸까? 보통 이런 사람은 늦게 나타난 뒤에, 늦은 이유들을 장황하게 늘어놓는 경우가 많다. 그런데 세심히 따져보면, 그가 든 여러 이유 중에 단 하나만으로도 결국 늦을 수밖에 없다는 걸 알 수 있다. 그는 자신이 출발한 뒤 모든 조건이 완벽히 갖춰지면 정시에 도착할 수 있다고 생각하며 움직인다. 버스는 항상 정류장에서 기다리고 있고, 지하철 환승은 곧바로 이루어지고, 깜빡하고 집에 지갑을 놓고 온다든지 하는 일은 없어야 한다. 만약 그중 하나가 잘못되면 당연히 약속 시간을 맞출 수 없다. 그러면 그는 발끈하고 화를 낸다. 본인의 잘못은 아니라는 거다. 팀 어번은 그들이 "주변 상황이나 환경이 변하는 것을 꺼려하며, 스스로

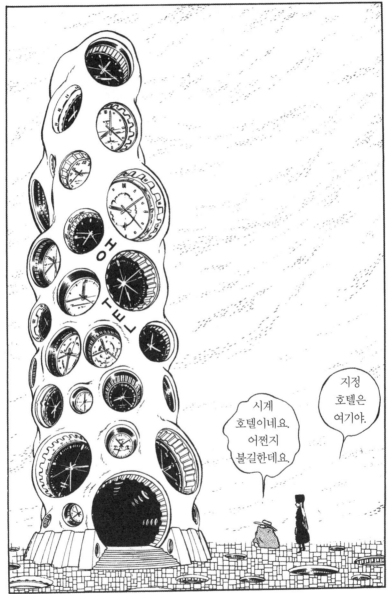

모두가 제각각의 시간을 가리키는 시계들의 별이라니.

에게 푹 빠져 지극히 자기중심적으로 생활하기 때문에 항상 약속 시간에 늦는다"고 말한다.

북토크에서 한 사람이 이런 제안을 했다.

"그 사람에게만 약속 시간을 당겨서 알려주는 건 어떨까요?"

역시 똑같은 반응이 동시다발적으로 터져나왔다.

"해봤어요! 안 돼요!"

나도 몇 번 그 방법을 써본 적이 있다. 그리고 클립스의 중요한 특징을 알아냈다. 그는 자신이 먼저 도착해 기다리는 상황을 견디지 못한다. 어쩌면 이게 가장 중요한 원인일지도 모르겠다. 클립스는 기다리는 게 너무 싫어 자신이 늦는 쪽을 택한다. 그로서는 매우 합리적인 결정이다.

'십칠석'이라는 행성에는 커다란 분화구마다 시계가 꽂혀 있다. 메텔이 말한다.

"이곳은 별 전체가 시계나 다름 없어. 구식 태엽시계 말이야."

기차역의 천장, 벽, 기둥마다 시계가 가득하다. 거리의 보도, 계단, 난간에도 크고 작은 시계가 박혀 있다. 심지어 레스토랑 테이블도 시계다. 째깍, 째깍, 째깍. 저마다 소리를 내며 움직이고 있다. 철이는 생각한다. 온 별에 시계가 가득하니 시간 하나는 철저히 지키겠지? 하지만 3분이면 된다는 요리는 세 시간이 지나도 나올 기미가 없다. 왜 나오지 않느냐고 따지니, 그제서야 품절이 되었다고 한다.

기차가 출발하기 전에 돌아와야 해

'십칠석'의 중심부에는 수많은 시계에서 빠져나온 부품들이 모여 있다. 시계가 고장날 때마다 대충 수리한 탓에, 남은 부품들이 흘러든 것이다. 그 결과 이 행성의 시계란 시계는 모조리 엉터리뿐이다. 별 전체에 있는 시계는 모두 다른 시간을 가리키고, 어떤 시계가 정확한지조차 알 수 없다. 별은 한탄한다.

"나는 시간을 알 수 없는 공간을 떠돌고 있어."

메텔이 말한다.

"왜 정확한 시간을 알려는 거죠?"

"다른 사람과의 약속을 지키기 위해서야."

'십칠석'은 행성체가 되기 전에 유명한 시계 수집가였다. 그러나 시간을 지키지 않기로 유명했다. 철이가 묻는다.

"근데 왜 시계 수집가가 된 거죠?"

메텔이 말한다.

"시계를 좋아하는 거랑 시간을 안 지키는 건 별개란다."

우리 주변에도 '인간 십칠석' 같은 사람들이 있다. 그들 머릿속의 시계는 부품이 빠져 항상 엉뚱한 시간을 가리킨다. 그들 손에 있는 스마트폰이 아무리 정확한 시간을 알려줘도 소용없다. 자기 머릿속의 시계가 더 정확하다며 제멋대로 판단하고 움직인다. 그렇다면 우리는 어떻게 해야 하나? '은하철도 999'의 규칙에서 배우자. 누구든 발차 시간까지 차량에 돌아오지 않으면, 기차는 냉정하게 그들을 남겨두고 떠난다. 상습적인 클립스는 어쩔 수 없다. 스마트폰과 이메일 주소록에서 그의 연락처를 지워버리고 떠나야 한다.

남겨진 클립스가 울부짖는 소리가 들린다.

"우주에 절대적인 시간이란 없어."

그래, 틀린 말은 아니다. 이 우주 어딘가에는 클립스들이 모여 뒤죽박죽의 시간 속에서 어우러져 사는 곳이 있을 것이다. '십칠석'은 클립스들의 낙원이다.

"안녕. 그곳으로 떠나세요. 나랑 만나지 말아요."

세상의 절반이 냉소하고, 나머지의 절반이 행세만 할 때

이삿짐을 싸며 낡은 잡지를 들추는데 명함 하나가 발치에 떨어졌다. 거기엔 차도르를 걸친 여성이 소총을 겨누고 있는 사진 그리고 기억 날 듯 말 듯한 이름이 적혀 있었다. "맞아. 이 친구." 온갖 할 일들이 폭풍처럼 몰아닥칠 때는 그런 법이다. 나는 갑작스레 솟아난 호기심을 참을 수 없었다. 그래서 내전 상태나 다름 없는 짐더미 속에서 노트북을 찾았다. 검색창에 명함 속의 이름과 'Afghanistan'을 쳐 넣었다. 나는 정말 궁금했다. 그는 정말 아프가니스탄에 갔을까?

10년이 조금 넘었을까? 나는 뉴욕 여행을 준비하며 '국제 여행사진가 클럽' 비슷한 커뮤니티 게시판을 어슬렁거리고 있었다. 그때 'Seoul'이라는 글자가 섞인 새 게시물이 올라왔다. 처음 한국에 왔다는 외국 사진가였다. 일하러 왔다가 하루 쉬게 되었다고, 누구든 근

우주에는 기계 정부와는 다른 방식의 삶을 꿈꾸는 사람들이 남아 있다.

처에 있으면 만나자는 거였다. 그렇게 혜화로터리의 카페에서 국제 여행자 번개가 이뤄졌다.

트래비스는 호주에서 온 젊은 사진가였다. 우리는 금세 여행 이야 기에 빠졌다. 마침 내가 가지고 있던 잡지에 세계지도가 있어, 그 위에 낙서를 하며 떠들어댔다. 나는 서울 사람들도 잘 모르는 이 도시의 특 이한 장소들을 알려줬고, 그는 호주에 있는 식인 악어와 전기 가오리 에 대해 허풍을 떨었다. 그러다 자연스레 그의 다음 행선지를 물었다.

"다음은 확실하지 않은데, 어쨌든 최종 목적지는 카불이야."

그는 사진 일로 돈을 벌며 여러 도시를 경유해 문제의 나라로 가고 있었다. 단순한 여행이 아니었다.

"중고 디지털 카메라를 모으고 있어. 거기 애들에게 사진을 찍고 언론사에 파는 법을 가르쳐주려고 해."

악수를 나누고 돌아오는데, 내 가슴이 괜스레 두근거렸다. 얼마나 용감하고도 아름다운가? 당시 아프가니스탄은 세계에서 가장 위험 한 나라였다. 그런데 그곳을 찾아가 아이들에게 새 직업을 만들어준 다니. 그러나 한편으로는 미심쩍기도 했다. 나는 세계 여러 곳의 여 행자 거리에서 거창한 꿈을 떠벌리는 이들을 보아왔다.

"아프리카에 학교를 짓기 위해 여행 사진을 팔고 있어.""난민 기 금 마련을 위한 도보 여행 중이야.""나는 코리아 문제에 정말 관심 이 많아. 판문점에서 프리 허그를 하고 싶어."

대다수는 영어를 쓰는 백인 청년들이었다. 그들은 어디에서나 환

대받으며 이런 구실로 여행 경비를 얻었다. 여행지는 물론 본국에서
도 그들을 사회문제로 취급한다는 글을 보기도 했다. 진짜 삶을 살아
갈 용기가 없어 여행지를 떠돌며 기생하는 '하얀 쓰레기'들이라고.

'은하철도 999'는 무엇보다 젊은이의 꿈을 사랑한다. 특히 무모해
보일수록 박수 치고 응원한다. 자신의 좁은 별을 떠나 우주의 사람
들에게 음악을 들려주고 싶은 청년, 기계 인간의 하청을 벗어나 자유
롭게 기계를 만들기 위해 기차를 훔쳐 탄 엔지니어, 덩치가 너무 커
서 은하철도에 탈 수 없자 자기 종족의 전용 열차를 만들기로 한 공
룡…… 하지만 그 꿈을 가로막는 거대한 벽을, 잔인할 정도의 상상
력으로 보여주기도 한다.

'블루 멜론' 행성은 거대한 수박 모양의 별이다. 수박 줄무늬의 바
다 위에는 둥근 공 같은 것들이 잔뜩 떠 있는데, 가까이 다가가 보면
거대한 수박들이다. 물에 빠진 철이를 구해준 호크스는 그 수박 안을
파내어 집을 짓고 산다. 기계 인간은 그곳 사람들에게 농사를 짓도록
하고, 그것을 다른 별에 팔아왔다. 하지만 호크스는 자연 그대로 농
사를 지어 벌레 구멍이 숭숭 난 수박을 생산한다. 철이가 묻는다.

"벌레 먹은 수박은 키워도 팔지 못하잖아요."

호크스는 답한다.

"우리는 자급자족만 할 수 있으면 만족해. 이 세상에 돈을 벌지 않
고 살 수 있는 곳은 없어."

호크스는 이런 자신의 의지를 바꾸려는 지배자와 결투하고 이긴다. 그러자 기계 제국은 '블루 멜론'을 통째로 파괴해버린다.

IT 업종에서 일하다가 소위 대박을 터뜨린 선배가 있다. 작은 벤처를 만들어 기술을 개발했는데, 그 회사를 국제적인 기업이 인수했다는 거다.

"우와 멋져요. 이제 선배가 만든 기술을 전 세계에서 사용하겠네요."

그는 알듯 말듯하게 웃었다.

"아니, 그런 일은 없을 거야. 오히려 반대지. 그 기술은 지상에서 사라질 거야."

거대 기업은 선배가 만든 기술이 잠재적 경쟁자가 될 거라고 생각하고, 그걸 미연에 방지하기 위해 그냥 사서 없애버린 거다. 어쩐지 누군가 소중히 키운 별을 사들인 뒤에 송두리째 부숴버린 것처럼 느껴졌다. 선배와 헤어지며 말했다.

"그래도 큰 돈이 생겼으니, 이제 새로운 별을 만들면 되겠네요."

선배는 몇 년간 실리콘밸리를 오가는 듯하더니, 요즘은 IT 투자자가 되었다고 들었다. 자신의 별을 만들기보다 젊은이들이 만드는 별들을 키우는 일을 하고 있는 거다. 선배도 그런 별들을 사서 가끔 터뜨려버리기도 할까?

트래비스를 찾아 헤매기엔 나의 노트북은 너무 낡았나? 한 칸짜리 무선 인터넷으로는 역부족이었나? 검색이 느려지자 나는 슬슬 두려워졌다. 차라리 찾지 말까? 그래, 그냥 믿어버리는 거야. 트래비스가 어딘가에서 힘들지만 멋진 일을 하고 있을 거라고. 그래, 아프가니스탄이 아닐 수도 있잖아. 그리고 그걸 꼭 눈으로 확인할 필요는 없어. 그러던 순간 찾아버렸다. 턱수염이 더부룩해진 그의 사진을.

그는 기어코 카불에 갔다. 처음엔 젊은이들에게 사진과 그래피티를 가르쳐주었던 것 같다. 이어 예술가들을 모아 아트 페스티벌과 영화제를 열었다. 록 밴드를 만들어 미국의 SXSW페스티벌에 초청되기도 했다. 2014년에는 청년들의 선거 참여를 독려하는 랩 콘테스트를 열고 뮤직비디오를 만들어 널리 알렸다. 나의 의심이 한없이 부끄러워졌다.

2018년에는 새 소식을 들었다. 트래비스는 고향인 시드니영화제 그리고 한국의 부천국제판타스틱영화제에 감독으로 얼굴을 내밀었다. 데뷔작 〈카불에 헤비메탈을 RocKabul!〉은 아프가니스탄의 유일한 메탈밴드인 디스트릭트 언노운 District Unknown을 그린 다큐멘터리다. 영화 속의 카불은 상상 이상으로 황폐한 도시다. 폭격으로 무너진 건물 사이로 무장한 군인들이 가득하고 아이들은 탱크에 매달려 논다. 그러나 지하 공연장의 젊은이들은 내일에 대해 노래하며 머리를 흔든다. 세상의 절반이 냉소하고, 나머지의 절반이 행세만 할 때, 진짜 무언가를 저지르는 사람들이 있다.

* 이 글은 「한겨레」 '삶의 창'에 쓴 칼럼(2018년 6월 15일)을 확장하였습니다.

영생은 말고
무병만 주시면 안 되나요?

시골 학교를 다닐 때 의사와 간호사들이 진료 봉사활동을 왔다. 아이들을 모두 보기엔 시간이 부족했나 보다. 담임 선생님이 말했다.

"우리 반에서 제일 약해 보이는 학생 하나만 뽑아봐요."

아이들의 무덤덤한 시선이 내게로 모였다. 잠시 후 수업이 시작되었고, 나는 홀로 조용한 복도를 지나 의사가 기다리는 방으로 들어갔다. 안경 낀 젊은 의사가 무표정한 얼굴로 이것저것 물어보았다. 두근대는 가슴에 차가운 청진기를 갖다 댔다. 헛기침을 한 번하더니 말했다.

"별다른 병은 없네. 심장이 좀 약한 것 말고는."

그날 나는 야구도 하지 않고 집에 일찍 돌아왔다. 환한 대낮에 들어간 안방은 몹시 어두컴컴해 보였다. 방 안쪽에 자개장이 있었는데,

이불을 꺼낸 뒤 그 안으로 들어가 문을 닫았다. 아주 어릴 때 이후에는 처음이었다. 깜깜한 장롱 속에서 생각했다. 다행이야. 아무렴 다행이야. 당장 죽을 병은 안 걸렸다잖아. 그런데 가슴이 콩콩 뛰는 소리가 들렸다. 심장이 약해. 심장이 약해. 다른 데는 괜찮은데, 심장이 약해.

몇 달 뒤였던 것 같다. 누나가 나를 영화관에 데리고 갔다. 〈로보트 태권V〉 같은 만화영화가 아니라, 실사 극영화를 보러 간 건 처음이었다. 당시 청춘스타였던 임예진이 여학생으로 나와, 심장에 불치병이 걸려 죽어가는 이야기였다. 나는 훌쩍훌쩍거리다가 결국 엉엉 울음을 터뜨렸다. 누나는 대성통곡하는 나를 데리고 바깥으로 나왔다.

"정말 창피해서 못 살겠네. 다시는 어디 데리고 다니나 봐라."

어릴 때는 체육 시간이 정말 싫었다. 달리기만 하면 이상하게 숨이 찼고, 당연히 축구처럼 뛰는 운동은 꺼리게 되었다. 조금씩 공놀이는 좋아하게 되었는데, 야구, 농구, 배구처럼 덜 뛰거나 짧게 뛰는 종목을 좋아했다. 고등학교 시절부터 키도 크고 좀 튼튼해졌던 것 같다. 한여름 땡볕에 미친듯이 농구를 하고 헐떡대면서 좋아했다. 하지만 숨이 찬다는 느낌이 들면 갑자기 몸이 힘들어졌고, 그때부터는 움직이지 않으려 했다. 합창반 활동을 할 때도 악보를 받으면 쉼표부터 확인했다.

당연하게도 수영은 절대 못 한다고 여겼다. 서른 살이 다 되어서야 수영에 도전했는데, 같이 시작한 기수들이 중급반에 올라갈 때 혼자 초급에 남았다. 물에만 들어가면 숨이 막히는 느낌에 자꾸 고개를 쳐들었기 때문이다. 결국 어떻게 해서 접영까지 배우긴 했다. 하지만 결국엔 얼굴을 물 위에 내밀고 허우적거리는 개헤엄에 최적화되었다. 지금도 짧게 잠영할 때 빼고는 물속에 얼굴을 넣지 않는다. 숨막히는 느낌 자체를 견디기 어렵다.

메텔이 철이에게 내민 가장 큰 떡밥은 기계 몸이 아니다. 그걸 통해 얻을 수 있는 영원한 생명이다. 불로초, 성배, 샹그리아…… 은하철도는 그와 같은 계열의 상품이다. 한정된 삶을 받아들일 수 없는 인간들에게 우주 저 너머에 영생의 기회가 있다고 꼬인다. 하지만 철이가 여행 중에 만난 많은 사람들은 그 끝나지 않는 삶을 회의한다.

만화가 마쓰모토 레이지 역시 인터뷰에서 말했다.

"나는 영생을 원하지 않는다. 영생을 산다면 대충대충 살 거다. 살아 있다는 것은 한정된 시간을 사는 것이다."

예전에 잡지를 만들 때 이런 질문을 여러 사람들에게 던졌다.

"만약 『은하철도 999』나 『공각기동대』처럼 신체를 기계로 바꿀 수 있고, 그로 인해 영생을 얻을 수 있다면 당신은 어떻게 할 것인가?"

대부분 기계가 되긴 싫다고 했다. 하지만 내 대답은 이랬다.

"당장 바꾸겠다. 기계 인간이 되어 영생을 누리겠다. 신체를 기계화할 수 없다면, 의식만이라도 프로그램으로 만들어 네트워크 속에서 살아가겠다."

편안히 잠들 수 있다는 것이 얼마나 큰 행복인지, 불면의 밤을 보낸 사람은 안다.

그때는 솔직히 삐딱선을 타고 싶었던 것 같다. 인간이란 결국 물질에 불과한데, 다른 물질로 바꾸면 어때? 그런데 요즘은 좀더 진지하게 생각한다. 정말 기계 인간이 되면 안 될까? 장수 자체가 목적이라기보다는, 무병無病하고 싶다.

어릴 적의 심약 공포와는 달리, 나는 비실비실하지만 건강하게 자랐다. 성인이 될 때까지 아파서 병원에 가본 적이 없다. 아직까지 입원을 해본 적도 없다. '무리하지 않는다'를 좌우명으로 삼아, 비겁하게 위험을 피해와서 그런지 모르겠다. 그러다가 뜻밖의 병 아닌 병을 얻게 되었다.

촛불시위가 몇 달째 이어지던 때였다. 나는 청와대 앞에 살았기에, 매일 대열 안에 있거나 옆을 지나치거나 해야 했다. 그런데 시위대의 부부젤라 소리가 유난히 귀에 거슬렸다. 잠을 자는데 갑자기 삐익! 하는 굉음에 놀라서 깼다. 좀 지나면 낫겠지 싶었지만, 그 소리는 잔흔을 남기고 계속 나를 괴롭혔다. 이명耳鳴이라고 했다. 이후에 잠들기가 너무 어렵고 두려운 마음이 들어 병원을 찾아갔다. 하지만 신기하게도 이것은 질환은 아니었다. 그러니 치료는커녕 개선도 어려웠다. 의사는 말했다.

"걱정마세요. 이것 때문에 죽지는 않아요."

그래 그걸로 죽지는 않겠지, 하지만 죽을 때까지 나을 수도 없잖아. 부조리한 증상이 나를 옭아맸다.

"잘 잤어?"

예전에 친구가 이렇게 아침인사를 건네면 내 대답은 이랬다.

"잠은 잘 자지."

그게 얼마나 큰 행복이었던가? 머릿속에서 들리는 외계의 신호는 나를 잠 못 들게 했고, 불면은 신경을 더욱 예민하게 만들었다. 잠 못 드는 밤에 그토록 많은 소음들이 있다는 사실도 처음 깨달았다. 옆집 사람의 샤워소리, 주차장에 자동차 들락거리는 소리, 늙은 고양이들의 찡찡대는 소리…… 그즈음 이사를 했는데, 신축 공동주택에 제일 먼저 들어갔다. 그런데 침대에 누웠더니 바닥이 세탁기를 돌리듯 울려댔다. 벌떡 일어나 인터넷을 뒤지니 온갖 고통의 언어들이 스며 들어왔다. 이명으로 평생 두 시간도 못 자는 사람의 이야기, 근처 공장의 저주파 진동으로 치를 떠는 사람의 이야기…… 불면은 마음을 약하게 했고, 이러느니 빨리 삶을 끝내고 싶어질 수도 있겠구나, 여겨졌다.

나는 내 어려움을 남에게 말하는 사람이 아니다. 하지만 최소한의 리스트를 만들었다. 내가 정말 힘들어지면 연락할 사람들이었다. 가족처럼 나를 지나치게 걱정할 사람들은 제외했다. 내 푸념 때문에 일상 생활이 영향을 받지 않으면서, 내가 구조를 요청할 때 한 번쯤은 도와 줄 수 있는 사람들. 그렇게 최소한의 안전망을 쳐놓고, 조금씩 위태로운 다리를 걸어갔다. 조금씩 조금씩 적응했고, 조금씩 잠을 잘 수 있게 되었다. 그리고 지금은 이렇게 그 이야기를 글로 쓸 수 있게 되었다.

나는 그 음울한 밤에 은하철도의 여행을 따라갔다. 철이는 무수한 해골들이 떠 있는 우주 공간의 정원에 들어선다. 정원의 주인은 와르 큐레, 사랑하는 세 딸의 죽음에 절망한 뒤 닥치는 대로 사람들을 죽여왔다. 그녀는 철이에게 묻는다.

"죽고 싶지 않니?"

"물론이다."

"왜지?"

"하고 싶은 일이 많기 때문이다."

SNS에서 누군가의 고백을 보았다.

"내가 나이가 들었다는 걸 깨달았어요. 더이상 새로운 걸 하고 싶지 않더라구요."

나는 고개를 갸웃했다. 나는 아직 나이든 게 아닐까? 아직도 하고 싶은 게 너무 많은데. 물리적으로 나이가 들면서 포기한 것들이 분명히 적지 않다. 이제는 늦었다고 지워버린 리스트가 잔뜩이다. 하지만 여전히 하고 싶은 일들이 새록새록 솟아난다. 나이 들어버렸기 때문에 찾아낸 재미들도 적지 않다. 그러니 영생까지는 아니지만 충분히 살고 싶다. 그러기 위해 지금의 큰 소망은, 잘 자고 싶다. 잔다는 건 죽지 않았다는 증거다.

'은하철도 999'가 토성의 위성인 타이탄을 지나 먼 우주로 나아간다. 곤히 잠든 철이의 모습을 보며 메텔이 말한다.

"하지만 철아. 네가 기계 몸을 얻으면, 기계 몸이 된다면…… 잠을 잘 필요도 없어져. 잠자는 즐거움도 꿈꾸는 즐거움도 없어지지. 그리고 그렇게 영원히 살아갈 거란다."

불안이라는 노선의
버스를 타고

토요일 밤 버스회사에 전화해본 적 있는가? 없다면 그럴 일을 만들지 마라. 분명 당신 가슴은 무언가에 파먹히고 있을 거다. 응답은 쉽게 오지 않는다. 주말이라 아무도 없는 걸까? 월요일에나 연락이 된다면, 과연 그게 남아 있을까?

그러다 중년 남자의 목소리가 들렸다. 나는 공손하게 말했다.

"제가 시내버스에 두고 내린 물건이 있어서요."

무덤덤한 질문이 돌아왔다.

"뭔데요?"

"종이가방 안에 든 만화책인데요."

"마ー안ー화요?"

저쪽의 긴장감이 확 떨어졌다.

"저한테는 아주 소중한 물건입니다."

"기다려보세요."

몇 달 전, 작업을 위해 만화 『은하철도 999』의 한국어판을 구해야 했다. 그런데 이미 품절된 상태였다. 일반 서적은 도서관 여기저기를 뒤지면 어떻게든 나온다. 하지만 만화책은 아무리 대단한 명성을 누렸더라도 품절과 동시에 찾을 길이 없어진다. 그러다 어렵게 수소문해 소장가를 찾았다. 그분은 아무런 조건 없이 "깨끗이 보고 돌려만 달라"며 시리즈 전권을 보내주셨다. 이제 작업이 거의 마무리에 접어들었다. 그래서 만화를 집에 가져다 두려고 들고 나왔는데, 버스에서 내리니 감쪽같이 사라져버린 거다. 나는 스쿠터를 타고 지나온 장소를 하나씩 되짚어갔다. 어디에도 없었다. 남은 희망은 버스뿐이었다.

새 책을 구할 수 있으면 당연히 사서 돌려드려야지. 하지만 그럴 수 있다면 애초에 빌릴 필요도 없었다. 일본어판은 지금도 판매 중이고, 그걸 같이 보며 작업했다. 하지만 아무리 초호화판이더라도 소장가가 빌려준 그 만화들을 대체할 수는 없다. 나는 차가운 길바닥에서 스마트폰으로 방법을 찾아보았다. 어라, 중고서점에 올라와 있네. 표시된 가격이 싸지는 않지만 어떻게 해볼 정도는 되었다. 그런데 자세히 보니 권당 가격이었고, 시리즈는 모두 스무 권이었다. 게다가 지금은 매물도 없었다.

버스회사에선 소식이 없었다. 아무래도 버스가 차고지에 도착해야 알 수 있으려나? 나는 대중교통 앱을 눌렀다. 차량번호는 아까 확인

시간이 멈춘 동안 메텔은 무엇을 한 걸까?
이런 물음이 생기자 철이는 조금 무서워졌다.
그러나 철이는 메텔을 믿고 있었다. 우주에서
가장 다정한 사람이라 믿었다. 가령 메텔이
마녀였다 해도 철이의 생각은 바뀌지 않으리라.

안드로메다로 가는 긴 여행 동안 철이에게 수많은 의심과 불안이 찾아온다. 가장 두려운 것은 메텔을 믿지 못하는 상황이다. 하지만 끝까지 가지 않으면 확인할 방법도 없다.

해두었다. 내가 탔던 버스는 한강 주변을 빙글빙글 돌고 나서, 토요일 밤의 강남을 비틀비틀 기어 회사에 도착했다. 나는 심호흡을 크게 하고 전화를 걸었다. 받지 않았다. 조금 기다렸다 다시 걸었다. 받지 않았다. 몸을 배배 꼬다가 다시 걸었다. 버스회사 직원은 스토리텔링의 법칙을 잘 알았다. 두 번 실패한 뒤, 세 번째 성공하게 하라.

"천가방이 하나 들어왔네요. 안에 떡도 있고요."

곧바로 버스를 탔다. 생각해보니 종이가방이 약해 보여 천가방에 담았던 것 같다. 그리고 떡이라고 한 건, 아까 산 단호박 카스텔라겠지? 버스는 앱으로 보았던 그 꾸불꾸불한 노선을 따라갔다. 서울의 남쪽을 구석구석 훑으면서, 오들오들 떨고 있는 술꾼들을 집으로 실어 보냈다. 기다림이 길어지면 잡념이 생긴다. 혹시 가방을 착각한 건 아니겠지? 그러고 보니 만화책을 확인한 것도 아니야. 게다가 그게 진짜 떡이라면?

나는 불안이라는 노선의 버스를 타고 있었다. 창밖으로 '은하철도 999'를 탄 철이가 보이는 듯했다. 소년의 마음엔 의문이 가득하겠지. 저 먼 안드로메다에 가면 내가 꿈꾸던 걸 찾을 수 있을까? 그런데 가지 않으면 확인할 방법이 없다. 인생은 언제나 알 수 없고, 의심의 가능성은 무한하다. 하지만 토요일 밤 버스에 놓고 내린 만화책을 되찾아올 수 있다는 믿음이 작동한다면, 그러면 살아볼 만하지 않을까? 나는 지구의 끝 같은 버스 종점에서 그 믿음을 찾아 돌아왔다.

* 이 글은 「한겨레」 '삶의 창'에 쓴 칼럼(2018년 12월 29일)을 확장하였습니다.

철이는 꿈속에서 메텔이 혼자 떠나는 모습을 본다. 가장 끔찍한 상상이다.

P

★★

매번 갈라지는 인생의 노선 중 어느 한 길로 접어드는 결정에 영향을 미치는 것은 냉철하고 정확한 판단이 아니라 대부분 충동적인 사고다. 그러니, 좌충우돌 민폐 끼치는 것을 너무 미워하지 말자. 그러려고 사는 인생이니.

★★

똥된장주의자의
최후

지인은 자신을 '똥된장주의자'라고 부른다. 똥인지 된장인지 먹어봐야 비로소 아는 사람이라는 뜻이겠다. 그렇게 따지면 나 또한 똥된장주의자다. 귀가 엄청 얇으면서 동시에 고집이 센데, 특히 남들 보기엔 뻔한 결말을 향해 일단은 달려간다는 점에서 그렇다.

좋을 게 없을 거라는, 네 에너지만 쓰고 말 거라는, 너만 상처받을 거라는 모든 만류를 뿌리치고 일단 끝을 본다. 끝을 봐야 비로소 아, 사람들이 하고자 했던 말이 이거구나, 하고 이해할 수 있기 때문이다. 실패도 일단 해봐야 납득하는, 늦되었다면 늦되고 집요하다면 집요한 인간형이다.

결말이 빤히 보이는 것뿐 아니라 과정이 빤히 보이는 것도 마찬가지다. 위빳사나 명상센터 열흘 코스에 들어갔던 나는 3일째 되던 날,

남은 과정이 험난하리라는 걸 알아차렸다. 평화롭고 우아할 것 같은 명상은 뜻밖에 전쟁터였다. '아딧타나'라는 이름의 마음자세로, 꼼짝도 않겠다는 굳은 결심으로 버티고 앉아 명상해야 하는데 그 한 시간 동안 겪은 통증이 어마어마했다. 그런데 그걸 하루에 세 번씩 한단다. 남은 일주일 내내 한단다. 나는 특히 통증에 민감한 인간인지라, 당장 달려가서 짐부터 싸야 마땅했다. 그러나 짐을 싸지 않았다. 끝이 너무나 궁금했다. 만약 지금 포기하면 결국 그 궁금증을 이기지 못해서 다시 하게 될 텐데, 그러면 처음부터 다시 해야 할 텐데 그건 너무 혹독하지 않을까? 그 궁금증이 결국 나를 열흘 내내 머물게 했다. 수료증을 받게 만들었다.

아무리 똥된장주의자라고 해도 자신에게 적용하는 원칙과 달리, 다른 사람들이 명백한 실패를 향해 달려가는 것을 보고 있기만은 어렵다. 남의 말 안 듣는 주제에 또 남에게 뭐라 말 얹고 싶어지는 게 사람의 심정이다. 이를테면 철이 같은 사람에게. 어째서 약속된 파국은 당사자를 제외한 사람에게만 그토록 잘 보이는 것일까? 알 수 없는 일이다.

처음에는 철이와 함께 영원한 생을 누리는 기계 몸을 상상하며 의욕적으로 달리는 것도 나쁘지 않았으나, 눈치가 어지간히 없지 않은 이상 기계 몸을 얻는다는 것이 그리 좋은 일이 아니라는 것쯤은 곧 알게 된다. 철이는 기계가 되면서 인간성을 상실해가는 사람들의 문제를 몸으로 겪고, 자신이 가진 인간다움으로 위기를 극복하는 경우를 몇 번이나 만나게 된다. 누가 보아도 철이의 따뜻한 인간성이 얼마나 큰 장점인지 알아차릴 수 있을 정도로. 더구나 이미 기계 몸이 되어버린 사람들이 자신의 불행을 끝없이 과시하고 있지 않은가. 이래도 기계 몸이 될 거야? 꼭 지금의 몸을 버려야겠어? 인간으로 산다는 게 얼마나 큰 장점인지 모르겠어? 말을 하지 않는다뿐이지 거의 온몸으로 표현하고 있는데, 철이는 영 눈치를 못 챈다.

물론 아무리 둔한 철이라고 해도 종착역에 들어설 즈음에는 갈등에 빠진다. 「기계 몸 추진협회 특선전 기계 몸 종합 카탈로그」에 실린 약 50만 개의 샘플 중 원하는 몸을 선택하라는 말을 듣고 고민하던 철이는 창밖으로 카탈로그를 던져버린다.

"난 좀더 시간이 필요해요. 메텔 부탁이에요. 좀더 시간을 주세요…… 아직 기계 몸은 아직……"

이쯤에서, 나는 어쩐지 삐딱해진다. 마음을 바꿀 수 있는 수많은 기회를 버리고 여기까지 와서 '아직'을 외치다니, 그럴 계제는 아니지 않나? 흘려버린 수많은 기회는 어쩌고? 그러나 어쨌든 시간은 좀더 있다. 행성 '최후의 만찬'에 정차한 철이는 인간의 몸으로 누릴 수 있는 마지막 24시간을 보내게 된다.

그 24시간 동안에도 선택을 할 수는 있다. 물론 세 가지 선택지 모두 그다지 좋아 보이지는 않는다. 하나는 말 그대로 벼랑에서 떨어져 죽어버리는 것. 인간의 몸으로 맞을 수 있는 최후를 앞당기는 것이

이미 늦었다 싶어도 멈추지 않는 것이 똥된장주의자의 특징.

다. 또 하나는 기계 몸이 될 용기도, 죽을 용기도 없는 자신을 인정하며 '최후의 만찬' 별에서 죽을 때까지 살아가는 것 그리고 마지막이 바로 기계 몸이 되는 것이다.

철이는 오기로 기계 몸을 선택한다. 여기까지 와놓고 겁내는 건 남자답지 못하다며 죽이 되든 밥이 되든 끝까지 가겠다는 자세. 진정 '똥된장주의자'의 모범이라 하지 않을 수 없구나. 이쯤에서 나는 체념의 박수를 친다. 그 마음 내가 이해하지 못하면 누가 이해하랴.

그러나 아무리 옆에서 보기 답답하더라도, 이야기를 만드는 것은 똥된장주의자들이다. 최후의 최후까지 가서 극적인 반전을 만들어내는 것도 똥된장주의자들이다. 일찍 포기하는 현명한 사람들은 에너지와 시간을 아껴 다른 시도를 할 기회를 더 많이 얻겠지만, 뼛속까지 스며드는 인생의 교훈을 얻을 기회는 만나지 못한다. 결국 똥인지 된장인지는 영원히 알지 못하게 된다. 훗날 궁금하지 않을까. 그것이 똥이었는지 된장이었는지. 그 궁금함을 남기기 싫어서 나는 끝까지 일단 가봐야겠다, 마음먹는다. 그런 궁금함의 여지를 남기지 않아야 비로소 안심하는 삶이라니. 그게 바로 '팔자'라는 것이렸다.

적당한 선에서 포기하지 못해서 잃는 것도 많지만, 의외로 얻는 것도 많다. 교훈만은 아니다. 우리가 철이의 여행을 따라가서 얻은 것이 교훈만은 아니듯이.

내 몸
사용법

혼자서 해보겠다며 책 읽고 어설프게 명상이랍시고 앉곤 했던 시절을 졸업하고, 나는 드디어 명상 선생님을 모시게 되었다. 첫날, 특별히 더 배워서 적용한 것 없이 늘 하던대로 앉았는데도 그날의 명상은 평소와 완연히 달랐다. 평소에는 그저 고요하고 평화로울 뿐이었지만 그날은 숨 막히게 괴로웠다. 숨을 헐떡이는 내가 급기야 내뱉은 말은 "나를 꺼내줘"였다. 어디서? 무엇을? 어떻게? 머리도 꼬리도 없는 한마디 비명으로, 그렇게 내 본격적인 명상은 시작되었다.

　괴로운 석 달이 지났을 즈음 명상을 끝내고 헐떡거리는 내게 선생님이 "박사님은 몸을 어떻게 생각하세요?"라고 물었다. 몸? 내 몸? 뜬금없는 질문이다 싶었지만 입을 열자마자 오열과 비명과 어리둥절함과 자기연민과 넋두리가 쏟아져 나왔다.

오랫동안 잊고 있던 것들이 불쑥불쑥 떠올랐다. 그랬다. 기억나지 않는 아주 오래전, 어렸을 때부터 나는 내가 없어져야 모두가 행복하리라 생각했더랬지. 그곳이 어디든 있는 그곳에서 사라지고 싶었지. 내가 아주아주 작아져서 급기야 보이지 않기를 바라며 다이어트를 했고, 내가 누구의 눈에도 띄지 않기를 절실히 바라며 이 어쩌지도 못하는 몸을 갖고 우왕좌왕했지. 장남의 둘째면서 감히 딸인 너 때문에 집안의 행복에 금이 가기 시작한 거라고, 네가 아들이기만 했어도 달랐을 거라는 말을 들었을 때부터, 아니 그 전부터. 아기인 네가 너무 울어서 네 아빠가 집에 들어오기 싫어하는 거라는 타박을 들었을 때부터, 아니 그보다 훨씬 전부터. 너 때문에 이혼한 거라는 말을 듣기 훨씬 전부터, 너를 보면 네 엄마가 생각나 악몽을 꾸는 것 같다는 이 갈린 말을 듣기 훨씬 전부터, 까마득한 오래전부터 나는 이 거추장스러운 몸을 어떻게 해버리고 싶었지.

때가 되면 배고프고 때가 되면 졸리는, 늘 욕망으로 다글다글 끓는 이 몸을 버릴 수만 있으면 남이 안 볼 때 얼른 갖다버리고 싶었다. 그러는 와중에도 몸은 착실착실하게 자라서 어느 날부터 친구 언니의 브래지어를 얻어 둘러야 했고, 어느 날부터 겉옷에 피가 묻을까 전전긍긍하며 앉아 있어야 했다. 나는 누구의 눈에도 띄지 않기를 열렬히 원했고 누구든 나를 봐주기를 또한 열렬히 원했다. 몸의 욕망을 혐오했고 몸이 존재하기 위해 요구하는 것들을 증오했다. 꼬장꼬장 말라서 급기야 사라지기를, 아무것도 원하지 않을 수 있기를 바랐다. 오랫동안 그렇게 살았다.

그러나 몸과 나는 떼려야 뗄 수 없다. 나는 몸의 감각을 통해서만
밖의 세계를 알 수 있고 살아 있을 수 있으니까. 내 몸은 다른 사람과
다른 세계를 만나는 최전방이고, 도망치고 도망쳐서 결국 다다른 최
후방이다. 몸은 내가 원하는 것을 얻을 수 있는 유일한 도구이고, 내
가 원하는 것을 모두 망쳐버릴 수 있는 확실한 기계다. 나는 내 몸의
욕망을 이긴 적이 한 번도 없었다. 이토록 자기주장 강한 몸에게 나
는 늘 대책 없이 끌려다녔다. 하지만 내가 어떻게 생각하든 상관 없
이, 몸 밖으로는 도망칠 수 없다. 도망치기는커녕, 단 한 발자국도 나
갈 수 없다.

그 이후 또 오랫동안 나는 전적으로 나만의 욕망을 위해 살았다.
그 극적인 전환이 언제 있었는지는 기억나지 않는다. 그 기간 동안
나는 나와 연애하듯 살았다. 나를 살피고, 내가 원하는 것을 해주기
위해 노력했다.

아침 일찍 일어나 출근하는 게 힘들어? 까짓, 직장 그만두자. 맛있
는 게 먹고 싶어? 뭐야. 뭐든 말만 해. 예쁜 옷이 입고 싶어? 내가 열
심히 골라줄게. 자고 싶어? 그래 자자. 인생 뭐 있냐. 내게 중요한 것
은 내가 원하는 것이 무엇인지 아는 것이었다. 알기만 하면 다 해줄
수 있을 것 같았다. 사랑하는 몸을 위해, 온전히 나를 다 바쳐서 산들
누가 뭐라겠는가. 나는 나와 내 몸을 억압할 만한 모든 선택항들을

내 삶에서 차례차례 삭제해갔다. 결혼? 하지 말지, 뭐. 애? 아프잖아. 낳지 말자. 가족? 나한테 가족이 어딨어.

하지만 극과 극은 통한다. 나는 나에 대한 애착과 내 몸에 대한 혐오를 끝도 없이 오갔다. 술이 마시고 싶어? 먹지, 뭐. 밤새 토하고 괴로움에 몸이 비틀어져서 죽어버리고 싶어질 때까지. 산책이 하고 싶어? 그래그래, 우리 산책하자. 밤새 걷다 해 뜨는 걸 보고 몇 시간씩 걸은 무릎이 스스로 푹푹 꺾일 때까지. 맛있는 게 먹고 싶으면 말만해. 아주 배가 불러 터질까 걱정되고 눈이 튀어나오는 듯한 고통에 눈물 흘릴 때까지 먹어줄게.

하루에 여덟 시간이 넘게 같은 자세로 책을 읽다가 급기야 고관절이 고장났을 때, 양반다리조차 할 수가 없어서 수영을 하며 재활치료할 때 지인이 말했다. 박사 씨는 무엇을 하든 지나치게 많이 한다고. 곰곰 생각해보니 그랬다. 적당한 선에서 멈출 줄을 몰랐다. 무얼 하든 죽을 때까지 몰아붙였다. 이렇게 하면 죽을 수 있을까? 이렇게 하면 내 몸에서 벗어날 수 있을까? 한번도 그렇게 생각한 적은 없지만 '죽고 싶어' '죽는 줄 알았어' '죽을 뻔 했어'를 입에 달고 살았다. 그러고도 여전히 죽지 않았다. 그러고도 여전히 몸에서는 단 한 걸음도 벗어날 수 없었다.

몸은 거추장스럽다. 거추장스럽기 이를 데 없다. 이 몸을 버리고 영원한 생명을 보장하는 기계 몸을 얻기 위해서라도 이 거추장스러

이 안에는 내가 원하는 몸이 들어 있을까?

운 몸을 끌고 우주를 가로질러 가야 한다. 구식의 낡은 외형을 한 기관차의 딱딱한 좌석에 엉덩이를 붙이고, 어디서 끝날지 가늠할 수 없는 세계의 끝을 향해 때마다 밥을 먹이고 아프면 달래고 수시로 목욕해가며 가야 한다. 시간 맞춰 기차를 타지 못할까 달려야 하고, 납치와 공격과 싸움을 감내해야 한다. 그 모든 미션을 완수하고 얻을 수 있는 것은 내가 원하는 몸으로 '갈아탈' 자유다. 두꺼운 「기계 몸 추진 협회 특선전 기계 몸 종합 카탈로그」에서 원하는 모델을 선택하고 그 모델로 건너갈 자유다.

카탈로그에서 내가 원하는 몸을 선택하는 모습을 상상한다. 내가 원하는 것을 하기에 불필요한 부분을 하나씩 소거하다보니 눈과 손만 남는다. 여전히 읽어야 할 것은 많을 테니 눈은 포기할 수 없겠지. 손은 꼭 지금의 손 모양일 필요는 없겠다. 가느다란 만년필 모양만으로도 충분하다. 날렵하게 움직이는 손가락 하나만으로도 충분하다. 그리고 그 모든 것은 최대한 가벼워야 하리라. 하지만 철이는 자신이 원하는 기계 몸을 선택하지 못하고, 결국 행성을 떠받치는 중요 부분의 나사가 되기로 결정이 난다. 그렇지만 결국 철이는 '갈아타지' 않는다. 나사가 아닌 온전한 제 몸으로 엄청나게 강력한 세계를 파괴하고, 자신이 왔던 곳으로 돌아간다.

명상 선생님은 내게, 몸에 마음이 너무 강력하게 붙어 있다고 했다. 몸에서 자유롭기를 끊임없이 원하면서도 몸을 있는 힘껏 부여잡고 있는 것은 오히려 나였다. 내 몸은 물 흐르듯 잘 살아가고 있는데, 나 혼자 수감자 코스프레를 하며 몸 돌릴 틈도 없는 비좁은 공간에서 조그만 창으로 밖을 내다보는 나를 연기했다. 그날 나는 집에 돌아와 따뜻한 물에 들어앉아 내 몸을 찬찬히 살펴보았다. 물집이 터진 살이 너덜너덜 붙어 있는 발가락, 어디서 생겼는지 모를 멍이 있는 종아리, 거칠어진 무릎과 통증이 가시지 않는 팔목을 보았다. 어디로도 가지 않고 여기 나와 함께 웅크리고 앉아 있는 몸을 보면서, 너무 미워하지도 말고 지나치게 사랑하지도 않고 그저 친하게 지낼 수 있을까, 생각한다. 요원하지만 불가능하지는 않을 것이다. 철이와 메텔처럼 그렇게.

연약하도다,
도를 깨우쳤다고 믿는 이들이여

술을 끊었다고 선언했을 때 예상했던 대로 비웃음이 이어졌다. "다른 누구도 아닌 네가?" 그러고 보면, 일생 술 마신 시간이 안 마신 시간보다 훨씬 길다. 고등학교 때 서울대 앞 녹두거리에서 처음 술을 마시고 친구의 책가방에 토한 이래 내가 생산한 토사물로 얼마나 많은 비둘기들이 고픈 배를 채웠을까. 나는 수많은 비둘기들의 뱃살에 책임이 있다. 지금 내가 알고 있는 이들의 99.9퍼센트는 술 안 마시던 시절의 나를 알지 못하는 이들이고, 그들 중 또 99.9퍼센트가 한 번쯤은 나와 술을 마셨으며, 그들 중 대부분이 술을 마시며 나와 친해진 이들이다. 내 인간관계에는 핏줄 속에 피가 흐르듯 술이 흐른다. 그런 내가, 술을 끊겠단다. 비웃을 만하다.

그동안에는 '술보다 술자리를 좋아한다, 술 마시는 것보다 사람들과 얘기하는 것이 더 좋다'고 얘기하고 다니며, 술 자체를 좋아한다는 사실을 외면했다. 여름밤 야외 테이블에서 마시는 시원한 맥주를 떠올릴 때 입 안에 침이 고이며 몸서리가 쳐지는 것을 느끼면서도 그랬다. 밤뿐인가. 여름 낮 나무 그늘에서 마시는 캔맥주도 훌륭하지. 여름에만 술이 땡기나? 당연히 그렇지 않다. 겨울, 뜨거운 어묵탕 국물과 함께 마시는 정종은 또 어떤가. 방어철, 과메기철 철철마다 술이 안 따라붙을 수 없다. 봄나물만큼 좋은 술안주는 찾기 어렵다. 가을에는 그냥 세상 전체가 거대한 안주 접시 같다. 가을에 나는 버섯들만 모아 올리브유 넣고 가볍게 볶아 안주로 삼아 술 마셔봤나? 술을 마시면 전 세계 음식들이 안주에 적합한가 그렇지 않은가로 나뉘고, 대부분이 무척 적합하다고 느껴진다. 맨밥도 좋은 안주가 된다. 이쯤 되면, 일용할 양식이 술을 당긴다.

언제부터인가 술보다 술자리가 좋아서 그래, 라는 말을 하지 않았다. 술이 마시고 싶어서 사람을 모았고, 갖가지 술을 병째로 야금야금 모았다. 술을 끊고 나서 제일 골치 아팠던 것이 바로 그 술들이었다. 생선 재우는 데도 쓰고, 맛술 대신으로 쓰기에도 너무 많은 양의 술. 천천히 다른 주인들을 찾아가고 있지만, 그 술을 모을 때만 해도 술 끊는 날이 오리라는 것은 전혀 몰랐다. 그렇다. 내가 술을 끊을 줄 정말 몰랐던 사람이 있다면, 그게 나다.

"왜 끊으셨어요?" 물으면 농반진반으로 "해탈하려고요"라고 대답했다. 딱히 대답할 말이 없기도 했고, 군이 말하자면 거짓말은 아니어서 그랬다. 궁금하고 알고 싶어지는 것이 많아지면서 일상의 절반 동안 취해 있는 상태인 게 싫어졌다. 맑은 정신으로 세상의 진실에 다가가고 싶었다. 소위 '도를 깨우치고' 싶었다. 그래서 술을 끊었는데, 그러다보니 자연히 인간관계도 정리되었다. 만나는 사람이 줄어들고 생활이 간소해졌다. 그럴 의도이기는 했는데 정말 그렇게 될 줄이야. 술을 끊음으로써 내 삶은 한 뼘쯤 도인의 삶에 가까워졌다.

맑은 정신으로 살기 위해서 술을 끊고, 몸을 정화하기 위해 유기농 중심의 식단을 차리고, 좋은 것 먹고 공기 맑은 곳에 찾아가서 살고, TV를 내다 버리고 쓸데없는 말을 줄이면 보이는 것이 생긴다. 세상의 비밀에 가까운 것. 그것에 다가가기 위해 사람들은 도를 닦고, 궁극적으로 도를 깨우친다고 말한다. 눈이 맑아지고 매무새가 평화로워진다.

그러나 그러한 평화는 얼마나 깨지기 쉬운가. 술을 끊은 지 6개월 만에 속상한 일이 생겨서 그만 막걸리 한잔 마셔버리고 말았다. 그러고 났더니 급하게 술 끊느라 술빚 못 갚은 이들이 떠올랐다. 주말까지만 마시지, 뭐. 몇몇 사람에게 연락해서 약속을 잡고 났더니, 그렇다면 나와도 한잔하자는 이들의 연락이 속속 도착했다. 길지도 않은 다문 며칠간 낮술밤술낮술밤술로 약속이 잡혔다. 취해 있는 시간이 깨어 있는 시간보다 훨씬 길었다. 술을 끊으면서 잊었다고 생각했던 것들이 새롭게 솟아났다. 맛있는 음식이 더 맛있어지는 마법, 사람들과 한 뼘 더 다가앉는 듯한 친밀함, 취해서 바라보는 세상의 뭉클함.

돌아서 메텔의 미모를 보기 전까지는, 아직 도인.

술은 끊기 전보다 더 힘이 세어져 있었다. 왜 안 그렇겠는가. 내성도 사라지고 방어능력도 사라졌으니, 나는 고등학교 무렵 녹두거리 술집에서 무방비로 첫 술잔을 집어 들던 상태에 무척 가까워져 있었을 테다. 다행히 친구의 가방에 토하는 일은 없었지만 그동안의 노력이 순식간에 수포로 돌아간 느낌만은 선명했다.

자극을 피해 일부러 주변에 막을 치고 고요하고 오롯한 상태에 들어서는 것, 도를 닦기 위해서는 필수일지도 모른다. 그러나 그만큼 우리는 자극에 취약한 상태가 된다. 살짝만 건드려도 와르르 무너지는 상태가 된다. 도를 깨친 이들은 세상 누구보다 강한 사람이어야 하는데, 사실은 누구보다 약한 사람이 된다. 맑은 공기를 찾아간 이들은 도시에 들어섰을 때 누구보다 괴로워하고, 유기농 식단을 고집한 이들은 불량식품을 먹는 즉시 고통을 호소한다. 도를 닦기 위해 숲으로 들어가고 굴을 파고 들어간 이들은 평생 그곳에서 나오지 않을 각오를 다져야 한다. 나오는 순간 오염되는 속도는 걷잡을 수 없을 테니까.

메텔과 철이가 '아지랑이 별'에 가서 만난 문호가 그랬다. 그는 자신만의 명작을 완성하기 위해, 도를 깨치기 위해 스스로를 그 별에 유폐시키고 아무도 만나지 않은 채 집필에 몰두했다. 막 자라도록 내버려둔 머리카락은 방을 가득 채웠고, 똑같은 기세로 원고지도 방을 가득 채웠다. 그렇지만 그는 메텔을 보자 마음이 무너지고 만다. 그토록 아름다운 여자가 있는 세속의 땅을 염원하게 된다. 자신을 유폐시켰던 처음보다 더 강렬한 욕망으로, 그는 메텔을 차지하겠다고 덤벼든다.

> "도를 깨쳤다는 사람이 본인이 말하는 것만큼 많이 있다면 우주는 영원히 평화로울 거라고 옛날에 우주를 떠돌아다녔던 우주여행가가 말했다. 도를 깨쳤다고 해도 인간은 사소한 충격에도 맥없이 무너진다고 아리스토텔레스는 글로 남겼다."

그러나 다시 돌아올 수 있다면, 그가 깨우쳤다고 생각하는 경지는 더욱 선명해질 것이다. 그렇게 믿는다. 나는 스스로에게 약속했던 음주의 시간이 지나자 바로 다시 술을 끊었고 '아지랑이 별'의 문호는 곧바로 자신의 잘못을 깨닫고 메텔을 놓아주었다. 또 언젠가 술을 마시는 날이 오고, 메텔보다 더 아름다운 여자를 만나는 날이 오겠지만 그때는 지금과는 또 다르리라. 그렇게 사람들은 세상의 진리를 향해 더디고 힘겹게, 그러나 확실하게 간다.

차를 놓친다는
공포를 넘어

생각해보면 처음부터 심상치 않았다. 고속버스가 플랫폼에 들어오는 것을 보면서 기록용으로 사진 한 장을 찍었는데, 운전사가 험악한 얼굴로 큰소리치는 게 보였다. 내가 뭘 잘못했나 싶어서 물어보니 "차를 정면으로 찍지 말라"며 화를 냈다. 그게 어째서 화를 낼 일인지, 내가 야단맞을 일인지는 이해가 되지 않았지만 운전하시는 분의 징크스 같은 것이려니 넘어갔다. 원래 징크스라는 게 불합리한 게 많으나 어쩌겠는가. 매일 길에서 위험을 무릅쓰고 사는 사람이 믿는 것에 섣불리 토를 달 수는 없는 일이다.

버스가 휴게소에 도착했을 때, 운전사는 "천천히들 돌아오세요. 저도 밥 먹고 올테니까요"라며 명랑하게 내렸다. 날은 좋았고 일정이 늦어지기는 했지만 식사를 못 하셨다는데 재촉할 수도 없고. 출

'은하철도 999'의 정차시간은 확실히 지켜져야 하기에, 돌아와야 할 시간을 알려주는 것은 차장의 중요한 임무다.

발하는 시간을 물어봤어야 했지만 나야 밥을 먹을 것도 아니니, 설마 운전사보다 늦게 돌아오랴 싶었다. 화장실이나 갔다가 스트레칭 좀 하고 돌아와야지. 그러다 간이상점에서 핫도그를 하나 사서 입에 물었다. 핫도그가 문제였던 걸까.

차가 없었다. 믿을 수가 없었다. 가방은 차 안에 있었고, 내가 들고 있는 것은 배터리가 간당간당한 핸드폰과 가벼운 지갑 하나뿐이었다. 황망한 표정으로 주변을 둘러보았지만, 그곳에 있는 것은 우리 차 옆에 정차했던 고속버스 한 대뿐이었다. 정말 가버렸다고? 정말? 물어볼 사람도 없고 어떡해야 할지 방법도 캄캄했다. 그토록 고속버스를 많이 타고 다녀봤지만 차가 날 버리고 출발해버린 건 처음이었다. 정말? 정말 간 거야?

그때 한 남자가 무슨 일이냐고 물었다. 나도 모르게 목소리가 떨리는 게 느껴졌다.

"차가 없어요. 출발해버렸나 봐요."

그렇게 말하면서도, 설마 출발했을까 하는 마음은 한편에 남아 있었다. 주유라도 하러 간 게 아닐까? 그럴 리가 없다는 걸 알면서도 믿고 싶은 마음이 반신반의 까딱이고 있었다. 남자는 다른 남자를 불렀다. 그 남자는 검은색 승용차에서 내렸다.

"차가 출발했대."

그들은 허둥대는 나와는 달리 일사불란하게 움직였다. 한 사람은 핸드폰을 들었고, 다른 사람은 운전대를 잡았다.

"어서 타세요."

핸드폰을 든 남자는 몇 군데인가 전화해 번호를 확인하더니 바로 내가 타고 있던 차의 운전사에게 전화를 걸었다. 또 한 명은 이미 출발한 차를 따라잡기 위해 속도를 냈다.

"걱정하지 마세요. 저희 그 버스회사 직원이에요. 저희 이러라고 있는 거예요. 혹시라도 버스를 못 잡으면 이 차로 목적지까지 데려다 드릴게요."

남자는 뒷좌석에 놓인 검은 봉지에서 아직 차가운 생수를 꺼내 내 떨리는 손에 건넸다. 잠시 후 나는 비상등을 켜고 갓길에 서 있는 버스를 발견했다. "뒤차 타고 올 줄 알았죠"라는 운전사의 겸연쩍은 변명은 말도 안 되는 거였지만 놀람과 안도로 그걸 따질 힘도 없어, 나는 익숙한 내 가방 옆에 털썩 앉아버렸다.

별에서는 온갖 일이 일어나지만, '은하철도 999'의 차장이 알려준 제시간에만 차를 타면 모험은 끝난다. 그러나 '제시간에 차를 탄다'는 것 자체가 모험이 된다. 오늘도 철이와 메텔은 제시간에 차를 탈 수 있을까? 이 안락한 '집'은 끊임없이 달아나고 있어서, 심장이 약한 나는 "그냥 내리지 말지……"라고 중얼거릴 때도 적지 않다. 무슨 일이 있어도 결국 시간에 맞춰 차에 타게 될 걸 알면서도 그랬다. 내리지 않으면 흥미로운 일은 아무것도 일어나지 않지만, 내리지 않으면 위험도 없다.

놓치면 뒤차를 탈 기회조차 없는 이 유일무이한 기차는 그러나 결국 어쨌든 간신히 철이와 메텔을 목적지로 데리고 간다. 그 기차에는 보이지 않지만 어린 독자들도 빼곡하게 타고 있다. 매번 조마조마하게 쥐는 작은 주먹을 무릎 위에 놓고서. 나이가 들고 세상 이치에 밝아질수록 "결국은 타게 될 텐데, 뭐"라며 심드렁해지지만, 기차가, 기회가, 인생이 나를 두고 떠나버릴지도 모른다는 불안은 이때 만들어진 것일지도 모른다.

철이와 메텔이 기차를 놓칠지도 모른다며 걱정하던 아이는 커서 매일 마감을 맞닥뜨리는 어른이 된다. "이번 마감은 18일 10시간 36분 50초 뒤에 다가옵니다" 같은 차장의 친절한 안내는 없지만, 내게 허용된 시간은 기차의 정차 시간처럼 정확하다. 마감을 놓치면 일은 걷잡을 수 없이 꼬이고, 평판이 나빠지고, 다음 기회가 사라진다. 그러나 마감이 있어서 우리는 그만큼 성큼성큼 앞으로 나아갈 수 있다. 철이와 메텔이 종착지로 다가가듯이. 그곳에 어떤 운명이 기다리고 있을지 알 수 없지만 그럼 어떠랴. 가는 과정만으로도 우리는 흥미 있고 알찬 사건을 잔뜩 겪을 수 있으니.

돌아와서 생각해보니, 무척 위험한 일이었다. 그 남자들은 자신을 고속버스회사의 직원이라고 소개했지만 그들의 신분을 증명할 길은 하나도 없었다. 선팅된 검은 차에도 표식은 없었다. 그들이 건네준 물에 아무것도 섞지 않았다는 보장도 없었다. 그들이 운전사와 통화

한다는 증거도 없었다. 황망한 나는 그저 모든 것을 그들에게 맡겼지만, 음험한 모험담을 좋아하는 이라면 새로운 모험 이야기를 지어낼 법하다. 그 '다른 우주'에서 위험에 처한 나는 어떻게 탈출할까? 어떻게 나를 두고 떠난 버스를 따라잡을까? 생각하던 끝에 나는 결국 버스에서 내리지 않기로 결심한다. 모험은 철이와 메텔이 하게 내버려두고, 나는 안전한 차 안에서 차창 밖을 구경이나 하자.

호모
사고치우스

그들은 참 신기하다. 좋아하지 않을 수 없다. 무슨 부탁을 하든 "네, 그럴게요" "네, 하죠, 뭐"라며 시원시원, 웃으며 대답하는 사람들. 가만히 보면 좀 무례하거나 무리한 부탁도 있고, 어떨 땐 자기가 해야 할 일을 미루는 낌새고, 심하면 자기가 친 사고 뒷수습을 부탁해도 그들은 도무지 싫은 기색을 내비치지 않는다. "이번엔 내가 해줄 테니, 다음엔 네가 나 해줘" 하는 거래의 음험한 심보도 없다. 자신의 시간과 노력이 들어가도 해줄 수 있는 일이라면 토 달지 않고 시원시원하게 해주는 그 마음 씀. 저러다 탈진하지, 자기를 좀 보호해야 할 텐데, 은근히 걱정이 되기도 하지만 결국 좋은 일이든 궂은 일이든 일이 생기면 생각나는 건 그들이다.

  나는 전혀 그런 인간이 아니고, 될 수도 없다. 내게는 그런 모든 부

늘 저지르고 나서야 깨닫는 것도 철이의 특징이다.

탁이 '민폐'다. 민폐는 끼치지도 말고 당하지도 말아야 하는 것. 우리 서로 각자 좀 잘 살아보자고요, 손사래 치고 싶다. 사실 민폐 끼치는 것을 싫어하는 성향은 당한 것이 많아서라기보다 그동안 수많은 민폐를 끼쳤던 경험 때문이리라. 내 민폐를 너그러이 받아들였던 분들은 생불이셨지만 내 눈치가 그 정도로까지 없진 않아서, 스스로 자책하며 만든 굳은살이 넓다. 그런 주제에 내게 민폐 끼치는 사람들도 무척 싫어하니, 사람이 이토록 은혜를 모른다. 내 삶의 모토를 요약하면 이렇다. "나도 안 할 테니, 너도 하지 마."

민폐를 끼치지 않는 방법 중 하나는 상대방의 의사를 있는 그대로 존중하는 것이다. 하지 말라는 걸 하지 않고 하라는 걸 하는 것. 괜히 내심은 저렇지 않을 거야, 하며 상상력을 발휘하지 않는다. 그래도 이 정도는 괜찮겠지, 하며 스스로 너그러워지지 않는다. 그 정도만 지켜도 큰 민폐는 끼치지 않을 수 있다. 너는 네 자리에서, 나는 내 자리에서 크게 벗어나지 않는 게 좋겠어. 그래야 서로 발 밟고 어깨 부딪치고 아파하거나 볼멘소리 내는 일이 없지 않겠어?

그런 마인드라서인지, 나는 민폐 끼치는 캐릭터가 싫다. 제일 싫다. 예전에 영화 〈반지의 제왕〉을 보았을 때는 말썽 피우는 호빗 동료들에게 화를 내다 못해 두통이 심해져 머리를 싸매고 나왔다. 왜 내 돈 내고 저 말썽꾼들을 봐야 하느냐며 울화를 터뜨렸다. 영웅들이 자신의 소명을 완수하는 것은 저 자잘한 말썽들을 덮을 만큼 위대하지 않았다. 저 자잘한 말썽만 없었어도 큰일이 얼마나 매끈하고 수월

하게 빛났을 것이냐.

　그러니, 철이가 예뻐보였을 리 없다. 철이의 전공도 하지 말라는 걸 굳이 하는 쪽이다. 큰 소리 내지 말라고 하면 왜인지 더 크게 떠들고, 나가지 말라고 하면 굳이 나가고, 말 걸지 말라고 하면 꼭 말 건다. 메텔이 "저녁 때까진 돌아와야 한다. 그리고 조심해야 해. 진흙늪에는 가까이 가지 않는 게 좋을거야"라고 말을 했다고? 빙고. 그 말은 오늘 밤 진흙늪에서 사고가 일어날 거라는 얘기다. 철이가 친 사고가.

　역사가 시작된 이래 한 번도 비가 그친 적 없는 행성 '비의 도시'에 착륙한 메텔과 철이는 쾌적한 호텔에 짐을 푼다. 목욕을 싫어하는 철이도 신이 나서 베란다에 나가 비를 맞으며 목욕을 대신할 만큼, 이곳의 비는 세차고 한결같다. 정체를 알 수 없는 전화를 받고 나가는 메텔은 철이에게 의미심장한 경고를 남긴다. 이후는 예상한 바와 같다. 철이는 "계속 당신을 기다리고 있었어요"라는 의문의 전화를 받고, 어차피 비에 젖을 테니 맨발에 팬티만 입고 정체불명의 여자가 말한 장소로 향한다. 진흙늪으로. 진흙 속에서 손이 나와 철이를 잡아당길 때가 되어서야 "아뿔사! 메텔이 말한 진흙늪이 이런 거였나?" 외치지만, 그건 철이만 빼고 독자들은 다 알고 있던 일이다.

　하지만 왜 민폐를 끼치냐고 화를 내는 것과 별개로, 철이의 말썽 없이는 이야기가 굴러가지 않는다는 것은 사실이다. 철이가 진흙늪

가까이 가지 말라는 말에 네, 하고 주저앉거나, 조용히 하란다고 입을 다물거나, 나가지 말란다고 안 나간다면 '은하철도 999'를 타고 가면서 벌어지는 모든 흥미로운 모험이 사라질 것이다. 모험은 이질적인 두 존재가 만나야 벌어지는데 두 존재가 만나려면 금지된 것을 어겨야 한다. 만남은 탈선이 전제된다. 각자 서로의 노선만을 충실하게 걷는다면 접촉도 충돌도 대면도 그 어느 것도 이루어지지 않는다.

민폐 끼치는 걸 극도로 싫어한다고 말하고 다니지만, 사실 나는 말썽의 아이콘이다. 내 친구는 마작의 족보 중 하나인 '국사무쌍십삼공' 이름을 빌려와 '박사말썽십삼공'이란 별명도 지어주었다. 특히 술 마실 때의 민폐가 최고조였다. 집에 간다는 사람을 붙잡고, 큰 소리로 떠들고, 아무 데나 전화를 걸고, 호언장담을 했다. 세상 모든 사람들이 내 친구인양 굴었다. 몇몇 술집에서는 단골리스트에 올랐지만, 몇몇 술집에서는 진상리스트에도 올랐으리라. 그리고 나는 수많은 술친구들을 얻었다. 한 시절쯤 재미나고 떠들썩하게 지낼 만큼 많이 얻었다.

남들이 하지 말라고 하는 짓을 하는 이유는 만나기 위해서다. 무엇을? 예측할 수 없는 결과를. 그 결과가 행복하리라는 법도 없고 불행하리라 못 박을 수도 없지만, 아무튼 무슨 일인가는 벌어지고 그 벌어진 일을 추진력 삼아 인생은 덜컥덜컥 달린다. 매번 갈라지는 인생의 노선 중 어느 한 길로 접어드는 결정에 영향을 미치는 것은 냉철

하고 정확한 판단이 아니라 대부분 충동적인 사고다. 그러니, 좌충우돌 민폐 끼치는 것을 너무 미워하지 말자. 그러려고 사는 인생이니.

쓸모 좀
없으면 어때서

농담 삼아 가끔 말한다. 왜 사기꾼들은 나를 가만둘까? 이렇게 귀도
얇고, 사람을 쉽게 믿고, 도무지 자기보호본능이라곤 없어 보이는 나
를 왜? 지인들의 의견은 분분하다. 무방비해 보이지만 계란처럼 매
끈해서 빨대 꽂을 데가 안 보인다는 둥, 귀가 얇아 보이지만 사실은
고집불통이라 말이 먹힐 리가 없다는 둥, 주변에 좋은 사람들이 너무
많아서 접근하기가 쉽지 않을 거라는 둥. 일리가 없는 건 아니지만
그중에서 제일 설득력 있는 의견은 '돈이 없어서'다. 사기꾼도 뭔가
나올 만한 게 있는 사람에게 접근하는 법. 쓸모없는 사람은 그런 의
미에서 안전하다.

　우리는 어렸을 때부터 쓸모 있는 사람이 되어야 한다고 배운다.
'사람은 기술이 있어야 해'라는 자조적인 말은 쓸모의 또 다른 표현

이다. 누구에게든 어떤 의미로든 쓸모가 있어야 굶어죽는 것을 면한다는 생각이 머리에 대못으로 박혀 있다. 쓸모없는 사람이 되는 것은 슬프고 부끄럽고 비참한 일이라고, 그렇게 배워왔다. 초등학교, 중학교, 고등학교 과정은 한 인간으로부터 쓸모를 찾고 쓸모를 장착시키는 과정이었다. 도무지 적응하지 못하겠다고? 그런 아이들은 당장 "쓸모없는 놈!"이라는 일갈로 나가떨어졌다.

그렇지만 도대체 누구에게 어떻게 쓰이는 쓸모를 말하는 것일까? 재주 많고 여러모로 쓸모 있는 사람들이 이리저리 불려가 쓰이다 툭툭 뱉어지는 걸 보면 저절로 무재주가 상팔자로다, 하는 장탄식이 나온다. 그리고 보면 쓸모없는 사람이야말로 천하태평, 행복한 여생을 보낼 수 있는 것 아닐까. 뭐든 잘하는 게 하나는 있을 것 아니냐고 채근하며 모든 사람을 사회가 굴러가는 요소요소에 박아 넣으려는 시도들은 폭력적이다. 사람은 쓸모만으로 재단되고 판단되고 결정되어도 되는 존재는 아니니까.

'블루 멜론'은 먹을 것이 풍부하기로 소문난 별이다. 수박처럼 생긴 별의 바다에는 수많은 거대한 수박들이 둥둥 떠 있다. 기계 인간들은 인간을 부려 수박을 길러낸 후 수출해 돈을 번다. 마침 철이가 도착했을 때, 블루 멜론에는 저항의 움직임이 한창이었다. 그들의 저항방식은 독특하다면 독특하다. '쓸모없어지는 것'이다. 수박이 벌레 먹게 내버려둬 상품가치가 떨어지면 수출도 막히고 결국 기계 인간 그런데 호크스 씨. 나는 어떻게 하죠?

파충류를 빌려줄게. 역까지 타고 가. 저건 헤엄칠 수도 있어.

저, 저걸 타고!!

아까도 말했잖아. 우리의 반란은 아직 결판을 내지 못했다고.

이제 최후의 싸움이 있을 거야. 당연히 우리는 지배자와 결투해야겠지.

이길 수 있을까요?

이겨야지. 이 별은 이제 기계 인간들에게 이용 가치가 없어졌어. 수송비용도 문제고 벌레 먹은 수박이 많아서 말이야.

기계 제국은 이제 이 별을 버릴 거야. 우리가 이긴다면 자급자족하는 별이 되겠지.

간섭하거나 간섭당하지 않는 곳. 잊히겠지만 영원히 평화롭게 살 수 있는 낙원.

벌레, 수박 그리고 보통 사람들의 작은 낙원이 될 거야.

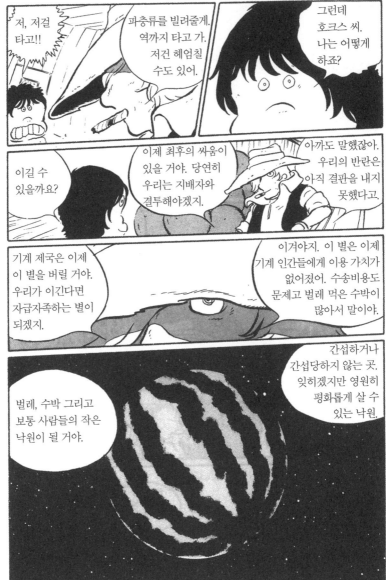

호크스의 꿈은 소박했지만 결국 이루어지지 못했다.

들도 이 별을 포기하고 말리라. 이 별의 주민 호크스는 철이에게 말한다.

"이 별은 이제 기계 인간들에게 이용 가치가 없어졌어. 수송비용도 문제고 벌레 먹은 수박이 많아서 말이야. 기계 제국은 이제 이 별을 버릴 거야. 우리가 이긴다면 자급자족하는 별이 되겠지. 벌레와 수박 그리고 보통 사람들의 작은 낙원이 될 거야."

그들의 희망은 그럴듯하지만 지나치게 낙천적이다. 먹을 만큼만 재배하고 자급자족하는 평화로운 별은 불가능해 보이지 않지만, 사실 불가능하다. 이용가치가 없는 별을 기계 제국에서 내버려둘 리 없기 때문이다. '은하철도 999'가 그 별을 떠나자마자 기계 제국은 별에 고속파괴파를 쏜다. '블루 멜론'은 산산조각나고 만다.

놀란 철이가 "호크스 씨가 결투에 졌나봐요" 하자 메텔은 침착하게 말한다.

"아냐. 이겼을 거야. 인간이 이겼기 때문에 마음대로 지배하기 힘들다는 걸 깨달은 기계 제국이 블루 멜론을 말살해버린거지. 설령 그게 아무리 작은 낙원이라 해도…… 기계 인간들은 인간이 사는 낙원이라는 존재 자체를 허락하지 않는 거야……"

쓸모만으로 인간을 판단하는 사회는 도무지 쓸모없는 인간을 견디지 못한다. 그저 내버려두기만 해도 좋으련만, 기어코 엉덩이를 쿡쿡 찔러 어디로든 움직이게 만든다. 밥벌레라고, 다른 사람들이 만들어놓은 사회에 무임승차한다고 비난한다. 벌레 먹은 수박에게 "아니야, 너는 주스로라도 다시 태어날 수 있을거야, 힘내!"라는 말을 격려랍시고 하는 한편, 뒤처지는 자에게 휘두를 채찍을 옆구리에 하나씩 차고 있는 사회. 그나마 쓸모가 아예 없지는 않아서 밥은 벌어먹고 살지만 도무지 남들이 탐낼 만한 쓸모를 가지지 못한 나는 구석에서 어정쩡하게 평화롭다.

그리고 가끔, 꿈처럼 낙원을 만난다. 사회의 각 분야에서 나름대로 쓸모를 자랑하는 친구들이 모여서 서로의 무쓸모를 무방비하게 드러내며 평화롭게 수다를 떨 때, 그곳에는 한시적이기는 하지만 쓸모 없는 이들의, 아니 쓸모와 상관없는 이들의 영토가 펼쳐진다. 그곳에서는 굳이 자를 쳐들고 서로의 쓸모를 비교 품평하지 않는다. 소용이 없기 때문이다. 지배계급이 파괴하기에는 너무나 작고 너무나 금방 사라지는, 그러나 곧 출현하는 그런 낙원들이 있기에 우리의 세계는 그나마 숨 쉴 만해진다.

TV 없는
삶

내가 얼리어답터인 건 부모를 닮은 탓이리라. 신기하고 재미있는 물건을 많이 가지고 있던 우리 부모는 TV도 동네에서 제일 먼저 샀다. 주인집에도 없는 TV가 우리 집 방 한가운데 떡 하니 자리를 잡았다. 나무로 된 네 다리가 있고, 자르륵 소리를 내며 여닫히는 문이 두 짝 있고, 드르륵 소리를 내며 돌아가는 다이얼이 있는 그 물건은 순식간에 우리를 지배했다.

우리 자매는 권력을 잡았다. TV가 보고 싶다며 몰려드는 아이들에게 한껏 거드름을 피웠다. TV를 보다가 마음에 들지 않는 아이들이와 툇마루에 걸터앉기라도 하면 책으로 화면을 가리며 심술을 부렸다. 끄는 것도 아니고 그저 화면을 가리기만 했으니, 어린 주제에 호기심이 충족되지 못하는 고통에 대해서는 일가견이 있었던 셈이다.

빈약한 채널 수에 제한된 시간만 방송이 나오는 그 TV가 그때는 어찌나 재미있었던지. 자꾸 TV 앞으로 다가앉는 아이들을 눈 나빠진다고 뒤로 끌어당기는 어른들도 TV 화면에서 눈을 떼지 못했다. 〈쇼쇼쇼〉의 군무를 맡은 무용수들이 개다리춤을 추면서 팔을 엇갈려 트릭을 연출할 때, 우리는 다리를 떨며 신기해하고 서툴게 따라했다. 코미디언들은 또 얼마나 우리를 자지러지게 했던가. 남에게 전하려면 웃음이 먼저 터져 제대로 말도 못 하면서도, 우리는 TV가 우리에게 준 재미를 자랑하고 싶어했다. 그때였을 것이다. 〈은하철도 999〉가 아침 TV에서 흘러나온 것은. 우리는 브라운관의 검은 구멍 같은 우주로 빨려들듯 TV 앞으로 모여들었다. 철이를 따라 웃고 놀라고 굴렀다.

TV는 생긴 그 순간부터 TV 없는 삶을 상상하지 못하게 한다. 오후 6시나 되어야 애국가와 함께 프로그램들이 방영되었기 때문에 우리는 몸을 배배 꼬면서 TV 없는 시간을 견뎠다. 어떨 때는 그저 지직거리는 화면을 틀어놓고 있었다. 우주로부터의 교신이라도 되는 듯. 그 소리는 무료함의 다른 이름이었다. AFKN의 낯선 언어에 귀 기울였던 것도 TV가 나오지 않는 빈틈을 견디지 못한 탓이었다. 외로운 이들을 묘사할 때 사람들이 선택하는 이미지는 소파에서 TV를 보다 잠든 모습과 12시를 넘겨 지직거리는 화면이었다. 어느 누구도 방에 가서 자라고 깨우거나 TV를 대신 꺼주지 않다니. 너, 정말 외롭구나.

여기는?

우리 집이라고 말했잖아.

진흙 속에 떠 있는 공기 방울 안이야. 이게 우리 빈민의 집.

공기 방울이라…

공기 방울 집에서 가장 중앙을 차지하고 있는 것은 역시 TV다.

거처를 옮길 때마다 그 방에는 주인처럼 이미 TV가 먼저 와 자리 잡고 있었다. 그중 신림동 2층 방에 아버지가 가지고 온 TV는 화면이 아주 작아서, 손바닥으로도 가릴 만한 것이었다. 앙증맞고 귀여운 TV였지만 그 앞에서도 채널싸움은 치열했다. 아빠는 "이게 네 거냐? 내 거지"라는 말로 채널 투정을 무지르곤 했다. 그렇게 권력까지 휘둘러가면서 보는 게 뉴스라니. 그 재미없는 뉴스라니. 그때도 어른은 늘 이상한 존재였다.

이제 TV는, 이를테면 '독립운동'을 해야 하는 존재가 되었다. 우리 삶의 배경음으로 너무나 당연하게, 오래 존재했기 때문에 TV를 버리기 위해서는 남다른 명분이 필요하다. TV가 점령한 거실을 되찾자며 비장하게 거실의 서재화를 외치는 게 유행이기도 했다. 그러는 한편 여기저기서 '집에서 TV 볼 동안' 하라며 각종 간단한 운동기구나 작은 도구들을 팔아댔다. 헬스클럽에서는 달리는 동안 보라며 러닝머신 앞에 TV를 켜준다. 'TV 보는 시간'은 우리 삶에서 먹는 시간이나 자는 시간만큼이나 절대적이 되었다. 'TV 보는 시간'을 잘 활용할 수 있다면 인생의 승자가 되리라. 하다못해 마늘을 까는 시간으로라도 활용할 수 있다면.

'은하철도 999'의 기착지, 영원히 비가 오는 별, '비의 도시'의 진흙 늪 안에는 뭉쳐 있는 공기방울을 집 삼아 사는 주민들이 있다. 그곳은 일종의 슬럼가다. 딱히 할 일이 없는 이들은 하루종일 TV를 보고 산다. 그들은 모르는 것이 없다. TV가 그 별에서 일어나는 모든 소식을 시시콜콜 전해주기 때문이다. TV 앞에는 군것질거리가 쌓여 있다. 쓸데없는 정보, 쓸데없는 칼로리, 쓸데없는 시간이 덩어리져 있다. 어쩐지 너무나 익숙하다. 진흙 속이 아니다뿐이지, 우리들 방의 모습과 많이 닮았다. TV가 우리를 사로잡고 있다면 그곳이 지상에 있든 지하에 있든 사실 상관이 없다. 그곳이 어디든 삶이 없기는 마찬가지니까.

지금 우리 집에는 TV가 없다. 언제부터 없이 살았는지는 기억나지 않는다. 대단한 명분을 가지고 없앴던 것은 아니다. 어차피 집에 TV가 없어도 그 영향력에서 벗어날 수는 없다. 어쩌다가 식당이나 친구네 집에서 TV를 보면 눈을 떼지 못해 늘 한소리 듣곤 하니까. 다만, TV에 사로잡히고 싶지는 않았다. 쉽게 중독되고 균형감각을 갖는 데 어려움을 느끼는 귀얇은 나 같은 인간에게는 그저 중독의 대상을 멀찍이 떼어놓는 것도 하나의 방법이 된다. 그래도 TV가 주는 멋진 대리경험을 접하지 못해 아쉬울 때는, 생각한다. 은하철도에는 TV가 없다. 그들은 그 삶 자체만으로 흥미진진하니까.

무용지물의 아름다움

나는 몇 개의 상자를 가지고 있다. 솔직히 몇 개보다는 좀 많다. 이 상자는 앞으로 열릴 가능성이 많지 않지만, 버리지도 못한다는 점에서 일종의 뱃살 같은 것이다. 이 상자들 안에는 그동안 내가 모아왔던 것들이 담겨 있다. 한때 열심히 모았지만 지금은 애정이 사라진 것들. 더 이상 모으지 않는 것들. 애정이 없으니 기억도 없다. 아마도 상자를 열어본다면, 내가 그런 것들을 가지고 있었다는 사실에 스스로 놀랄 것이다. 그리고 그토록 예쁜 것들을 내가 얼마나 오래 무용지물로 만들었는가, 쓰레기로 만들었는가 자책하리라.

수집은 나의 오랜 병이다. 기억하는 한 가장 어렸을 때부터 나는 뭔가를 모았다. 종이인형과 직접 그린 인형옷은 빨간 주단이 깔린 상패 상자에 가지런히 모아두고, 특별히 마분지로 3단으로 접히는 종이인형 집을 만들어 그중 좋아하는 것을 따로 분류했다. 그렇게 모은 것으로 쇼핑백이 가득했다. 하지만 아이답게 관심사는 금방 다른 곳으로 흘렀고, 내 변덕의 뒷편에서 부모님은 내가 그동안 모아온 것을 몰래몰래 버렸다. 내 수집품들이 언제 어떻게 사라졌는지 기억도 나지 않는 것으로 보아 꽤 성공적인 작전이었던 듯싶다. 한번 흘러간 변덕은 다행히 돌아오지 않았다.

종이인형을 모으는 건 어린 여자아이로서 당연한 일이었겠지만 영수증을 모은 이유는 무엇이었는지 모르겠다. 엄마가 돌아오면 엄마의 핸드백에서 다양한 영수증 뭉치를 꺼내서 가지런히 모아두었다. 조악하게 프린트된 영수증에서는 아무런 정보를 읽을 수 없었지만 그래도 상관없었다. 심지어 언니와 경쟁을 하기도 했다. 이때 모았던 영수증도 이제는 어디 갔는지 알 수 없다. 어쩌면 내 수집벽은 모은다는 행위 자체에만 있는 것일지도 모르겠다. 일단 수집해두면, 수집품이 어디로 사라졌는지는 관심이 없었을지도.

편지지나 메모지, 지우개, 스티커 따위의 문구류를 모으는 건 유행에 편승해서였을 것이다. 우표수집도 마찬가지다. 모은다는 행위보다는 다른 아이들과 트레이드하는 재미가 컸다. 그런 만큼, 수집의 깊이는 없었다. 컬렉션을 갖추기 위해 노력한다든가 희소하여 가치를 지닌 것을 찾아다닌 기억은 없다. 그렇게 모아놓은 것들도 흐지부지 사라졌다. 수집품을 진열하거나 보관할 나만의 공간이 없는 세월이 길었다. 내 방이 생겼을 때는 이미 자라서, 아이 같은 물건을 수집하는 취미가 없어졌다. 그리고 오랜 시간이 지나 혼자만의 집을 가지게 되었을 때 내 수집욕은 문득 살아났다.

고양이 형상을 한 모든 것을 모으는 취미는 고양이를 좋아하는 사람에게는 필수다. 고양이 모임 사람들은 서로 자신의 컬렉션을 자랑하고 새로운 물건을 만들어 나누거나 팔았다. 고양이 인형은 당연하고, 고양이가 그려진 스티커, 노트, 책, 발깔개, 수건, 컵, 접시, 냉장고자석…… 무엇이든 좋았다. 체코에 갔을 때는 저택의 대문에나 달릴 법한 무척 무거운 고양이 얼굴 모양의 노커를 이고 지고 왔고, 베트남에 갔을 때는 커다란 고양이 캐릭터 쿠션을 사서 어디나 안고 다녔다. 고양이를 좋아한다는 소문이 나자 사람들은 고양이 관련 제품으로 선물을 통일했다. 그들은 자기가 가는 동네에서 본 고양이 제품을 사다주고 고양이 사진을 찍어 보내주었다. 수집품은 그렇게 자꾸 늘었다.

그러다 어느 날 불상이 눈에 들어왔다. 인사동에서 우연히 본 백동불상이 자꾸 어른거려서 "우리 집에 아무리 잡다한 물건이 많다지만, 불상까지 갖다놓는 건 좀 그렇겠죠?" 하자 지인이 깜짝 놀라며 "집에 불상이 없어요?" 물었다. 무당집이라는 소리를 들을 정도로 진열된 소품이 많으니 가질 법한 의문이었지만, 아니 무슨 가정집에 불상을 가져다놓는단 말…… 가져다 놓았다. 그러면서 불상은 하나둘 늘었다. 불상뿐인가. 인도의 가네샤 신상, 스페인의 성모마리아 상, 앙코

수집가는 쓸모없는 것을 모은다. 수집가가 모으면 쓸모가 없어진다.

르와트의 압사라 상이 합류했다. 종교와 상관없는 집에 종교 대통합의 장이 펼쳐졌다.

그 모든 수집품의 공통된 특징은 '쓸모없다'다. 발터 벤야민은 자신이 모은 책을 감탄하며 바라보던 지인이 "이 책을 다 읽으셨나요?"라고 묻자 "크리스탈 그릇을 모으는 사람이 그 그릇을 쓰는 걸 봤습니까?"라고 반문했다지. 물건은 모두 자기만의 기능을 가지지만, 수집품이 되는 순간 용도를 상실한다. 제 기능을 하지 않는 것들의 아름다움은 만만찮다.

철이와 메텔은 '십칠석'이라는 이름의 별에 도착한다. 그곳에는 시계가 사방천지에 널려 있다. 한 시계 수집가의 컬렉션이다. 그런데 이 수집가의 특징은 시간을 지키지 않는 것이다. 그 특징이 시계를 모으게 했으리라. 시계를 가지고 있다는 사실 하나만으로 그의 마음은 위로받았을 것이다. 그에게 시계는 시계이자 시계가 아니었다. 나는 왠지 그 마음을 알 것 같다. 영롱하게 빛나는 향수병을 수십 개 세워두고도 향을 전혀 뿌리지 않았던 내 마음이 그와 같았으리라.

아빠가 돌아가셨을 때 유품으로 만년필을 받았다. 수십 자루의 만년필 중에는 내가 중학교 때 잃어버린 만년필도 섞여 있었다. 잉크 컬렉션에서도 나는 내가 어릴 때 썼던 눈에 익은 병을 찾아냈다. 나보다 훨씬 스케일이 큰 수집병을 자랑하던 아버지의 컬렉션에 섞여 있는 내 예전 물건들을 보니 기분이 이상하다. 아빠는 중학생이던 내

필통에서 뒤져낸 만년필을 잘 수납해둔 뒤 돌아가실 때까지 영영 쓰지 않았을 테고, 나 또한 그렇다. 아빠의 컬렉션들은 대를 이어 내 필기구 서랍 속으로 쓸려 들어갔다. 영원히 쓰지 않을 '만년'의 펜들 사이로.

완벽한 평화,
목욕

밑부분이 썩어들어가 더 이상 욕조의 기능을 하지 못할 때까지, 그 히노끼 나무욕조를 끼고 살았던 기간이 얼추 10년은 되었겠다. 처음 들여왔을 때는 매일 아침 일어나서 두 시간, 저녁에 돌아와서 두세 시간은 물속에 잠겨 있었다. 따뜻한 물을 가득 담아두고 그 안에서 책을 읽었고 몽상을 하다 졸곤 했다. 욕조를 이용하는 시간이 줄어든 뒤에도, 위안이 필요하거나 쉬고 싶을 때는 일단 욕조에 물을 받았다. 깊고 좁은 욕조에 들어가 앉는 단순한 행동이 주는 위안은 적지 않았다. 비싼 물건이었지만 내보낼 때도 아쉽지는 않았다. 충분히 많이 썼으니까.

원래 목욕을 좋아했던 건 아니다. 낡은 단독주택에서 오래 살았는데, 씻을 때마다 연탄난로 위에 놓인 들통에서 더운물을 바가지로 퍼서 써야 하는 구조였다. 욕조도 따로 없었다. 내게 목욕은 의무적이고 기계적인 일이었고 가능하면 피하고 싶은 일이었다. 그러던 내가 나무욕조를 검색하고 10개월 할부로 사들이기로 결정한 데에는 일본 온천 여행의 여파가 컸다. 나무로 욕조를 짜 넣은 깊고 어두운 1인탕에 앉아 있던 시간이 자꾸 생각나서 집에도 욕조를 들일 수밖에 없었다. 무리였지만 대부분의 충동적인 쇼핑을 실패하는 나로서는 흔치 않은 성공이었다. 덕분에 10년은 행복했다.

목욕을 좋아하지 않던 사람이 목욕을 좋아하는 사람이 되는 변화의 계기가 '개인위생에 대한 인식의 변화' 따위였을 리는 없다. 목욕은 실용적인 행동이지만, 막상 발가벗고 따뜻한 물에 몸을 담그는 사람에게는 정서적으로 큰 영향을 미친다. 메텔의 잔소리를 잔뜩 듣고도 철이가 "안 죽어요. 목욕 안 해도 죽지 않는다구요"라며 이불 속에 파고드는 심정은 충분히 이해하지만 또 막상 철이가 욕조의 뜨거운 물속에서 발가락을 꼼지락거리는 걸 보면 마음이 푸근하게 녹아내리는 느낌. 목욕은 그런 힘을 가지고 있다.

목욕은 일상적인 행위이지만 한편으로 사치스러운 행위기도 하다. 여행자들에게 목욕을 할 수 있는지 없는지는 여행의 질을 가늠하는 중요한 문제다. 어떤 여행자는 공용샤워장만으로도 충분하다지만, 많은 여행자들은 방에 욕실이 딸려 있지 않으면 괴롭다. 하루종일 낯선 곳을 움직인 몸을 뜨거운 물에 담그기를 원한다. 먼지를 씻어내고 뽀송뽀송해져서 미지의 내일을 기다리기를 원한다. 임시 집이긴 하지만 집으로 돌아왔다는 느낌, 안심하는 느낌을 주기에 낯선 곳이라도 어디서나 만날 수 있는 36도의 H_2O만큼 적절한 것은 없다. 메텔과 철이가 은하철도가 정차하는 시간이 짧든 길든 짐가방을 들고 나와 가까운 호텔을 찾아 들어가는 마음의 절반은 욕조가 차지하고 있는 게 아닐까.

수많은 열차들이 들고나는 별, '트레이더 분기점'에 머물게 된 메텔과 철이는 활기찬 거리의 한편에 있는 고층의 호텔 '트레이더 78'에 짐을 푼다. 메텔의 성화에 못 이겨 목욕을 하고 나온 철이는 메텔이 잠든 사이에 출출하다며 외출한다. 철이의 쪽지를 본 메텔은 시간을 확인한 뒤 "괜히 목욕시켰나……" 중얼거린다. 철이의 오랜 외출과 목욕이 무슨 상관이 있을까?

문득 정신을 차린 철이는 자신이 낯선 열차에 타고 있는 것을 발견한다. '들꽃'행 열차다. 들꽃으로 가득 차 있는 그 별의 주민은 가난하고 소박하다. 철이를 데리고 온 못생긴 여인은 늙으신 부모님께 철이를 결혼하기로 한 사람이라고 소개한다.

아름다운 소녀였으나 그저 살아보려고 죽어라 일만 하다가 애인도 없이 나이를 먹어버린 여자. 걱정하는 부모를 안심시키기 위해 아무 남자나 데려가 소개시켜야 했던 여자. 그 여자는 왜 하필이면 수많은 남자 중 철이를 골랐을까. 메텔은 이렇게 말한다.

"네가 목욕한 뒤에 외출했기 때문이야. '트레이더 분기점'은 여행객들로 들끓는 곳이지. 목욕을 하고 비누 냄새를 풍기는 사람은 조

목욕이 큰일은 아니지만, 좋은 일이기는 하지.

금은 여유있게 여행하고 있다는 걸 의미하거든. 그래서 철이 너를 골라 부모님께 인사드린 거야. 부모님을 안심시켜드리기 위해……"

　목욕은 여유로울 때만 할 수 있는 일이고, 사람을 여유롭게 해주는 일이다. 아무런 방어기제 없이 무방비로, 몸에 실오라기 하나 걸치지 않은 채 우리는 전면적으로 물과 만난다. 나무꾼이 목욕하는 선녀의 옷을 걷어올 때, 그는 완전한 평화의 시간을 침해하고 배신한 것이다. 선녀가 아이를 셋 낳고도 탈출을 시도할 수밖에 없는 굳은 마음을 갖게 된 첫 단추는 그 배신이 끼운 것일 게다. 먹는 사람을 건드리면 안 되는 것과 마찬가지로, 목욕하는 사람도 건드리면 안 된다. 사람의 깊은 마음속에 단단히 숨겨진 부드러운 부분이 살짝 드러나는 순간이니까.
　히노끼 나무욕조를 버리고 한동안은 욕조 없이 살았다. 그렇지만 결국 새 욕조를 살 수밖에 없었다. 이상기온이라 할 만큼 더웠던 여름 내내, 이미 미지근해진 물을 가득 받고 들어앉아 욕조에서 살았다. 물속에서 책을 읽고 있으면 고양이들이 걱정스러운 눈빛을 하고 달려와 별일 없는지 물었다. 너희도 이 평화를 안다면 참 좋을 텐데. 같이 목욕하면 참 좋을 텐데. 하지만 고양이들에게 목욕의 즐거움을 알려주는 일은 메텔이 철이에게 목욕의 기쁨을 알려주는 것만큼이나 힘든 일일 게다. 할 수 없지. 아는 사람만이라도, 이 평화를 기꺼이 즐기는 수밖에.

은하철도 999, 데리러 온다고 했잖아

"데리러 온다고 했잖아." 책을 마무리하고 제목을 고민할 때 함께 뽑은 후보 리스트에서 이 문장을 보았습니다. 지하철을 기다리고 있을 때였습니다. 때마침 들어오던 지하철의 은은한 진동이 겹쳐 제 마음이 울컥, 흔들리더군요. 눈물이 줄줄 흘러내렸습니다. 주변 사람들, 막 지하철을 타려던 사람들이 저를 흘긋거렸어요. 저는 온통 눈물범벅이 된 채 웃는 것도 우는 것도 아닌 표정으로 날 데리러 온 지하철에 얼른 올라탔어요. 은하철도에 올라타듯이.

이미 우주에 대한 몽상 따위는 다 사라진 나이에 '은하철도 999'에 다시 탈 기회를 얻었습니다. 몇 달간 그 규칙적인 흔들림 속에서 잇었던 이들을 만나고 잊었던 사건들을 길어 올렸어요. 한편 한편의 글이 제게는 새로운 별, 동시에 오래된 별 같았습니다. 내 어린 시절의 그늘을 들추자 그곳에 작지만 생생한 표정을 한 철이와 메텔이 있더군요. 그때 나는 분명히 목소리를 들었다고 생각했습니다. 그 말이 바로 이 문장이었어요. "데리러 온다고 했잖아." 환하게 웃는 표정으로, 털모자 아래의 빛나는 눈이 그렇게 말하고 있었습니다.

데리러 온다는 말을 믿었던 시절을 지나, 데리러 온다고 했잖아, 왜 안 와, 하며 절망적인 투정을 하던 시절을 지나, 이미 다 잊은 지금 와서 그 말을 들었습니다. 그리고 다시 만난 철이와 메텔은 지금의 저와 꼭 닮은 모습이었어요. 고집스럽고 인간적인 철이의 모습과 지혜롭고 침착한 메텔의 모습이 모두 내 안에 있더라고요. 사실 그들은 한 번도 나를 떠난 적이 없었는지도 모릅니다. 은하철도는 머나먼 길을 돌아서 내게 온 것이 아니라 내 안에서 깊은숨을 내쉬며 오래 정차해 있었는지도 몰라요. 이제 와 다시 먼지를 털고 시동을 걸고 있는 저는 사실 차장을 가장 닮은 게 아닐까 싶기도 하고요.

이 모든 이야기가 우리의 이야기였으면 좋겠습니다. 내밀한 고백이 읽는 이의 상처를 치유했으면 좋겠습니다. 철이가 갔던 모든 별이 우리의 고향이었으면 좋겠습니다. 그러면서도 아무도 닿지 않았던 나만의 별이 있었으면 좋겠습니다. 은하철도는 그 모든 꿈을 가능하게 만들어주는, 나와 우주를 한 폭으로 기워내는 바느질 자국 같은 것이겠지요. 하늘의 옷에는 기운 자국이 없다지만 은하철도라면 매끈하게 우리를 우주로 띄워 올릴 테니 괜찮아요. 그 모든 여행에 여러분이 함께했으면 좋겠습니다.

그러면서 저마다 각자의 고유한 은하철도를 만났으면 좋겠습니다. 사실은 한 번도 잊지 않았던 말, 잊지 않았던 손, 잊지 않았던 얼굴이 다가와 "데리러 온다고 했잖아. 왜 울어"라며 다정하게 손잡는다고 생각해주었으면 좋겠습니다. 은하철도에는 수많은 좌석이 있고, 우리는 그곳에 앉아 함께 흔들렸던 기억을 갖고 있어요. 그러니 같이 떠나요. 오래되고 새로운 별로. 과거였지만 그때에도 이미 미래였던 곳으로. P